»Mir war schwindelig, ich war endlich betrunken, meine Zunge rau und pelzig vom Wein. Ich sah Falk an und fand ihn auf eine Art schön, seine verschwitzte Frisur, die Lippen rotweinblau. Ich dachte darüber nach, ihn zu küssen, aber ich war sicher, er würde das falsch verstehen. Ich schloss die Augen und hörte den Grillen zu. Eine kleine schwachsinnige Sehnsucht überfiel mich, nach einem neuen, einem ganz anderen Leben. Hier, in diesem Dorf, in einer Straße, die den Namen eines Vogels trug, in einem Haus, das nicht mir, sondern der Bank gehörte. Die Möglichkeit, so zu leben. Hatte ich die Entscheidung getroffen, es nicht zu tun?«

Janna Steenfatt, geboren 1982 in Hamburg, studierte am Deutschen Literaturinstitut Leipzig und arbeitet als freie Autorin und Moderatorin für verschiedene Filmfestivals. Sie war Stipendiatin des Klagenfurter Literaturkurses, Teilnehmerin des 19. Open Mike und erhielt zahlreiche Aufenthaltsstipendien. *Die Überflüssigkeit der Dinge* ist ihr erster Roman.

JANNA STEENFATT

DIE ÜBERFLÜSSIGKEIT DER DINGE

ROMAN

HOFFMANN UND CAMPE

1. Auflage 2021
Copyright © 2020 by Hoffmann und Campe Verlag, Hamburg
www.hoffmann-und-campe.de
Umschlaggestaltung: Vivian Bencs © Hoffmann und Campe
Umschlagabbildungen: © Esther Driehaus / unsplash.com;
© Andea Ferrario / unsplash.com
Satz: Pinkuin Satz und Datentechnik, Berlin
Gesetzt aus der Janson Text LT Std und der DIN OT
Druck und Bindung: GGP Media GmbH, Pößneck
Printed in Germany
ISBN 978-3-455-00900-2

Ein Unternehmen der
GANSKE VERLAGSGRUPPE

I

Es gab Zeiten, da hätte der Tod meiner Mutter in der Zeitung gestanden, aber diese Zeiten waren lange vorbei. Als sie starb, blieb ein Haus voller Dinge.

1.

Auf der Uferpromenade spielte ein Leierkastenmann *La Paloma*. Die Sonne schien, man würde später einmal sagen können, dies sei ein schöner Tag gewesen. Der Kapitän stand mit verschränkten Armen in der offenen Kajütentür und pfiff gedankenverloren die Melodie mit. Auf dem Schild am Kopf der Seebrücke zeigte eine überdimensionale Uhr an, dass die nächste große Hafenrundfahrt um 16 Uhr stattfinden sollte. Was davor stattfinden würde, stand nicht auf dem Schild.

Meine Mutter hatte einmal gesagt, sie wolle anonym bestattet werden. Das war einige Jahre her, sie hatte mich angerufen und unvermittelt verkündet, falls sie in absehbarer Zeit sterben sollte, wünsche sie eine anonyme Bestattung. Ich wusste nicht, was ich mit dieser Information anfangen sollte. Ich fragte sie, ob sie krank sei, aber zu ihrem Leidwesen erfreute sie sich bester Gesundheit. Grundsätzlich hätte ich dagegen nichts einzuwenden gehabt. Eine anonyme Beisetzung wäre günstiger gewesen, aber Falk hatte mir das ausgeredet. Die Seebestattung war seine Idee gewesen. Während ich nicht in der Lage war beziehungsweise es ablehnte, mich mit diesen Dingen auseinanderzusetzen, hatte er Informationsbroschüren herangetragen, aus denen er mir vorlas, um sein Anliegen mit Begriffen wie *ressourcenschonend*, *preiswerter Verbrennungssarg* und *keine Liegegebühren* zu untermauern.

Die Bestatterin lehnte rauchend am Brückengeländer und sah auf ihr Handy. Falk turnte über die mit einem dunkelgrünen Algenteppich bedeckten Steine am Ufer, um eine Möwe zu fotografieren, die im flachen Wasser unter dem Anleger auf eine tote Scholle einhackte. Der brackige Gestank des Hafenwassers vermischte sich mit dem Geruch von Bratfisch und frisch gebrühtem Kaffee, der von der Uferpromenade herüberwehte, auf der unbekümmerte Urlauber unter blendend weißen Sonnenschirmen vor Eisbechern, Marzipantorte und Draußennurkännchenkaffee an Bistrotischen saßen, die die Sonne reflektierten. Ein Containerschiff schob ein paar Wellen das Ufer hinauf. Die Möwe schreckte hoch und zog meckernd in Richtung See, dicht über Falk hinweg, der fluchend aufsprang, strauchelte und die Kamera am ausgestreckten Arm balancierte.

Bringt Glück, rief die Bestatterin lachend und eilte zu Falk, um ihm ein Taschentuch zu reichen und seine Kamera zu halten, während er sich den Möwendreck aus den Haaren wischte. Ich lief ein paar Schritte von der Seebrücke hinunter und die Promenade hinauf und studierte die Piktogramme auf einem orangefarbenen Kasten, der seiner Aufschrift nach Hundekotentsorgungsbeutel enthielt.

1. Ziehen Sie den Entsorgungsbeutel wie einen Handschuh über.
2. Ergreifen Sie das Exkrement.
3. Verknoten Sie den Beutel und entsorgen ihn im nächsten städtischen Abfallbehälter.

Ich ließ meinen Blick über den Touristenzug schweifen, der sich an den mit Windjacken und Fischerhemden behängten Drehständern vor den Boutiquen vorbei in Richtung Strand schob. Ich war nicht einmal sicher, ob ich ihn erkennen würde.

Als der Leierkastenmann *So ein Tag, so wunderschön wie heute* anstimmte, rollte die Bestatterin entschuldigend die Augen. Ich sah am Maritim Hotel hinauf, fing an, die Stockwerke zu zählen, kam irgendwo bei zwanzig von unten durcheinander und gab es auf.

Ich hatte mir den Tod immer als Möglichkeit vorgestellt. Eine Möglichkeit, die sich jedes Mal unwillkürlich aufdrängte, sobald ich auf einem hohen Gebäude oder einer Brücke stand. Ich hatte nie daran gedacht, mich umzubringen. Ich hatte oft daran gedacht, aber so, wie man eben an etwas denkt, das möglich ist. Genauso wie ich auch, wenn ich im Museum allein vor einem wertvollen Kunstwerk stand, unwillkürlich daran denken musste, dass ich jetzt gerade die Möglichkeit hatte, dieses Kunstwerk zu zerstören, und niemand schnell genug zur Stelle wäre, um mich daran zu hindern. Saß ich als einziger Fahrgast im Bus oder in einem Taxi, dann fiel mir grundsätzlich ein, dass es möglich war, dass der Fahrer mich in eine verlassene Gegend fahren und ermorden würde. Ich hatte keine Angst, ich stellte mir diese Dinge nur vor, wie man sich eben Dinge vorstellt, die theoretisch passieren konnten.

Die Bestatterin sah nervös auf ihr Handy.

Wir könnten dann so langsam, sagte sie zögernd. Falk nickte.

Ich schüttelte den Kopf. *Wir warten noch auf jemanden.*

Ich sah die Promenade auf und ab und versuchte, zwischen all den Köpfen ein Gesicht ausfindig zu machen, von dem ich nicht wusste, wie es inzwischen aussah. Ein Gesicht, das ich aus dem Internet und aus Zeitungen kannte und von einer einzigen, kurzen Begegnung vor dreizehn Jahren.

Als Kind hatte ich angenommen, mein Vater sei entweder tot oder in Amerika oder beides. Amerika war das Weiteste, das ich mir vorstellen konnte. Außer tot. Tot war, dachte ich, noch weiter weg als Amerika. Bevor ich eine Vorstellung davon hatte, was der Tod bedeutete, hatte ich die Idee, dass man einfach immer älter wurde und immer größer, bis man, wenn man schließlich sehr, sehr alt war, ungefähr tausend Jahre alt, so groß war, dass man zu Fuß das Meer durchqueren konnte. Eines Tages würde ein tausendjähriger Vater aus Amerika vorbeispaziert kommen, dachte ich, mit ozeannassen Füßen, und dann konnte meine Mutter mal sehen. Im Grunde war mein Vater so etwas wie der Weihnachtsmann oder Gott, eben einer dieser Männer, von denen niemand, zumindest niemand Ernstzunehmendes, mit Sicherheit sagen konnte, ob es sie nun eigentlich gab oder nicht. Im Laufe der Zeit begann ich mich jedoch zu fragen, wo all die sehr, sehr alten Menschen abgeblieben waren, und ich verbannte die Idee von den tausendjährigen Riesen in die dunkle Abstellkammer meines Kopfes, in der schon der Irrglaube, dass Inseln schwimmen, dass Fischstäbchen die Spazierstöcke der Haifische sind und dass der uralte Billeteur des Schauspielhauses wirklich meine Nase gestohlen hatte, hausten und mit dem Weihnachtsmann, dem Nikolaus, dem Osterhasen und der Zahnfee eine WG der in schamhafter Erkenntnis verworfenen Theorien bildeten.

Etwa zur gleichen Zeit sah ich im Fernsehen eine Sendung für Kinder, in der das Leben eines berühmten Mannes nacherzählt wurde. Die Geschichte schloss mit den Worten: *Und dann hörte sein Herz auf zu schlagen.* Dieser Satz verfolgte mich für geraume Zeit. Plötzlich wurde mir klar, was es hieß zu sterben: Das Herz hörte zu schlagen auf, und dann war man tot. Es klang banal und wie etwas, das jedem Menschen jederzeit zustoßen konnte. Fortan presste ich, wenn ich auf dem Schoß meiner Mutter saß, ein Ohr an ihre Brust und ängstigte mich, wenn ich nichts hören konnte, weil der Busen im Weg war. Mutter fand das sehr komisch. Sie machte sich einen Spaß daraus, die Augen zu schließen und sich tot zu stellen, bis ich sie zwickte und bettelte, sie möge damit aufhören.

Später hatte der Tod mich immer wieder auf die eine oder andere Weise gestreift, ohne mehr zu hinterlassen, als ein kurzes schales Gefühl. Ich war in Städten aufgewachsen, wo das Leben gefährlich war. Ich hatte gesehen, wie jemand aus dem Fenster im zehnten Stock eines Hochhauses sprang, das auf meinem Schulweg lag, und einige Jahre später den mit einem weißen Laken abgedeckten Körper eines Selbstmörders, der sich in München, wo wir für ein paar Spielzeiten lebten, vor die U-Bahn geworfen hatte. Nur die Füße schauten heraus, die in hell- und dunkelbraunkarierten Pantoffeln steckten, die gleichen Pantoffeln, wie Falk sie heute trug. Am meisten wunderte ich mich darüber, dass man von einer U-Bahn überfahren werden konnte, ohne seine Pantoffeln zu verlieren.

In der Oberstufe, auf einer Fahrt an die Costa Brava, hatte ich einen leblosen Körper im Wasser treiben sehen, war hingeschwommen und hatte eine Weile das zitternde, blau angelaufene Gesicht eines Mannes ratlos in meinen Händen gehalten. Dann kamen ein paar andere Männer und trugen ihn davon, und ich sah vom Wasser aus zu, wie sie erfolglos versuchten, ihn wiederzubeleben. Ich wusste nichts über diesen Mann, der damals etwa so alt gewesen sein musste, wie ich es jetzt war.

Vor wenigen Jahren hatte ich mir die Hinrichtung Saddam Husseins auf YouTube angesehen und dabei gedacht, dass mich von allen meinen Toten dieser am meisten betraf, weil ich mich dazu entschieden hatte, mir das anzusehen, und das etwas war, das ich nicht würde rückgängig machen können. Ich war eine, die sich freiwillig jemandes Hinrichtung im Internet ansah.

Als das Schiff ablegte, sah ich ihn. Jedenfalls glaubte ich für einen kurzen Moment, ihn zu erkennen. Er saß auf einer Bank am Ufer. Mitten in dem Gewirr auf der Promenade, zwischen Ständen mit Bernstein und Modeschmuck, saß ein schwarz gekleideter Mann mit dunkler Sonnenbrille und grauem Bart und sah dem Schiff hinterher. Ich spürte ein anschwellendes Brennen unter der Kopfhaut, vergleichbar mit dem Gefühl, das einen überfällt, wenn man da hingreift, wo man sein Portemonnaie zu wissen glaubt, und feststellt, dass es sich dort nicht befindet. Die Schiffsschraube wühlte braunes Wasser auf, das bis an die Reling spritzte. Der Mann auf der Bank am Ufer sah in meine Richtung und bewegte sich nicht. Ich unterdrückte den Impuls, ihm zuzuwinken, und konzentrierte mich auf einen Kaugummi, der an der Reling klebte, eine akkurate Reihe milchzahnkleiner Abdrücke darin. Als ich wieder aufsah, war der Mann verschwunden.

Falk hatte die Idee gehabt, im *Hamburger Abendblatt* eine Traueranzeige zu schalten, und so hatte die Nachricht vom Tod der Schauspielerin Margarethe Mayer es doch noch in die Zeitung geschafft. *Beisetzung im engsten Familienkreis.* Ich hatte nicht gewusst, wen ich hätte anrufen sollen. Falk hatte Datum und Uhrzeit der Abfahrt des Schiffes sowie unsere Adresse angegeben. Ich hatte zuerst protestiert, dann überwog die Neugier. Ich stellte mir vor, dass irgendjemand auftauchen und irgendeine Information mitbringen würde, etwas, das ich bisher übersehen hatte. Es meldete sich niemand. Ich hatte die Anzeige ausgeschnitten und ohne Absender zu Händen Herrn Wolf Eschenbach an ein Theater in Zürich geschickt. Vielleicht hatte sie ihn dort nicht mehr erreicht. Die Spielzeit war vor ein paar Wochen zu Ende gegangen, die Mitarbeiter waren bereits in die Sommerpause entlassen. Bis auf ihn, der in der nächsten Spielzeit dort nicht mehr inszenieren würde. Er würde in der nächsten Spielzeit in Hamburg den *Sommernachtstraum* inszenieren, wie ich dem Internet entnommen hatte. Seitdem hatte ich einen Plan, von dem ich noch nicht wusste, wie ich ihn umsetzen würde, und dieser Plan verfolgte mich seit Wochen. Er war nicht sehr ausgereift, aber der Rest würde schon von selbst kommen. Die Premiere war im Dezember; rechnete man mit einer Probezeit von sechs bis acht Wochen, würde er also spätestens im Oktober nach Hamburg kommen. Die entscheidende Frage war, ob Mutter davon gewusst hatte.

Unter Deck starrte ich eine Weile die Urne an, ein geschmackloses Gefäß mit Goldrand, das von Blumen umkränzt auf einem Tisch stand, über dem eine Tafel mit verblichener Coca-Cola-Werbung Matjes mit Hausfrauensoße anbot. Zu denken, dass sich in diesem Gefäß etwas befand, was neulich noch der Körper meiner Mutter gewesen war und jetzt in einen Topf passte, zumindest teilweise. Ich hatte einmal irgendwo gelesen, dass nicht die ganze Asche in die Urne gefüllt wurde, sondern lediglich ein symbolischer Teil. Was mit dem Rest geschah, war unklar. Die Bestatterin hatte uns einen Prospekt vorgelegt, im dem die Urnen durchnummeriert waren wie die Hamburger U-Bahn-Linien: U1, U2, U3, U4. Es gab sogenannte Künstler-Urnen, die besonders scheußlich aussahen, und Öko-Urnen aus Pappmaché, für die Falk sich begeistern konnte. Ich hatte mich für die günstigste entschieden. Ich sah keinen Sinn darin, Geld auszugeben für etwas, das auf dem Meeresboden versenkt werden sollte.

Das Schiff bewegte sich gemächlich aus der Lübecker Bucht und durch die Dreimeilenzone, die wir erst hinter uns lassen mussten, wie die Bestatterin erklärte, und die eigentlich eine Zwölfmeilenzone war, aber Dreimeilenzone hieß, weil drei Meilen ursprünglich die etwaige Reichweite eines Kanonenschusses symbolisierte und jeder Küstenstaat sein Hoheitsgebiet bis zu dem Punkt ausdehnen durfte, den er theoretisch gerade noch in der Lage war, vom Land aus zu verteidigen; eine Information die mich mehr amüsierte, als Falk mir zugestand, wie ich an seinem verwundeten Blick ablas. Wie absurd es war, hier so beieinanderzusitzen, dachte ich. Und wie Falk sofort reinpasste, sich fügte, in all das. Durch das Bullauge sah ich die Besatzung eines vorbeifahrenden Segelbootes mit dem Namen *no risk, no fun* arglos winken. Ich winkte zurück und kam mir albern dabei vor. Warum überkam einen auf Schiffen der Impuls, fremden Menschen zu winken?

Die plötzliche Stille, als der Motor ausging und das Schiff anhielt, war so groß und so unheimlich, dass mir erst in diesem Moment auffiel, wie laut es vorher gewesen war. Erst jetzt hörte ich die Musik, die aus schwachen Computerlautsprechern kam, die links und rechts von der Urne standen. *My heart will go on*, Hans Albers oder die Nationalhymne, alles wäre möglich gewesen. *Über tausend Titel*, hatte die Bestatterin gesagt, mit dem bescheidenen Stolz der technisch Versierten einer Generation, für die das noch nicht selbstverständlich war, ihre Lesebrille gezückt und sich gemeinsam mit Falk über ihren iPod gebeugt. Ich konnte nicht einmal sagen, welche Musik Mutter gefallen hätte, und es war nur eine Sache mehr, die ich nicht entscheiden wollte. Was interessierte es die Toten, welche Musik auf ihrer Beerdigung lief. Mir war es völlig gleich, welche Musik auf meiner Beerdigung laufen würde, das konnte wer auch immer dann entscheiden. Die Kinder, die ich nicht haben würde. Falk, möglicherweise. Falls es in absehbarer Zeit dazu kam.

Während der Beisetzung war es Falk, der in Tränen ausbrach, so heftig, dass die Bestatterin irritiert innehielt und ihn eine

Weile ratlos ansah, bevor sie mit einem Blick, der teilnahmsvoll zwischen uns hin und her pendelte und etwas zu verstehen glaubte, das nicht zu verstehen war, weiter von schweren Zeiten und von Trost sprach. Nicht von Gott. Sie hatte sich vorher erkundigt, ob wir einen Pastor dabeihaben wollten, was ich dankend abgelehnt hatte.

Warum weinte Falk und ich nicht? Seine Eltern lebten noch, sie wohnten im Schwarzwald und waren seit vierzig Jahren verheiratet, miteinander sogar, schickten ihm Pullover und Socken zum Geburtstag und Herrenschokolade, die er nicht mochte, die ich dann aufaß. Ich hatte Falk bereits das eine oder andere Mal weinen sehen, aber nie auf diese Art, und ich wusste nicht, wofür ich mich mehr schämte: seine Reaktion oder meine. Ich kannte sein stummes, vorwurfsvolles Weinen, das immer einen Zweck verfolgte; er weinte, um etwas auszulösen in mir, er begriff nicht, dass er damit gewöhnlich das Gegenteil erreichte.

Das Schiff zog Kreise um die Stelle, an der die Urne verschwunden war. Sie würde auf den Grund sinken und sich dort langsam auflösen. Ich hatte mich vor der Möglichkeit gefürchtet, dass die Asche verstreut werden würde, davor, das sehen und riechen zu müssen und womöglich Gegenwind, man kannte das aus Filmen; aber die Bestatterin hatte erklärt, dass das in Deutschland nicht erlaubt sei.

Ich versuchte, mir vorzustellen, was Mutter sich vorgestellt hatte, ob es das hier war: Falk, der Rotz und Wasser heulte, und ich daneben, mit einem fremden, tauben Gefühl. Meine Mutter hatte das Unglück immer geliebt. Das Unglück an sich, nicht irgendein spezielles. Als ich noch sehr klein war, zu klein eigentlich, hatte sie mir zum Einschlafen immer wieder dieses Lied vorgesungen, das mir für alle Zeiten im Gedächtnis geblieben war: das Lied vom kleinen Matrosen, der die Welt umsegelte und ein armes Mädchen liebte, und dieses Mädchen musste sterben, und der Matrose war daran schuld. Ich hatte nie verstanden und verstand eigentlich noch heute nicht, warum das Mädchen hatte sterben müssen, aber ich ahnte, dass etwas Ungeheuerliches vorgefallen sein musste und dass den Matrosen eine schreckliche Schuld traf. Ich hatte Falk später einmal davon erzählt, und seine Theorie war, dass das Mädchen eine Hafenhure gewesen sei und sich vom Matrosen die Syphilis geholt habe, aber diese Interpretation gefiel mir nicht.

Als Kind hatte ich, trotz aller Vorzeichen, eine Art Ewigkeit an Mutter vermutet, und später, genau genommen noch bis vor wenigen Wochen, hatte ich geglaubt, sie hätte sich eingerichtet in ihrem gemäßigten Unglück. In der letzten Zeit – den letzten Jahren, eigentlich – war sie immer häufiger bereits tagsüber betrunken. Wenn sie mich anrief, einmal in der Woche, meistens am Freitagabend, sagte ich, ich sei gerade beschäftigt, auch wenn dies nicht der Fall war. Sie fragte nie nach, sondern sprach einfach weiter. Erzählte von Situationen, an die ich mich nicht erinnern konnte oder die ich anders in Erinnerung hatte, und irgendetwas hielt mich davon ab, das dann zu sagen. Sie redete, und ich lief durch die Wohnung, den Hörer zwischen Ohr und Schulter geklemmt und beschäftigte mich mit anderen Dingen, machte dabei ab und an ein Geräusch der Zustimmung oder Verwunderung, ich hatte das perfektioniert. Sie sprach unaufhörlich, als hätte sie Angst, ich könne verschwinden, sollte sie einmal eine Pause entstehen lassen. Ich hatte aufgehört, beleidigt zu sein, Dinge zu sagen wie: *Mir geht es übrigens auch gut.* Ich wusste nicht, wann es angefangen hatte, dass ich dieses Unbehagen spürte, sobald ich ihre Stimme hörte. Diesen Widerstand, der, wenn auch nicht ausschließlich, mit ihrer Art zu sprechen zusammenhing, der Notwendigkeit, bis in die letzte Reihe gehört zu werden. Ihre Stimme war alles, was ihr geblieben war, nachdem, wie sie selbst zu sagen pflegte, ihr Körper sie verlassen hatte; und ich war nicht sicher, ob es an meiner Wahrnehmung lag oder ob in dieser Aussage tatsächlich ein Vorwurf mitschwang. Ein unbegründeter, wie ich fand, denn sie hatte nach meiner Geburt noch zehn Jahre lang einigermaßen großartig ausgesehen.

Ich konnte mich nicht an unser letztes Gespräch erinnern. Ich erinnerte mich an unser letztes Treffen: Sie hatte einen Arzttermin in Hamburg, das war etwas länger her als ein Jahr. Wir trafen uns in der Innenstadt, tranken einen Kaffee im Hanseviertel, ich gab vor, nicht viel Zeit zu haben. Sie war unkonzentriert, flirtete mit den Bankern am Nebentisch, die ihre Mittagspause hier verbrachten, fragte: *Und wie geht es Frank?* Ich machte mir nicht die Mühe, sie zu korrigieren. Auf dem Weg zum Bahnhof kamen wir am Schauspielhaus vorbei, und sie fing an, auf den derzeitigen Intendanten zu schimpfen, mit dem sie nicht wieder zusammenarbeiten wolle. Sie hatte seit zehn Jahren nicht mehr auf der Bühne gestanden, aber wenn sie von ihrer Zeit am Theater sprach, dann wie von etwas, das eigentlich nicht vorbei war. Sie arbeitete in den letzten Jahren von zu Hause aus, *Telefonmarketing*, wie sie sagte, sie sprach nicht gern davon. Ich hatte mir lange vorgestellt, dass sie gelangweilte Hausfrauen anrief und ihnen Zeitschriftenabonnements oder Topfsets aufschwatzte. Womit sie ihr Geld wirklich verdiente, hatte ich zufällig herausgefunden, als ich einmal zu Besuch war und am späten Abend an die Tür ihres Arbeitszimmers klopfte, die nur angelehnt war. Als ich eintrat, hörte ich Mutter ins Telefon stöhnen. Nicht laut oder übertrieben schauspielerisch, sondern gleichmäßig und konzentriert, sie tat nichts anderes dabei, saß aufrecht am Schreibtisch und hielt nicht einmal inne, als sie mich bemerkte. Sie machte einfach weiter und sah mich dabei an, mit einem Blick, den ich sehr gern vergessen würde. Ich stand eine Weile im Türrahmen, dann zog ich die Tür hinter mir zu, ging langsam die Treppe hinunter und legte mich auf das Sofa. Am Morgen fuhr sie mich zum Bahnhof und stieg nicht mit aus. Falk hatte ich nichts davon erzählt. Ich hatte sie nie wieder nach Geld gefragt.

Ich rannte durch den Innenraum des Schiffes, riss die Tür mit der Aufschrift *WC* auf und übergab mich in ein nach synthetischer Zitrone riechendes Klo. Die Maschinen dröhnten, das Schiff hatte wieder volle Fahrt aufgenommen. Der Noppenboden vibrierte beruhigend unter meinen Knien. Die Bestatterin musterte mich mit mäßig besorgtem Blick, half mir auf, legte eine Hand auf meine Schulter und ließ sie dort liegen. Ihre Bluse spannte über der Brust und gab ein winziges ellipsenförmiges Stück Haut frei. Eine Weile standen wir sehr nah beieinander im Türrahmen, ich konnte ihr Deodorant und ihren Raucheratem riechen. Dann schob sie mich in Richtung Bar, an der Falk stand und mit apathischem Blick einen Turm aus Würfelzucker baute.
Kann ich Ihnen was zu trinken anbieten?
Einen Schnaps, bitte, sagte ich matt und legte mein Gesicht auf dem Tresen ab. Falks Zuckerturm kippte um, und einen Moment sah er aus, als würde er darüber in Tränen ausbrechen. Die Bestatterin trat hinter die Bar, füllte ein Glas mit Wasser und stellte es vor mir ab. Auf dem blaugestreiften Papiertischläufer standen die Wörter *Hawaii*, *Rio* und *Ahoi*. Ich nahm das Glas und ging zurück hinaus aufs Deck, wo sich in der Ferne zu meiner Erleichterung bereits die Küste näherte, der Priwall, die Passat und auf der anderen Seite das Maritim Hotel in seiner ganzen Scheußlichkeit, das einen langen Schatten auf den Strand warf.

2.

Es gab zwei oder drei Dinge, die ich von meinem Vater wusste.

Der Rest bestand aus Mutmaßungen und Schlussfolgerungen, die ich den unbedachten Äußerungen und widersprüchlichen Erzählungen meiner Mutter entnahm. Die Vehemenz, mit der sie gleichzeitig oder sehr kurz nacheinander zwei völlig gegensätzliche Behauptungen zu verteidigen imstande war, faszinierte mich bis zuletzt. Der Alkohol verwischte die Erinnerungen, aber er war nicht allein schuld. Es hatte gedauert, bis mir das aufgefallen war.

Die Geschichte meiner Entstehung war ein Puzzle, bei dem die Hälfte der Teile fehlte. Eine Liebesgeschichte, möglicherweise. Eine Liebesgeschichte mit tragischem Ausgang, wobei mir nicht ganz klar war, worin die Tragik lag. Womöglich war er verheiratet gewesen oder war es noch immer. Eventuell hatte er noch eine zweite Familie oder, besser gesagt, eine erste, da wir, meine Mutter und ich, nicht zählten.

Vielleicht – und aus irgendeinem Grund, wahrscheinlich weil die Vorstellung zu ungeheuerlich schien, war mir diese Möglichkeit erst in den letzten Jahren in den Sinn gekommen – wusste er überhaupt nichts von meiner Existenz.

Mit Sicherheit war zu sagen, dass er Mitte der achtziger Jahre, genauer gesagt in der Spielzeit 86/87, am Hamburger

Schauspielhaus *Das Käthchen von Heilbronn* inszeniert hatte. Mutter spielte das Käthchen, er hatte sie beim Intendantenvorspiel an der Schauspielschule entdeckt. Ein Dreivierteljahr später wurde ich geboren. Ein Unfall, der ihrer Karriere jedoch zunächst nichts anzuhaben schien. Sie hatte mir den Namen Katharina gegeben, nach dem Käthchen, irgendwann war Ina daraus geworden.

Ich hatte mir meine ganze Kindheit und Jugend über ausgemalt, wie ich eines Tages nach meinem Vater suchen würde. Es war nur eine Vorstellung, ein Film in meinem Kopf, dessen Drehbuch je nach Lebensphase und den Büchern, die mich zuletzt beeindruckt hatten, variierte. Die Idee, irgendwann einmal aufzustehen und etwas zu tun. Eine Art Vorfreude auf ein unkonkretes Später. Bis dahin wartete ich, ohne zu wissen worauf. Etwas hielt mich zurück. Etwas, das mit den Jahren stärker wurde und lähmender und sich auf alle Lebensbereiche ausdehnte. Ich verbrachte ganze Tage auf dem Bett oder am Fenster damit, mir auszumalen, wie mein Leben, sollte es eines Tages beginnen, aussehen würde. Das Warten hatte noch nicht diesen schalen Beigeschmack, und hätte mir damals jemand gesagt, dass sich in der folgenden Dekade nichts Wesentliches ereignen würde, vermutlich hätte es sich anders angefühlt. Es fühlte sich gut an. Damals war ich immer unglücklich verliebt in irgendwen, und wenn das Gefühl schwächer wurde, suchte ich mir jemand Neues, in den ich unglücklich verliebt sein konnte, und genoss den Schmerz, der mit leisem Ziehen das Brustbein hinaufkletterte und wieder verebbte, jedes Mal wenn ich an jemanden dachte. Wenn ich aus der Schule nach Hause kam, schob ich mir eine Aufbackpizza in den Ofen und setzte mich vor den Fernseher, sah Talkshows und schlecht synchronisierte Sitcoms und pseudodokumentarische Realityformate. Es hatte etwas zutiefst und auf verstörende Weise Befriedigendes, fremden Menschen beim Leben zuzusehen, Leben, die ich nicht hätte führen wollen und vor denen ich mich in jugendlicher Arroganz in Sicherheit wähnte.

Wahrscheinlich ging es dabei letztendlich nur um das Hinauszögern der Enttäuschung, die ich erwartete. Das Schweigen meiner Mutter, das beharrlich sein konnte und dramatisch aufgeladen, hatte mich immer ein unkonkretes Schlimmes vermuten lassen. Etwas musste vorgefallen sein, das so ungeheuerlich war, dass Mutter jede Aussage, zumindest im nüchternen Zustand, verweigerte. Diese Ungeheuerlichkeit war mir als kleines Kind nicht bewusst gewesen, nicht etwa weil Mutter sich mir gegenüber zurückgehalten hätte, sondern weil ich alles, was sie sagte, mit der unerschütterlichen Ernsthaftigkeit kleiner Kinder hinnahm. In der Welt, in der ich lebte, metzelten sich Menschen auf der Bühne gegenseitig ab, später tranken sie dann Wein in der Kantine, strichen mir lachend durch das Haar, beteuerten, dass es ihnen gut gehe, dass nichts davon in echt passiert sei. Wenn Mutter ins Telefon schrie, dass sie diesen oder jenen Scheißkerl zu erschießen beabsichtigte, war ich überzeugt, dass dieser oder jener Scheißkerl am nächsten Tag tot sei, am übernächsten jedoch wieder schnapstrinkenderweise in unserer Küche sitzen und sein Messer in den Tisch bohren würde. Erst in dem Alter, da sich langsam zumindest der Versuch, die Dinge zu begreifen, aus dem Dämmerzustand des Daseins schälte, hatte sie mir Angst gemacht, und ich hatte versucht, nicht an das, von dem so beharrlich geschwiegen wurde, zu denken.

In der Pubertät wiederum begann ich, einen leisen Gefallen daran zu finden, und ein wohliges Schauern mischte sich unter die Angst, vor dem, das da lauerte, der Geschichte, die nur umkreist wurde, in Andeutungen und unbedachten Äußerungen. In dieser Zeit fing es an, dass Mutter nach Hause kam und trank. Sie ging direkt in die Küche, warf ihren Mantel über eine Stuhllehne und setzte sich an den Küchentisch, wie man sich an den Schreibtisch setzt, an die Stirnseite des Tisches, den Rücken zum Fenster, ein Glas und eine Flasche vor sich wie eine Aufgabe. Sie konzentrierte sich darauf, den Alkohol zu vernichten, als sei er schuld an allem, und wahrscheinlich war er das auch, aber das war letztendlich eine Huhn-Ei-Frage. Mutter trank, und ich sah ihr zu. Irgendwann hatte ich festgestellt, dass die interessanten Informationen durch den Alkohol kamen, und ich folgte Mutter in die Küche, setzte mich ihr gegenüber und beobachtete sie, wie man ein Labortier beobachtet. Und Mutter sprach. Wenn sie betrunken war, sprach sie von den Möglichkeiten, die man, sie, hatte oder gehabt hatte oder gehabt hätte oder eben leider nicht. Wenn sie stockte, schenkte ich ihr nach. Irgendwo hatte ich gelesen, dass man Alkoholiker konfrontieren sollte, sie zum Trinken zwingen und ihnen dabei zusehen, um sie zu beschämen und letztlich dadurch zum Aufhören zu bewegen. Aber die Wahrheit war, dass ich das damals nicht gedacht hatte, dass ich mir das viel später erst zurechtlegte, eigentlich erst in letzter Zeit, als ich mir einredete, etwas versucht zu haben, aus einem verspäteten Schuldgefühl heraus.

Diese Abende, die unweigerlich in Nächte übergingen, in denen ich mir angewöhnte, das Gas abzustellen und es erst am nächsten Vormittag, wenn sie jammernd in der Ecke lag, wieder anzustellen, waren wie ein ernstes Spiel zwischen uns. Niemand machte Licht, in den langen Minuten, in denen nicht gesprochen wurde, weil es jedes Wort abzuwägen galt, weil ich die Gedanken angeschlichen kommen sah, hinter der Sorgenstirn meiner Mutter, ihrem Schatten, der sich gegen den schwach ausgeleuchteten Fensterrahmen abzeichnete.

Ich fuhr mit den Fingern die Macken im Holz des Tisches nach, obwohl ich mich nicht erinnerte, ob es den, der sie hinterlassen hatte, damals schon gab oder schon wieder nicht mehr gab oder ob das ein anderer Tisch gewesen war, an dem er gesessen hatte, in einer anderen Stadt. Ab und zu wanderte ein Schatten über die Decke, wenn auf der Straße ein Auto vorbeifuhr. Mutter konnte schweigsam sein, wenn man die falschen, die richtigen Fragen stellte, und ich sah ihr zu, wie sie Informationen ordnete hinter der Stirn, sie in Zweierreihe antreten ließ wie Kindergartenkinder. Ich hörte die Stille durch das Geräusch des Einschenkens, das Knallen ihres Glases auf die Tischplatte, von Runde zu Runde unkoordinierter, das Rauschen der Wasserleitungen in der Wand, das dumpfe Zucken, mit dem sich die Gastherme ein- und ausschaltete, Fernsehgeräusche aus den umliegenden Wohnungen, Schritte im Treppenhaus, die sich näherten und wieder verebbten, das Rasseln von Schlüsseln, Türen, die ins Schloss fielen. Ich wusste, dass ich sie nicht unterbrechen durfte, wenn ich an das Wesentliche heranwollte, wenngleich ich nicht genau wusste, worin es bestand, aber ich hoffte, das eines Nachts herauszufinden. Nach einer Weile waren wir so eingespielt, dass ich sofort in die Küche ging, wenn sie nach Hause kam, wortlos zwei Wassergläser aus dem Schrank über der Spüle nahm und randvoll mit Schnaps schenkte. Als ich mir zum ersten Mal selbst auch ein Glas einschenkte, sah sie mich halb belustigt, halb anerkennend an und fragte: *Hast du morgen Schule?*

Erst zur Dritten, sagte ich, was wahrscheinlich gelogen war, aber ich nahm es schon lange nicht mehr genau mit der Anwesenheit im Unterricht. Ich hatte die Unterschrift meiner Mutter perfektioniert, ihre geschwungene aggressive Schrift, wie ein Gymnasiallehrer sie von einer Schauspielerin wahrscheinlich nicht anders erwartete, zwei große M wie Margarethe und wie Mayer, dahinter jeweils eine Wellenlinie, die die Buchstaben nur andeutete. Meistens benutzte ich das Wort *unpässlich*, das mir passend schien, weil sie es einmal auf einer echten Entschuldigung verwendet hatte und es glaubhaft altmodisch klang, wie ich fand, und weil außerdem jede genaue Nachfrage eine Indiskretion bedeutete, die ein in die Jahre gekommener Sportlehrer sich pubertierenden Mädchen mit hysterischen Theatermüttern gegenüber nicht erlauben konnte. Ich hatte mir die maximale Anzahl an Fehlstunden ausgerechnet, die mich gerade noch bestehen lassen würden, baute einen Puffer von einigen Stunden für einen eventuellen echten Krankheitsfall ein und war in keinem Fach öfter anwesend als unbedingt nötig.

Wenn sie weinte, hatte ich gewonnen. Mutter weinte oft und grundlos, wie mir schien, und ich saß da, mehr fasziniert als betroffen, auch ein wenig stolz, auf die Macht, die ich über sie zu haben glaubte. In diesen Momenten hatte ich ihre ganze Aufmerksamkeit, also war ich grausam. Ich selbst weinte nie. Gelegentlich schrie ich, knallte Türen oder schloss mich im Badezimmer ein. Das einzige Mal, dass ich als Kind geweint habe, war, soweit ich mich erinnerte, als Mutter Romeo und Julia getötet hatte.

3.

Was zu tun war: den Telefonanschluss kündigen, Versicherungen und Mitgliedschaften, von denen ich nichts wusste, nichts wissen wollte; Falk regelte und erledigte, öffnete Briefe, telefonierte mit Ämtern, mit dem Notar, der Bank. Das Wort *Nachlass* schwebte eine Weile mit eigenartigem Klang im Raum, zog Kreise im Erdgeschoss, durch die Diele in die Küche und zurück ins Wohnzimmer, wo Falk auf und ab lief, energisch Kartons faltete, die Handflächen unter die Achseln schob, konzentriert Möbelstücke anstarrte und mir Sätze zurief wie: *Das hier könnte was wert sein.* Ich wartete darauf, dass sich etwas einstellte, ein Gefühl, das mir in einer Situation wie dieser angemessen erschienen wäre; es stellte sich nichts ein. Ich stand, unfähig, irgendetwas anzufangen, nutz- und ratlos vor Schränken und Regalen herum, mit einem Gefühl von Vergeblichkeit angesichts all der Dinge.

Das Klavier, auf dem ich nicht spielen gelernt hatte, blaue Notenhefte, Schumanns *Kinderszenen* und Bachs *Inventionen*, vergilbte Elfenbeintasten, auf denen meine Mutter gespielt hatte, in anderen Wohnungen in anderen Städten, in einem früheren Leben. Falk schrieb mit Filzstift *Ina* auf einen Karton, auf dem zwei Männchen mit Schiebermützen und Latzhosen abgebildet waren, *Die Umzugsprofis, 6 × in Deutschland*, riss Seiten aus Frauenzeitschriften und Werbeprospekten, wickelte Geschirr darin ein, weißes Porzellan mit Goldrand und verblichenem Rosenmuster. Hielt Dinge hoch, und ich schüttelte den Kopf oder nickte.

Ich war einige Jahre nicht in diesem Haus gewesen, vielleicht drei oder vier. War ich dann da, war sie ungeduldig, rastlos, tigerte durch die Räume, trug Dinge heran, die sie sich zugelegt hatte, zeigte sie her, brachte sie wieder fort. War oft schon betrunken, wenn ich kam, rauchte zu viel, hörte nicht zu. Wir fuhren mit dem Auto in die Kreisstadt, in das immer gleiche italienische Restaurant, wo man sie kannte, *La Grotta*: ein schummriger Keller mit klebrigen Plastiktischdecken, Stoffblumengestecken in geschmacklosen Vasen und Eros Ramazzotti aus scheppernden Deckenlautsprechern. Mutter regte sich auf, dass ich Pizza Margherita bestellte, sie selbst aß Salat und Frutti di Mare, schüttete karaffenweise Wein in sich hinein, flirtete mit dem Kellner, einem spindeldürren älteren Herrn namens Toni oder Luigi; dann kam der Koch nach vorn, ein Inder in speckiger Schürze, küsste meiner Mutter die Hand und nannte mich *Señorita*, es war grotesk, ich weiß nicht, was genau mich daran störte, alles störte mich. Später spazierten wir durch eine trostlose Innenstadt aus flachen Backsteinbauten, tranken Cocktails in leeren Bars, manchmal fing ich Streit an, provozierte sie, bis sie Flecken im Ausschnitt bekam. Zurück fuhr ich das Auto, weil sie betrunken war. Zu Hause trank sie weiter, drehte die Musik auf, bis ich mir ihren Arm über die Schulter hängte, sie die Treppe hoch und ins Schlafzimmer zerrte. Ich schlief auf dem Sofa im Wohnzimmer oder schlief nicht, lag wach und wartete auf den Morgen, an dem ich, zerstritten oder nicht, abreiste. Sie fuhr mich zum Bahnhof, hielt es nicht aus, immer waren wir viel zu früh dort und sie fort, bevor der Zug kam.

In einer Schale auf dem Küchentisch ein Durcheinander aus Zetteln, ein Plastikchip für Einkaufswagen, Kugelschreiber mit Werbeaufdruck, eine Streichholzschachtel mit der Adresse eines Restaurants. Ich nahm ein Glas aus dem Schrank, ein Senfglas mit verwaschenem Schlumpfmotiv und feinen Spülmaschinenkratzern, das eine vage Erinnerung auslöste, fuhr mit dem Daumen über die raue Oberfläche, trank ein Glas Leitungswasser im Stehen am Fenster und sah in den Garten, in dem nichts mehr wuchs. Auf der Terrasse kämpften zwei Spatzen. Ich versuchte, mir meine Mutter vorzustellen, in diesem Haus, ich konnte sie mir nicht vorstellen, nicht bei den kleinsten, unscheinbarsten Handlungen und Gesten, es gelang mir einfach nicht, mir auszumalen wie sie Geschirr spülte, sich eine Scheibe Brot schmierte; in meiner Vorstellung saß sie, reglos und mit einer Tasse Tee, einer Flasche Likör am Tisch, in der von einer unsichtbaren Uhr zertickten Stille, den Rücken zum Fenster, und wenn wir telefonierten, hallte ihre Stimme, noch immer kräftig und überartikuliert, durch die Leere des Hauses. Ich hatte sie mir immer so vorgestellt, in den letzten Jahren, hier an diesem Küchentisch, ich wusste nicht warum.

Ich öffnete den Kühlschrank. Eine Flasche Weißwein, ranzige Butter, übelriechendes Hackfleisch in rotweißkariertem Metzgerpapier, Medikamente und Batterien. Das Eisfach war vereist, eine Packung Rahmspinat darin eingewachsen, abgelaufen im letzten Jahrtausend. In der Ecke hinter dem Kühlschrank stand ein Plastiknapf mit verschimmeltem Futterrest, als ich mit dem Fuß dagegenstieß, stiegen Fliegen auf. Ich hatte nichts gewusst von einer Katze. In der Speisekammer fand ich eine Palette Katzenfutter, schwankte einen Moment zwischen Huhn und Kalb, entschied mich für Letzteres, leerte eine halbe Dose auf eine Untertasse. Den Napf warf ich mitsamt seinem Inhalt in den Müll.

Ich habe Katzen nie leiden können, ihre arrogante, undankbare Art, ich wollte immer einen Hund haben oder wenigstens ein Meerschweinchen, aber Mutter war dagegen, und schließlich bekam ich Romeo und Julia, zwei Wellensittiche, mit denen es allerdings schon bald ein tragisches Ende nahm; ich hätte ihnen andere Namen geben sollen, hatte Mutter später einmal tatsächlich gesagt. Romeo war gelb, und Julia war blau, und eigentlich waren es zwei Julias, aber das interessierte mich damals noch nicht. Sie wohnten in einem geräumigen Käfig auf der Fensterbank in der Küche, und abends sagte ich ihnen *Gute Nacht* und hängte ein Tuch über den Käfig. Eines Abends stellte meine Mutter aus unbekannten Gründen – vielleicht hatte sie das Fenster öffnen wollen, um zu lüften oder um einem Liebhaber nachzuwinken – den Käfig auf die Nachtspeicherheizung und ließ ihn dort stehen, und am nächsten Morgen fand ich Romeo und Julia tot im Sand auf dem Käfigboden liegend.

Ich öffnete die Terrassentür. Draußen war es wärmer, als die Kühle im Haus vermuten ließ. Brüchige, moosbefleckte Steinplatten, ein rostiger Metalltisch darauf, ein Klappstuhl, auf dessen Sitzfläche verdunstetes Regenwasser einen Schmutzring hinterlassen hatte. Blaue Glaskugeln auf Holzstangen, die in den Beeten steckten oder dort, wo früher einmal Beete gewesen waren, vom Regen verwaschen, die Farbe abgeplatzt. Eine rostige Schaufel, ein einzelner schmutziger Handschuh, eine Gießkanne aus grünem Plastik. Wo der Garten aufhörte, fingen die Felder an, dazwischen eine Wand aus hohen dunklen Tannen. Ich lief ein paar Schritte durch den Garten. Durch das Fenster sah ich Falk im Wohnzimmer auf und ab gehen, sich an der Hüfte kratzen, durch das Haar streichen. Falk, der alles richtig machte, als hätte er nie etwas anderes getan, als ein Leben in Pappkartons verschwinden zu lassen, wohlüberlegt, ruhig und präzise. Ich setzte mich auf die Stufen, die von der Terrasse herab in den Garten führten, den Rücken zum Fenster. Ich suchte nach einem Bild in meinem Kopf: meine Mutter im Sommer, ihr abendlicher Gang durch den Garten, wie sie stehen bleibt, die Arme verschränkt, den Kopf schräg, ihr abwesender Blick, während hinter den Tannen langsam das Licht aus dem Tag trottet. Wie sie dann prüfend einen Zweig berührt, sich in die Beete bückt, während ich auf der Terrasse stehe, in der geöffneten Tür, ungeduldig, mit gepackten Taschen. Ich war nicht sicher, ob es eine solche Situation gegeben hatte, zu symbolisch erschien es mir, das Bild eines Abschieds, aber das hatte ich damals nicht gedacht, das dachte ich jetzt, und wahrscheinlich stimmte es nicht.

Dass sie imstande gewesen ist, sich mir zu nehmen. Man sagt *sich das Leben nehmen*, als würde man sich selbst um etwas bringen. Aber was nimmt man sich, wenn man sich das Leben nimmt? Die anderen sind es, denen man etwas nimmt. Die sogenannten Hinterbliebenen. Auch so ein Wort. Ich ging zurück ins Haus und lief unschlüssig durch die Räume. Ich wusste nicht, was ich erwartet hatte. Einen Abschiedsbrief, mit Bettlaken verhängte Möbel, etwas Eindeutiges. Es war zu ordentlich für jemanden, der nur kurz einkaufen fährt, es war nicht ordentlich genug für jemanden, der vorhatte, nie mehr zurückzukehren.

Im Badezimmer im Obergeschoss starrte ich eine Weile ihre Bürste an, die auf dem Waschbeckenrand lag, mit ein paar restlichen Haaren darin, die langen, kräftigen grauen Haare meiner Mutter. Ihre Badezusätze auf dem Wannenrand, Körperöle und Cremes auf dem Bord über dem Waschbecken. Ich war nicht in der Lage, irgendetwas anzurühren. Ich setzte mich auf den Badewannenrand und betrachtete die

Schimmelflecken an der brüchigen Dichtung des Fensters. Durch das Milchglas waren die schemenhaften Schattierungen der Tannen im Garten zu erkennen.

Ihre Haare in der Bürste. Die Haare einer Lebenden, die morgens aufstand, duschte, sich die Zähne putzte, die Haare kämmte. Die Bürste zwischen Seife und Zahnpastatube liegen ließ. Vielleicht einen Kaffee trank am Küchentisch, die Katze fütterte, das Haus verließ. Ins Auto stieg. Ich drückte den Stöpsel in den Abfluss, ließ kaltes Wasser ins Waschbecken einlaufen und legte mein Gesicht hinein.

Ich habe meine Mutter nicht alt werden sehen. Das heißt, ich muss wohl dabei gewesen sein, aber ich erinnere mich nicht. Ich hatte ein Bild von ihr im Kopf, das dunkle Haar zum Kranz geflochten, eine Seeräuber-Jenny im roten Kleid, ich habe dieses rote Kleid sehr geliebt an ihr. Dann das andere Bild, am Tisch in dieser dunklen Küche, in diesem viel zu großen Haus, ihr graues ernstes Alkoholgesicht. Es gab kein Dazwischen in meiner Erinnerung, meine Mutter ist für mich nur immer sehr jung und dann, plötzlich und vor der Zeit, alt gewesen. Ich wusste nicht, was zuerst da gewesen war, der Alkohol oder der Stillstand; die Resignation oder das Ausbleiben der Rollenangebote oder beides zugleich. In meinem Kopf waren diese zwei Bilder, die zwei Zeiten meiner Mutter, die ich nicht zusammenbekam, und nur eine vage Vorstellung von den fernen Jahren dazwischen. Hatte es einen Moment der Entscheidung gegeben? War sie eines Morgens aufgestanden und hatte sich gesagt, heute, heute werde ich mir das Leben nehmen, aber vorher gehe ich noch ein halbes Pfund Gehacktes kaufen und räume die Spülmaschine aus? Hatte sie, im Bewusstsein, dass dieser ihr letzter Tag sei, einen letzten Kaffee am Küchentisch getrunken und war dann mit einem feierlichen Gefühl ins Auto gestiegen? Für sie, die sie in den letzten Jahren gewesen ist – wenngleich ich nicht sicher war, dass ich das so sagen konnte, denn schließlich war ich in den letzten Jahren kaum noch dabei gewesen –, hatte ich nur dieses eine Bild von ihr am Küchentisch, ihr gerader, verspannter Rücken, das Ticken der Uhr und das leise Gurgeln des Kühlschranks in der Stille des Hauses. Alles verschwamm in meinem Kopf wie beim Betrachten alter Fotos, wenn man nicht weiß, ob man sich tatsächlich an die Situation auf dem Bild erinnert oder ob man nur die Fotografie so häufig angesehen hat, dass man glaubt, sich zu erinnern, an die Orte und Zeiten, die Wohnungen und Häuser, in denen wir gelebt hatten, meist für kurze Zeit, ein, zwei Jahre, bevor es ein Engagement in einer anderen Stadt oder wieder jemanden zu vergessen gab. Ich verwechselte Menschen und Hotelzimmer auf Gastspielreisen, die Erinnerungen überlagerten sich und wuchsen in meinem Kopf zu einem großen, undeutlichen Bild zusammen; ein langer, dunkler Flur, eine kleine Küche, eine große Küche mit rundem Tisch, die Macken im dunklen Holz, in das ein Pfeifenraucher sein Messer gebohrt hatte; dunkle Dielen oder heller Teppich, die grauen, warmen Körper der Nachtspeicherheizungen, ein Durchgangszimmer mit Flügeltür; in der nächsten Wohnung Zentralheizung, ein Balkon, eine Untermieterin, eine Katze oder doch keine Katze.

Über die Wand des Schlafzimmers zogen sich feine Risse durch den Putz. Die Vorhänge waren zugezogen, das Bett ordentlich gemacht, nicht in Eile verlassen, eine Packung Schlaftabletten und eine Flasche Wasser auf dem Nachttisch. Über dem Bett hing ein überlebensgroßes Plakat, auf dem meine Mutter einen Dolch in der Hand hielt. In ihren hoffnungsvollsten Zeiten hing dieses Bild, in der Dunkelheit beleuchtet, an der Fassade des Hamburger Schauspielhauses. Manchmal blieben Passanten davor stehen und lasen den Namen des Stückes, groß, obendrüber, und den Namen meiner Mutter, klein, untendrunter. Öffnungszeiten und Telefonnummer des Kartenvorverkaufs.

In meiner ältesten Erinnerung an das Theater stehe ich in der Gasse neben dem Inspizientenpult und sehe meiner Mutter beim Sterben zu. Ein Anblick, an den ich mich gewöhnen sollte, aber zu diesem Zeitpunkt ist er noch neu, und ich bin vier Jahre alt, ein ernstes, blasses, pummeliges Mädchen, ich höre die Erwachsenen reden, ungewöhnlich ist das Wort, ein ungewöhnlich stilles Kind. Der Inspizient passt auf, dass ich nicht auf die Bühne laufe, seine Hand liegt schwer auf meinem Kopf und schließt sich wie ein Helm um meinen Schädel. Es ist dunkel, bis auf einen Verfolger, auf meine Mutter gerichtet, die rasende Amazone, einen blassen Achill zerfleischend, merklich angeschlagen, jedoch noch äußerst wortgewandt, wenn man bedenkt, dass sie sich schon vor mehreren Minuten einen Dolch zwischen die Brüste gestoßen hat. Ein heller, klarer Kinderschrei aus dem Off. Stille. Vorhang. Meine Mutter liebte diese Geschichte, sie erzählte sie noch Jahrzehnte später bei jeder Gelegenheit.

Ich legte mich aufs Bett, drehte das Gesicht ins Kissen und atmete vorsichtig ein, es roch nach Weichspüler oder einem Parfüm, das ich nicht kannte, das nichts auslöste. Penthesilea starrte mich an, ihr schöner Wahnsinn ein Mahnmal besserer Zeiten. Ich versuchte, mir vorzustellen, wie Mutter jeden Abend hier gelegen und dieses Bild betrachtet hatte oder auch nicht, schließlich nimmt man nicht wahr, was einen täglich umgibt. Wie sie eine Schlaftablette genommen, einen Schluck Wasser getrunken, das Licht gelöscht hatte. Ich schloss die Augen. Ich konnte mir gar nichts mehr vorstellen.

4.

Am Abend in der Küche zerrieb Falk Pfefferkörner zwischen den Fingern, zerdrückte Knoblauchzehen mit dem Handballen auf dem Rand der Spüle, schüttelte mit beiden Händen energisch eine gusseiserne Bratpfanne über dem Herd; die Selbstverständlichkeit, mit der er sich in der fremden Küche zurechtfand, irritierte mich. Durch das Haus zog der seltsam lebendige Geruch von Gebratenem, und ein warmes rötliches Licht blitzte durch die Tannen im Garten, ein vermutlich atemberaubender Sonnenuntergang, den man von hier aus nicht sehen konnte. Falk war autoritär am Herd, er ließ keine Hilfe zu, nicht einmal Zwiebeln durfte ich schneiden und war dankbar dafür, legte mein Gesicht, das sich heiß und schwer anfühlte, auf die kühle Tischplatte und sah ihm zu. Wenn man Falk kochen sah, konnte man auf den Gedanken kommen, dass er gut im Bett sei. Die Präzision, mit der er vorging, die Aufmerksamkeit, die er jeder Zutat widmete. Andererseits gehörte Falk zu den Menschen, die ich mir nicht beim Sex vorstellen konnte, was an seinem Beruf lag, seinem Verhältnis zu Körpern. Er selbst hatte keinen Körper, jedenfalls keinen, der sich durch irgendetwas in den Vordergrund drängte. Alles an ihm war zu groß und zu dünn. Fraglich, ob er überhaupt Sex hatte. Seit ich vor drei Jahren bei ihm eingezogen war, war er nur wenige Male nachts nicht nach Hause gekommen, und ich hatte nicht gefragt. Wir vermieden es, von solchen Dingen zu sprechen.

Falk schaufelte Bratkartoffeln auf große Teller mit verblichenem Zwiebelmuster, wir aßen schweigend. Als er fertig war, legte er das Besteck auf den Tellerrand, lehnte sich zurück, seufzte, schob die Handflächen unter die Achseln, ich kannte diese Gesten auswendig. Er stand auf, räumte die Teller ab, kochte Tee, weil er keinen Kaffee im Haus gefunden hatte, wie er mir erklärte, beinahe entschuldigend, als sei dies sein Haus und ich sein Gast, und ich blieb sitzen, sah in den dunkler werdenden Garten, das rote Licht verschwand langsam hinter den Tannen. Ich sah Falk zu, der zwei Blättchen übereinanderlegte, Tabak darauf breitete, Gras auf den Tabak bröselte, langsam am Klebstreifen leckte, das Papier sorgfältig glatt strich, die Filterseite auf den Tisch klopfte, ich kannte auch diese Bewegungen auswendig. Wir reichten uns den Joint hin und her, Falk berührte meine Hand dabei jedes Mal einen Moment länger als nötig, ich inhalierte tief und musste husten. Der Tee war schwarz und ein wenig zu stark, Falk mochte ihn so; ich hielt die Tasse in beiden Händen und blies kleine Ringe in die Oberfläche. Falk klemmte den Joint in den Mundwinkel, sagte *bleib so*, stand auf und holte seine Kamera.

Falk, sagte ich. *Warum fotografierst du mich andauernd?*

Weil du so schön bist, sagte Falk und blies den Rauch in meine Richtung, *das möchtest du doch hören.* Er hielt die Kamera im Arm wie ein Kind, eine schöne alte Spiegelreflex, Liebhaberstück. Er hatte an der Hochschule für bildende Künste Fotografie studiert, und womöglich hätte er es in der Kunstszene zu etwas bringen können, wäre er nicht vollkommen ambitionslos. Er hatte mir einmal Bilder gezeigt, die er während des Studiums gemacht hatte und von denen er sich später in einer pseudoprofessionellen, unglaubwürdigen Eitelkeit distanzierte: verstörende Schwarzweißfotografien mit prätentiösen Titeln, immer ein wenig düster und unheimlich, Landschaftsaufnahmen, auch Aktbilder, eine Serie schöner, vampirhafter Frauen, über die ich ihn ausfragte, mit einer Neugierde, die er geschmeichelt für Eifersucht hielt und dennoch oder gerade deshalb ungestillt ließ. Kurz nach dem Studium hatte er Geld gebraucht, sich, halb im Scherz noch, auf eine Stellenausschreibung beworben, um der Sachbearbeiterin beim Arbeitsamt einen Gefallen zu tun; es hatte sich einfach so ergeben, wie er sagte, und nun fotografierte er seit zehn Jahren Leichen in der Rechtsmedizin. Anfangs hatte ich all diese einfallslosen Fragen gestellt, mit angeekelter Faszination, ich wollte es wieder und wieder hören, wie das sei, den ganzen Tag von Tod umgeben zu sein, ob er sich manchmal bei der Arbeit übergeben müsse, ob er nachts von den Toten träume. Ob er überhaupt Sex haben, auf die Toilette gehen, seinen eigenen nackten Körper im Spiegel betrachten könne, ohne daran zu denken, wie er von innen aussähe. Falk antwortete freundlich, geduldig und nüchtern, wie es seine Art war, mit Sätzen, die er sich irgendwann einmal für diese wiederkehrende Situation zurechtgelegt hatte: dass er sich daran gewöhnt habe, dass er versuche, nur immer den Ausschnitt zu sehen, nicht den ganzen Körper, dass er nicht darüber nachdenke. Seine Ambitionslosigkeit hatte etwas Beruhigendes, und irgendwie passte sie auch zu ihm. Etwas an ihm war dunkel. *Ich kann mir nicht helfen, aber lebensbejahend sieht anders aus*, sagte meine Mutter. Sagte ausgerechnet meine Mutter, nachdem sie uns das erste und letzte Mal besucht hatte. Seitdem war sie davon überzeugt, dass Falk und ich ein Paar seien, und nichts in der Welt brachte sie davon ab, ich jedenfalls nicht, warum sollte ich auch, es spielte keine Rolle, und schämen tat ich mich seiner nun auch wieder nicht. Falk hatte gekocht, einen Coq au Vin, den er zwei Tage lang mariniert hatte, ich sagte mehrmals, dass dieser Aufwand absolut nicht nötig sei, aber Falk bestand darauf. Mutter sprach noch lange davon. Wir tranken viel, und Mutter war vergnügt, Falk ein souveräner Gastgeber, er gehörte zu den Menschen, die es unbeabsichtigt schafften, dass ich mich in ihrer Gegenwart bescheuert fühlte. Er war höflich und aufmerksam in einer Art und Weise, die mich aggressiv machte. Er fiel niemandem ins Wort, lachte nie zu laut über seine eigenen Witze, zu den flachen Witzen anderer lächelte er nachsichtig. Als ich einmal von der Toilette zurückkam, lag eine bedeutungsvolle Stille im Raum, etwas schien gesagt oder getan worden zu sein, in meiner Abwesenheit. Falk saß am Tisch unter dem Fenster und meine Mutter ihm gegenüber und sah mich versonnen, beinahe glücklich an, als hätte er gerade um meine Hand angehalten oder um ihre. Falk schwang konzentriert die leere Kaffeetasse in der Hand, lächelte in den Satz am Boden, vielleicht über einen anderen, einen gesagten Satz, und mich beschlich das Gefühl, dass sie etwas teilten, von dem ich ausgeschlossen war.

Die Hitze nahm kaum ab in der Nacht, und wir saßen auf der Terrasse des Hauses, das meiner Mutter nicht gehört hatte und somit auch mir jetzt nicht gehörte, eine Tatsache, die mich ungemein erleichterte. Über uns ein Sternenhimmel, wie man ihn in der Stadt nicht zu sehen bekam. Falk lächelte müde, als ich den Großen Wagen bemerkte, das einzige Sternzeichen, das ich benennen konnte, und mein kindlicher Zwang, das auch immer gleich zu tun. Aus der Dunkelheit drang ein gleichmäßiges, unablässiges Zirpen. Wir hatten die Speisekammer ausgeräumt und tranken alles, was wir gefunden hatten, mit pflichtbewusstem Ernst aus: Rotwein und Eierlikör, Aperol und einen Rest Gin, wir reichten uns schweigend die Flaschen hin und her; wenn es nach Falk ginge, würde ohnehin weniger gesprochen auf der Welt. Er strich sich durch das wellige Haar, das begonnen hatte, grau zu werden – seit er mich kannte, wie er manchmal scherzhaft sagte, aber es war möglich, dass er recht hatte –, strich es immer wieder zurück, als müsse er dringend Ordnung schaffen auf seinem Kopf, mit diesen großen, feinen Händen, *Pianistenhände*, hatte ich einmal zu ihm gesagt, und es hatte ihm gefallen, obwohl er gar nicht Klavier spielen konnte. Falk wirkte jungenhaft und dann wieder alt, alterslos unterm Strich. Ein letzter Kochgeruch von gebratenen Zwiebeln stieg aus seinem Hemd. Mir war schwindelig, ich war endlich betrunken, meine Zunge rau und pelzig vom Wein. Ich sah Falk an und fand ihn auf eine Art schön, seine verschwitzte Frisur, die Lippen rotweinblau. Ich dachte darüber nach, ihn zu küssen, aber ich war sicher, er würde das falsch verstehen. Ich schloss die Augen und hörte den Grillen zu. Eine kleine schwachsinnige Sehnsucht überfiel mich, nach einem neuen, einem ganz anderen Leben. Hier, in diesem Dorf, in einer Straße, die den Namen eines Vogels trug, in einem Haus, das nicht mir, sondern der Bank gehörte. Die Möglichkeit, so zu leben. Hatte ich die Entscheidung getroffen, es nicht zu tun? Alles, was war, hatte sich ergeben, bis jetzt, nicht aus einer inneren Logik, einer Notwendigkeit heraus, sondern vielmehr aus der Abwesenheit jeglicher Notwendigkeiten. Ich konnte mich nicht erinnern, Entscheidungen getroffen zu haben. Die letzten Jahre waren in einer Art Lähmung verstrichen, einer Mischung aus Furcht und Ungeduld, und das Warten auf das richtige Leben machte bereits der ungeduldigen Ahnung Platz, dass es das hier tatsächlich schon sein sollte. Ich musste unwillkürlich laut lachen über diese Gedanken; Falk sah mich an, wie man eine Kranke ansieht, dieses arrogante, nachsichtige Bedauern in seinen Augen. Mich überkam eine plötzliche, unsinnige Wut auf ihn, wie er da saß, sich den Wein in ein bauchiges Glas schenkte und mir einen milde tadelnden Blick zuwarf, wenn ich die Flasche an die Lippen setzte. Auf seine Hilfsbereitschaft und dass er lauter Dinge tat, für die ich hätte dankbar sein müssen. Nicht dass ich es nicht war.

Ich fragte, *Falk, möchtest du wissen, was ich gerade gedacht habe*, und er sagte, *nein, das will ich nicht, das will ich wirklich nicht*, ich hatte große Lust, ihn zu verletzen. Eine Mücke verendete im Wachs der Kerze auf dem Tisch vor uns. Ich sagte in die Stille hinein, *wenn du dich umbringen wolltest, wie würdest du es machen?*

Gift, sagte Falk ernst und ohne zu zögern.

Gift ist ziemlich weiblich, sagte ich, *echte Männer erschießen sich.*

In Gegenden wie diesen, sagte Falk und nahm mir die Flasche weg, *hängt man sich auf dem Dachboden auf.*

In Gegenden wie diesen, sagte ich trotzig, *setzt man sich ins Auto und fährt gegen den nächstbesten Baum.*

Falk hustete und wischte sich den Wein aus den Mundwinkeln.

Deine Theorien, sagte er.

Ich wusste, was das heißen sollte. Falk nahm die Dinge hin. Er glaubte nicht an Selbstmord, er glaubte an Unfälle, er hatte jeden Tag einen auf dem Tisch.

3500 Menschen kommen in Deutschland jedes Jahr durch Autounfälle ums Leben, dozierte Falk mit Nachrichtensprecherstimme. Als sei dadurch irgendetwas bewiesen. Sie hatte obduziert werden müssen. Jemand hatte Dinge angestellt mit dem Körper meiner Mutter, die ich mir nicht vorstellen wollte und über die Falk nicht sprach. Es sei normal, dass obduziert werde, wenn jemand eines unnatürlichen Todes starb. Ich wollte wissen, was sie mit ihr gemacht hatten, obwohl ich eine ungefähre Vorstellung davon hatte. Ich wollte es von

Falk hören, in allen Einzelheiten. Ob es stimmte, was ich einmal gelesen hatte: dass sie das Gehirn am Schluss zusammen mit allen anderen Organen in die Bauchhöhle warfen, den Körper wieder zunähten, und der Kopf blieb leer. Ich wollte Falk quälen und ihn ansehen und manchmal schön finden, mit seinen Pianistenhänden, seinem zu großen, zu dünnen Körper und seiner Bitterkeit, die vielleicht meine Schuld war.

Vergasen vielleicht, sagte ich und dachte an den Kopf meiner Mutter im Ofen.

Vergasen ist so negativ konnotiert, sagte Falk.

Ach so, sagte ich. *Und welche Form von Suizid ist bitte positiv konnotiert?*

Falk schwenkte das Glas in der Hand, nahm einen tiefen Schluck und sagte mit feierlichem Gesicht: *Ins Schwert stürzen, mit dem Herzen voran.*

Ich dachte an damals, an meine Mutter in unserer Küche, ich hätte ihn gern gefragt, was das war, dieser Moment, aber wahrscheinlich erinnerte er sich nicht oder hätte vorgegeben, sich nicht zu erinnern, und ich hätte ihm nicht geglaubt.

Irgendwann in der Nacht fing Falk zu weinen an. Er weinte erwachsen, leise und unverzweifelt. Draußen dämmerte es bereits, die Grillen hörten auf, und die Vögel fingen an. Wir lagen nebeneinander auf dem Bett meiner Mutter, Falk hatte nicht angeboten, auf dem Sofa zu schlafen, er hatte sich bis auf die Unterhose ausgezogen und sich neben mich gelegt, eingerollt wie ein Kind. Die Anwesenheit seines Körpers, blass, behaart und so dünn, dass man das Herz schlagen sah, war beruhigend und beunruhigend zugleich. Sein Atem, sein frisch geduschter Männergeruch, dieser unerträglich lebendige Geruch. Sein Weinen, das mir zeigen sollte, dass ich verantwortlich war für das Unglück in seinem Leben. Zu wissen, dass er sich nicht wegdrehte, dass er mir zugewandt lag, eine unbeholfene Hand in meinem Rücken. Es wäre möglich gewesen, mit Falk zu schlafen, hier im Bett meiner toten Mutter, möglich und absurd; nicht dass ich es gewollt hätte, es war nur eine Möglichkeit, und mir war auf eine zerstörerische Weise alles gleichgültig. Falk aber würde nicht mit mir schlafen, Falk hatte Prinzipien, bei ihm musste alles etwas bedeuten, ein Moralapostel vor dem Herrn. Ich starrte auf das Bild über dem Bett. Wie absurd das eigentlich war, dachte ich: zu leben, während andere tot waren. Ich spürte einen Druck in der Brust, ein fremdes, lähmendes Gefühl. Ich stand auf und tastete mich im Dunkeln die Treppe hinunter. Ich konnte nicht in diesem Bett liegen, neben Falk, der da war und schlief, als wäre das nichts. Ich wäre gern auf der Stelle ins Auto gestiegen und zurück nach Hamburg gefahren, ich konnte nicht atmen in diesem Haus.

Durch das Küchenfenster fiel bläuliches Mondlicht und zeichnete die Silhouette des Rahmens auf den Tisch. Ich trank einen Schluck kalten Tee und legte das Gesicht an die Scheibe. Der Garten dahinter hatte aufgehört zu existieren. Man konnte nicht sicher sein, dass nicht am Morgen alles verschwunden war. Das war ja das Sonderbare, dachte ich, dass immer alles am nächsten Tag noch da war, ich konnte nicht aufhören, mich darüber zu wundern.

Plötzlich hörte ich ein Geräusch aus der Dunkelheit und öffnete die Tür; auf der Terrasse saß eine zerzauste Katze. Auf der Fußmatte hatte sie ein Begrüßungsgeschenk abgelegt, einen frisch erlegten kleinen Vogel.

5.

Als ich vor etwa drei Jahren bei Falk einzog, hatte ich gerade mein Studium beendet. Ich musste aus dem Wohnheim ausziehen und suchte ein Zimmer. Falks Anzeige fand ich im Internet, bezahlbare 15 Quadratmeter Altbau auf St. Pauli, mit Dielen und hohen Decken, das war nichts, was in Hamburg leicht zu finden gewesen wäre. Die Wohnung gefiel mir auf Anhieb, ohne dass ich hätte sagen können warum. Eigentlich war nichts Besonderes an ihr. Viele Bücher, wenig Möbel, eine große Aufgeräumtheit, keine Fotos an den weißen Wänden (er benötige Projektionsflächen für die Bilder im Kopf, wie er mir später einmal erklärte) und hier und da der Eindruck, dass ein Möbelstück fehlte, das vor kurzem noch da gewesen sein musste. Ich lief durch alle Zimmer – ein großes, ein kleineres, ein drittes, leeres, mit Blick in den Hof –, und Falk stand schweigsam abwartend in der Tür, die Hände in den Hosentaschen; dann ging er in die Küche, während ich in dem leeren Zimmer am Fenster blieb, auf die graue Wand im Hof sah und auf ein Gefühl wartete, das mich verlässlich überkam in fremden Wohnungen, in leeren Räumen mit weißen Wänden und einem erinnerungsfreien Blick aus dem Fenster: das dringende Bedürfnis, auf der Stelle ein neues Leben anzufangen, hier in diesem Zimmer, mit einer nackten Glühbirne an der Decke, einer Matratze auf dem Boden, einem Stapel Bücher und sonst nichts. Wir tranken Kaffee in der Küche, Falk schäumte mit einem Schneebesen die Milch im Topf auf dem Herd, und ich sah ihm zu; durch vom Regen glänzend schwarz gewaschene Baumgerippe hinter dem Küchenfenster blitzte fern ein Stück Elbe. Der Kaffee war stark und gut. Ich war müde, hatte keine Lust, die immer gleichen Fragen zu stellen, *und was machst du so*; Falk sagte, er sei Fotograf, er sagte nicht, wo er arbeitete, vielleicht hatte ich nicht genau danach gefragt. Er schälte eine Orange, löste die Schnitze sauber voneinander, drapierte sie auf einer Untertasse und schob sie vor mich hin. Ich fragte ihn, wie lange er schon in der Wohnung wohnte (schon länger), wer vorher in dem leeren Zimmer gewohnt habe (seine Exfreundin), mehr nicht. Falk sagte, *meine Ex-Freundin, willst du noch Kaffee?* Ich fragte nicht weiter. Falk schenkte mir Kaffee nach und sah mir zu, wie ich die Orange aß. Als es draußen bereits dämmerte, fragte er, ob er mich fotografieren dürfe. Er schoss ein einziges Foto, als ich schon an der Tür stand, wo wir uns die Hände schüttelten und ich sagte, *ich glaube, ich würde hier gern einziehen*, und Falk sagte, *ich glaube, das würde mich freuen.*

Falk war ein stiller, aufmerksamer Mitbewohner. Er ließ das Licht brennen, wenn ich spät nach Hause kam. Er kochte und bewahrte mir, wenn ich nicht da war, etwas auf, hinterließ dazu Zettel auf dem Küchentisch, kleine Briefe, unter die er sich selbst zeichnete: ein kleines dürres Comicmännchen mit müden Augen, wirrem Haar und einem F auf der Brust. Er kochte sehr gut und probierte oft neue Sachen aus, die ich dann essen musste, und er sah mir dabei zu und freute sich, wenn es mir schmeckte. Er hielt in der Wohnung eine diskrete Ordnung ein, die ich mutwillig zerstörte, und er räumte mir mit freundlich resignierten Blicken hinterher, schichtete meine achtlos abgeworfenen Pullover und Bücher,

Socken und Zeitungen zu kleinen Stapeln, die wie Mahnmale der Ordnung eine symmetrische Spur durch die Wohnung zogen.

An den Wochenenden gingen wir zusammen aus. Wir sagten *feiern gehen*, obwohl wir nichts zu feiern hatten. Ein Ritual, dessen wir nicht müde wurden. Dessen wir längst müde waren und das wir trotzdem durchzogen, mit einer Bitterkeit, die sich in den letzten Jahren eingeschlichen hatte und die wir optimistisch für Ironie hielten. Wir hangelten uns durch die Nächte, tranken, rauchten und tanzten, beziehungsweise ich tanzte und Falk sah zu.

Wir wollten uns nicht festlegen, aber wir waren gespannt, wie lange wir so leben würden, in vorläufigen Wohnsituationen, mit vorläufigen Jobs und vorläufigen Lieben. Ich hatte immer geglaubt, es würde sich im Laufe der Jahre herauskristallisieren, wohin das alles führen sollte, allein, es kristallisierte nicht, und für manche Dinge war es jetzt schon zu spät. Falk hatte einmal, als ich ihm meine Theorie von der Vorläufigkeit und dem Warten auf das richtige Leben darzulegen versuchte, entgegnet, sein Leben sei bei seiner Geburt losgegangen und würde mit seinem Tod enden und sei somit nichts, was irgendwann eintreten oder ausbleiben könne. Er sagte das, wie er solche Dinge immer sagte, mit einer gelassenen, arroganten Selbstverständlichkeit, dann stand er vom Tisch auf und tat etwas Banales, fing an, Gläser zu spülen oder den Müll zu sortieren, um die Endgültigkeit seiner Aussage zu unterstreichen. Man konnte so etwas nicht teilen mit Falk, und das konnte uns, mir, Grund genug sein, uns aufs bitterste und für mehrere Tage und Nächte zu streiten. Falks Art zu streiten machte mich aggressiv, seine Art, nicht zu streiten, sachlich zu bleiben, die Arme hinter dem Kopf zu verschränken und mich erst mitleidig, dann fasziniert anzusehen, bis ich die Türen schlug und Dinge nach ihm warf.

Wir schliefen nicht miteinander, auch wenn das alle dachten, aber ich wusste, dass Falk die Vorstellung gefiel, dass andere mich für seine Freundin hielten.

Selten gingen wir getrennt aus. Manchmal gingen wir getrennt los und trafen uns dann zufällig, weil wir ohnehin die gleichen Orte aufsuchten. Wenn ich dann die Kneipe betrat, den Wirt grüßte und mich umsah, saß Falk schon am Tresen und schwieg in den zuvielten Gin Tonic. Er tat nicht überrascht, und ich wusste, dass er auf mich gewartet hatte, dass er allein geblieben war und mir einen Platz frei gehalten hatte, und er orderte einen nächsten Gin Tonic und für mich auch einen, ohne zu fragen. Ich konnte mir Falk nicht mit anderen Menschen vorstellen. Er kannte nicht viele Leute, und er lernte auch niemanden kennen, jedenfalls brachte er nie jemanden mit. Manchmal verließ er das Haus, wenn ich Besuch hatte, aber auch das kam nicht häufig vor. Ich war nie besonders gut darin gewesen, neben jemandem aufzuwachen. Ich konnte es nicht leiden, meinen Körper in einem fremden Bett wiederzufinden oder, schlimmer noch, einen fremden Körper in meinem Bett. Ich schlief schlecht, wenn ein Mensch in der Nähe war, der atmete und sich bewegte und am Morgen einen unfrischen Geruch verströmte. Deshalb blieb ich nie zum Frühstück und nahm niemanden mit zu mir. Ich war nicht kalt oder kompliziert, ich konnte mich nur nicht teilen. Ich hasste das Schreien in zu laute Musik hinein, ein stechender Schmerz im Ohr und trotzdem kein Wort verstanden. Ich hasste den gemeinsamen Nachhauseweg, das erste leise Bereuen; den ernüchternden Moment am frühen Morgen in einem fremden Badezimmer, den fremden Waschmittelgeruch, mein fremdes Gesicht im Spiegel, und dann immer gehen wollen, wenn es eigentlich zu spät war und nicht mehr darauf ankam. Hatte ich doch einmal jemanden da, war Falk nachsichtig, wenn es Frauen, irritiert, wenn es Männer waren. Am nächsten Morgen saß er dann wie gewohnt in der Küche, trank seinen Kaffee, aß sein Honigbrot und stellte keine Fragen. Schielte über meine Schulter in den stillen Flur, schien sich zu wundern, dass niemand mehr da war, weil die meisten sich in den frühen Morgenstunden davonschlichen, wenn sie glaubten, ich schliefe, oder wenn ich kurz auf der Toilette war. Falk war diskret ignorant, schenkte mir Kaffee ein mit einer dezenten Verachtung im Blick, las schmollend seine Zeitung, sprach noch weniger als sonst. Und brachte mir doch, wenn ich dann in der Badewanne lag und den fremden Geruch von mir abwusch, eine Tasse heißen Kakao, mit Zimt und einer Prise Cayennepfeffer, saß auf dem Wannenrand, strich sich durch die Haare, sagte: *Schwimm nicht so weit raus*, und ich spürte seine Erleichterung darüber, dass es wieder jemand nicht dauerhaft in unser Leben geschafft hatte.

6.

Am nächsten Tag kamen die Spediteure, die Falk bestellt hatte; Männer, die genau so aussahen, wie die Männchen auf den Kartons, mit blauen Latzhosen und roten Gesichtern. Sie luden die Möbel in einen Umzugswagen, es war mir unklar, was damit geschehen sollte, Falk hatte es mir vermutlich gesagt, ich hatte es vergessen, es war mir auch gleich. Ich dachte, dass es Mutter gefallen hätte, diese Männer im Haus zu haben, die laut sprachen und scherzten und die Kommode gegen den Türrahmen donnerten. Falk, schon geduscht und wach und konzentriert, bezahlte die Männer in bar und schloss eilig die Tür hinter ihnen. Ich war noch nicht ganz wach; stand auf der Terrasse, mit einer Tasse Tee in der Hand, die Falk dort hineingedrückt haben musste, und sah in den regennassen Garten, atmete den Kuhgeruch der feuchten Felder ein und dachte an die Möglichkeiten, die man hatte oder nicht. Ich dachte darüber nach, dass man andauernd etwas Neues, Aufregenderes wollte, aber dann war das nach kurzer Zeit nicht mehr neu und aufregend, sondern normal, und dann wollte man wieder etwas ganz anderes. Und immer so weiter. Ich fragte mich, was Mutter gewollt hatte, ob sie überhaupt noch irgendetwas gewollt hatte oder ob sie bereits vor langer Zeit damit aufgehört hatte.

Wir saßen uns schweigend am Küchentisch gegenüber, Falk hatte Rühreier mit Tomaten gemacht, ich wusste nicht, wo er die Lebensmittel herhatte, aber mich amüsierte der Gedanke, er könne in der Früh beim Bauern ans Tor geklopft und um ein paar Eier gebeten haben. Ich konnte nichts essen; ich konnte nicht aufhören zu lachen, über uns, hier im Haus meiner toten Mutter, wie ein Paar in Unterwäsche am Frühstückstisch. Wie schnell das ging, dachte ich, erst war alles fremd und seltsam und ein bisschen eklig gewesen, und jetzt aßen wir ihre Lebensmittel und tranken aus ihren Tassen, lagen in ihrer Badewanne, schliefen in ihrem Bett, als sei das immer so, als sei das normal. Als wäre sie nur verreist und hätte uns ihr Haus überlassen, damit wir ihre Blumen gossen und die Katze fütterten.

Wir beeilten uns, fertig zu werden, weil ich so wenig Zeit wie möglich in diesem Haus verbringen wollte. Falk sprach mit dem Vermieter, handelte einen guten Preis aus, für die Renovierungsarbeiten, den ganzen Rest, die wertloseren Möbel. Legte mir Schriftstücke vor, unter die ich meine Unterschrift setzte, zu mehr reichte meine Kraft nicht.

Einmal fuhr Falk eine Ladung aussortierter Kleider irgendwohin, und ich blieb allein im Haus, eine lange Dreiviertelstunde lang, lief durch die Räume, immer noch darauf gefasst, etwas zu finden, mit dem ich nicht gerechnet haben würde. Aber ich fand nichts. Nichts, was deprimierender gewesen wäre als ihre Unterwäsche, ihre leeren Schnapsflaschen und die Visitenkarte einer Psychotherapeutin in Lübeck unter der grünen Unterlage auf ihrem Schreibtisch.

Am frühen Nachmittag fuhren wir in den nächsten Ort, um zu Mittag zu essen. Es erstaunte mich immer wieder aufs Neue, wenn sich aus den Wiesen und Weiden hinter einem Kreisverkehr plötzlich eine Ortschaft schälte, eine dieser kleinen, sinnlos vor sich hin existierenden und doch einwandfrei funktionierenden Parallelwelten mitten in der backsteinernen Trostlosigkeit des norddeutschen Niemandslands, die man normalerweise nur dann passierte, wenn man versehentlich zu früh von der Autobahn abgefahren war. Orte, die man eventuell das eine oder andere Mal hinter dem Zugfenster hatte vorbeirauschen sehen und von denen man nie sicher sein konnte, dass sie wirklich existierten, dass sie tatsächlich aus mehr bestanden als aus der Fassade eines Bahnhofs, eines Getreidesilos und einer Reihe ungünstig an der Bahntrasse gelegener Grundstücke. Und die etwas Rührendes an sich hatten, wenn sie plötzlich vor einem lagen, sich offenbarten in der ganzen selbstverständlichen Wohlgeordnetheit einer Kleinstadt mit kleinen Straßen, kleinen Häusern, Postfiliale und Busbahnhof und der lieblosen Funktionalität ihrer Einkaufszentren, Fast-Food-Restaurants und Multiplex-Kinos. Den Trost, der für mich in der Trostlosigkeit solcher Orte lag, diese eigenartige Mischung aus Ekel und Sehnsucht, den sie in mir auslösten, schien kaum jemand zu begreifen; und vielleicht war das eines der wenigen Dinge, die Mutter und ich immer geteilt hatten: die Freude darüber, irgendwo fremd zu sein, sich aufhalten zu dürfen für kurze Zeit, an irgendeinem beliebigen Ort, den man niemals wiedersehen würde.

Das Restaurant von der Streichholzschachtel, die ich in Mutters Küche gefunden hatte, entpuppte sich als griechische Taverna in einem flachen Neubau mit einem größenwahnsinnigen Parkplatz davor, der geisterhaft leer in der Nachmittagssonne lag. *Calimera*, sagte ich zum Kellner, der sich, als wir eintraten, in Zeitlupe von einer Bank erhob, gähnend an unseren Tisch schlurfte und wortlos zwei Ouzo vor uns abstellte. Falk öffnete den Mund und schloss ihn gleich wieder, als hätte er plötzlich beschlossen, dass es sinnlos war, mich zu korrigieren; vielleicht wusste er auch nicht, was *Guten Tag* auf Griechisch hieß, oder er fühlte sich angesichts der Indifferenz des wahrscheinlich noch nicht einmal aus

Griechenland stammenden Kellners ausnahmsweise einmal nicht verantwortlich.

Der Kellner schlurfte zurück hinter den Tresen und drückte auf der Stereoanlage herum, bis verlässlicherweise leise Sirtaki-Musik ertönte. Ich kippte meinen Ouzo hinunter und griff schnell nach Falks Glas, während er konzentriert die Karte studierte, deren laminierte Seiten sich mit einem klebrigen Schmatzen voneinander lösten. Der Alkohol legte eine Feuerschneise durch meine Speiseröhre. Das Restaurant war riesig, ein langgezogener, leerer Saal, ein kleiner Springbrunnen in der Mitte des Raumes, in dem eine pummelige Putte ein dürftig vor sich hin plätscherndes Rinnsal aus einem Tonkrug in ein muschelförmiges Becken goss. Immerhin schien Mutter einmal hier gewesen zu sein. Aber wann und aus welchem Grund? Hatte sie allein an der Bar gesessen, mit dem Kellner geflirtet? Oder war sie mit jemandem hier, und wenn ja, mit wem? Kam sie vielleicht öfter, kannte man sie hier und fragte sich jetzt, warum sie nicht mehr kam? Ich schwitzte und hatte das Bedürfnis, mich auszuziehen, aber ich hatte nicht genug Sachen an, die ich hätte ausziehen können. Ich bestellte einen Bauernsalat, obwohl ich plötzlich nicht mehr hungrig war; ich spürte einen seltsamen Druck in der Mitte meines Körpers, der mir die Anwesenheit sämtlicher Organe ins Gedächtnis rief, als wäre mit einem Mal nicht mehr genügend Platz in mir, als wäre da etwas, das dort nicht hingehörte. Es fühlte sich etwa so an, wie ich mir das Gefühl vorstellte, schwanger zu sein, obwohl ich mir das eigentlich nicht vorstellen konnte. Und wenn es ein Problem gab, das ich nicht hatte. Wir saßen schweigend wie ein altes Ehepaar, das sich nichts mehr zu sagen hat, nicht aus Desinteresse aneinander, sondern weil alles bereits gesagt worden war, nach 30 Ehejahren oder mehr, und sahen aus dem Fenster. Ein schmales Beet mit Stiefmütterchen und Märchenfiguren aus verblichenem Plastik vor einer niedrigen Steinmauer, dahinter der Parkplatz, auf dem einsam Falks Auto stand und noch kleiner aussah, als es war. Das Auto trug Falks Initialen und sein Geburtsdatum als Kennzeichen, Falk war ein einfacher Mensch im Grunde seines komplizierten Herzens.

Ich wollte nicht zurück in das Haus. Ich wollte hier einfach so sitzen, in einem Restaurant, das meine Mutter vielleicht einmal besucht hatte oder oft oder nie, an einem staubigen Platz in der Nachmittagshitze in einem Ort, von dem ich nicht einmal den Namen wusste, weil ich nicht auf die Straße, den Kreisverkehr, das gelbe Schild am Ortseingang gesehen hatte, sondern über die Felder, die sich in einer Weite erstreckten, in der man, wie Mutter zu sagen pflegte, sehen konnte, wer morgen zum Kaffee kommt. Angenommen, es käme jemand. Ich versuchte, mich an irgendetwas zu erinnern, eine Straße, einen Baum, einen Busch, der über den Zaun quoll und Blüten auf den Asphalt warf, deren Namen ich nicht kannte; ich wusste nichts von diesen Dingen, und manchmal bedauerte ich das. Falk hingegen war auf dem Land aufgewachsen und ging für gewöhnlich umher, zeigte auf Bäume und Vögel und sagte *Roteiche* und *Kolkrabe*; ich konnte eine Amsel nicht von einer Drossel unterscheiden und eine Buche nicht von einer Birke, dafür hatte ich schon als Kind Menschen sich aus Hochhäusern und vor U-Bahnen stürzten sehen, solche Sachen waren auch etwas wert, eine Kindheit, die einen vorbereitete auf das wahre Leben. Dabei hatte ich mir als Kind immer gewünscht, auf dem Land aufzuwachsen, richtig auf dem Land, nicht in all den kleinen und mittelgroßen Städten, in denen wir gelebt hatten, meine Mutter und ich, den gesichtslosen Orten in Nord-, West- und Süddeutschland, kurzzeitig auch in der Schweiz; in ihren hoffnungsvollen Zeiten wohnten wir mitten in Hamburg, und als ich begann, darüber froh zu sein, zogen wir fort, in immer kleinere Orte, an immer kleinere Bühnen, bis ich endlich alt genug war und allein zurückkehrte. Mutter hingegen hatte sich immer weiter zurückgezogen an die Peripherie des Landes, bis sie schließlich hier verschwunden war.

Der Kellner räumte Falks leeren Souflaki-Teller und die Hälfte meines Salates ab und brachte unaufgefordert zwei weitere Ouzo, die ich, meine Magenschmerzen und Falks Blick ignorierend, beide trank. Ich hätte dem Kellner ein Foto von ihr unter die Nase halten können: *Kennen Sie diese Frau, wann haben Sie sie das letzte Mal gesehen, war sie Stammkundin, hatten Sie ein Verhältnis mit ihr, hat sie zu viel getrunken, warum haben Sie sie dann ins Auto steigen lassen?* Ich hatte kein aktuelles Foto von ihr. Ich bedankte mich, zahlte und gab ein sinnlos hohes Trinkgeld.

Rauchen wir einen, sagte ich, als wir auf dem Parkplatz standen und Falk alle Autotüren aufriss, um die angestaute Hitze zu vertreiben. Der Ouzo machte seltsame Geräusche in meinem Verdauungstrakt. *Jetzt nicht*, sagte Falk. *Ich muss noch fahren.*

Als wir das zweite Kreuz am Straßenrand passierten, schrie ich, *halt an*, und Falk hielt an. Ich wusste nicht, wo wir waren, Falk schien es auch nicht genau zu wissen. Eine Landstraße in der norddeutschen Provinz, von Bäumen gesäumt, die nah beieinanderstanden; dahinter zu beiden Seiten Felder. Bauerschaften, Schlafdörfer, in denen Menschen in Backsteinhäusern wohnten, früh morgens mit dem Auto zu ihrem Arbeitsplatz in der nächstgrößeren Stadt fuhren und abends wieder zurückkehrten. Am Himmel fraß sich ein breiter Kondensstreifen langsam durch das makellose Blau. Ich schwitzte und fühlte eine Übelkeit in mir aufsteigen. Falk schaltete den Motor aus und ließ die Hände auf dem Steuerrad liegen, als warte er auf weitere Instruktionen. Ich stieg aus, lief ein paar

Meter zurück und ging vor den beiden zusammengenagelten Brettern in die Hocke, die am Wegesrand hinter Stofftieren, Grablichtern und Rosen in Plastikfolie, wie man sie an Tankstellen bekam, in der Erde steckten. *Kevin* stand in Schreibschrift auf dem Querbalken geschrieben, darunter ein knapp drei Monate zurückliegendes Datum. Der Gedanke, dass der Name Kevin auf einem Grab stand, war befremdlich. Jemand, der Kevin hieß, hatte nicht tot zu sein. Er war in den neunziger Jahren geboren, also später als ich. Falk war ebenfalls ausgestiegen und studierte die Karte, über die Kühlerhaube des Autos gebeugt, lief ein paar Schritte am Straßenrand auf und ab, fuhr sich durch die Haare, wischte sich mit dem Ärmel über das Gesicht. War es hier gewesen, irgendwo ganz in der Nähe, jemand hatte mir das wahrscheinlich gesagt, ich wusste es nicht mehr, alles sah gleich aus in dieser Gegend. Die Alleen ähnelten einander, mit ihren Bäumen, was für welche, Falk wüsste das bestimmt, aber es interessierte mich nicht genug, um ihn danach zu fragen. Manche davon wiesen Abschabungen an der Rinde auf, vom Wild angefressen vielleicht oder dem Metall eines Autos, das sich um den Stamm gewickelt hatte. Ich hatte nicht daran gedacht, ein Kreuz aufzustellen, ich hatte mir den Namen nicht gemerkt, den irgendwer vermutlich genannt hatte, den genauen Standort der Straße, des Baumes, denn ein Baum, das wusste ich immerhin, war es gewesen, kein Brückenpfeiler oder sonst etwas, was an Orten wie diesen eventuell in der Gegend herumstand. Wer war Kevin, wer wäre er geworden? Es quälte mich plötzlich, nichts über ihn zu wissen. Die Vorstellung, wie viele Menschen täglich an dieser Stelle vorbeifuhren und nicht anhielten, das Kreuz aus den Augenwinkeln wahrnahmen, das wahrscheinlich ohnehin den nächsten Winter nicht überstehen würde. Im nächsten Frühjahr wären die Blumen und Kuscheltiere verschwunden, auch die Briefe, die dabei lagen, kariertes Papier in Klarsichthüllen, aus einem Schulheft herausgerissen, die Wörter *Trauer, Verzweiflung, Ratlosigkeit* in unausgereifter Mädchenschreibschrift, eine Schulaufgabe vielleicht, ein vom Klassenlehrer angeregtes Psychobrainstorming, das eine unpassende Scham in mir auslöste.

Mehr Kreuze als Bäume, sagte Falk in die Landschaft hinein, *kein Wunder.* Warum das kein Wunder war, sagte er nicht, und natürlich war es Unsinn, aber ich wusste, was er mir sagen wollte: dass ich auf dem Holzweg war mit meinem Verdacht, Mutter könne absichtlich gegen einen Baum gefahren sein, sie könne sich vorsätzlich das Leben genommen haben. Eine spontane Entscheidung, eine sogenannte Kurzschlussreaktion. Die Wahrscheinlichkeit, dass jemand versehentlich gegen einen Baum fuhr, war zugegebenermaßen ungleich höher. Jemand namens Kevin beispielsweise, der spätnachts von einer Party im übernächsten Ort kam, eine dieser Großraumdiscos, für die in schreienden Farben auf an Laternenpfählen und Bushaltestellenhäuschen angebrachten Schildern geworben wurde. Der ein paar Fanta-Korn zu viel gekippt und heimlich Vadderns Auto genommen hatte.

Eine Weile standen wir schweigend und sahen in die Landschaft. Falk rauchte. Windräder standen regungslos auf dem Horizont herum, die schwarzweißen Leitpfosten reflektierten die milder werdende Sonne. Ich lief ein paar Schritte die Straße hinunter und übergab mich in den Graben. Falk holte eine Plastikflasche mit abgestandenem Wasser aus dem Kofferraum und reichte sie mir, nahm einen letzten Zug von seiner Zigarette und schnippte die Kippe in den Graben. *Waldbrandgefahr*, dachte ich und ging zurück zum Auto.

Als ich aufwachte, parkte der Wagen vor dem Haus. Falk hatte mich nicht geweckt, er hatte gewartet, bis ich von selbst wach wurde. Er rauchte, die Beine aus der offenen Fahrertür gestreckt, die Kamera im Schoß; er hatte mich beim Schlafen fotografiert, obwohl das verboten war. Er sah mich an und nickte langsam dieses ihm eigene, ironische *Na-warte*-Lächeln um die zuckenden Mundwinkel. *Na,* sagte Falk, warf die Kippe in den Schotter, drückte sie mit der Schuhspitze aus, fuhr sich mit der Hand durch das Haar, *na, meine Liebe.* Falk sagte immer die Wahrheit, um von ihr abzulenken.

7.

Es gab zwanzig- oder dreißigtausend Dinge, die Google von meinem Vater wusste.

Das erste Mal sah ich ihn, nachdem ich meiner Mutter eines Nachts in pubertärem Aufstand seinen Namen entlockt hatte, in einem zwölf Quadratmeter großen Zimmer im ersten Stock einer Neubausiedlung in Osnabrück, wo ich meine Nachmittage vor einem überdimensionalen Computermonitor verbrachte, im Schneidersitz auf grauer Auslegware hockend, die Tastatur auf dem Schoß. Ich zählte die langen Sekunden zwischen dem Einwählen und dem Fiepsen des Modems und wartete auf das Rotieren der Weltkugel in der unteren Ecke des Bildschirms. Ich war sicher, dass etwas anders sein würde, nachdem ich den Namen Wolf Eschenbach in das Suchfeld getippt und die Entertaste gedrückt hatte.

Mutter hatte mir einen Namen gegeben, Google gab mir den Rest. Das Erste, was ich fand, war ein englischsprachiger Artikel, eine Ankündigung zu einem Stück, es stellte sich heraus, dass Mutter noch nicht einmal gelogen hatte, als sie sagte, er sei in Amerika. Er war tatsächlich in den USA, wenngleich unklar blieb, wie lange schon, er unterrichtete am Lee Strasberg Institute in New York. Neben dem Artikel war ein kleines Schwarzweißbild. Ich habe ihn seither immer so gesehen wie auf diesem Foto, das damals aktuell gewesen sein mochte: mit Hut und hochgeschlagenem Mantelkragen, schlecht rasiert, ein ironischer Zug um die Mundwinkel, ein wacher, intelligenter Blick. Ich druckte das Bild aus, auf Recyclingpapier in der schlechten Qualität meines alten Tintenstrahldruckers, und legte es in die Schreibtischschublade.

Ich klickte mich durch Rezensionen von Inszenierungen, stellte fest, dass es eine beachtliche Anzahl Menschen zu geben schien, die Wolf hießen im Ort Eschenbach in der Oberpfalz und natürlich lauter Informationen über Wolfram von Eschenbach, seine Eltern mussten sich sehr geistreich gefunden haben. Es war seltsam zu denken: seine Eltern. Die Eltern meines Vaters. Meine Großeltern also.

Von da an googelte ich ihn regelmäßig und speicherte alles, was ich über ihn fand, in einem Ordner auf dem Desktop, der den Namen *Rotkäppchen* trug. Ich wartete, ich wusste nicht worauf. Einen Grund. Als wäre alles nicht schon Grund genug. Mein Leben, meine Existenz. Oder wie auch immer man das nannte, den Umstand, dass man da war und atmete und nicht wusste, wohin mit sich. Und abends Löcher in die flache Decke der Neubauwohnung starrte, in die Raufasertapete, das Kurt-Cobain-Poster über dem Bett, dem ich mich seltsam nah fühlte, mit seinen ungewaschenen blondierten Haaren und seinem löchrigen schwarzrot geringelten Wollpullover, auch wenn ich mich selbst nur geringfügig hasste und auch eigentlich nicht sterben wollte, jedenfalls noch nicht. Heimlich hatte ich die Hoffnung, dass mein Vater sich eines Tages melden würde. Ich war nicht schwer zu finden, Mutter war immer noch mehr oder weniger bekannt, man wusste, wo sie spielte, man hätte es, wenn man gewollt hätte, jedenfalls unschwer herausfinden können, auch wenn die Häuser, an denen sie engagiert war, kleiner und provinzieller wurden und die Rollen unbedeutender. Ich ließ ihm Zeit. Er war sechzehn Jahre älter als Mutter und also damals schon nicht mehr ganz jung, aber auch noch nicht richtig alt. Ich rechnete nicht mit seinem Tod, wie ich auch bis vor kurzem nicht mit Mutters Tod gerechnet hatte. Dass er nicht kam, konnte nur heißen, dass er nicht wollte, und wenn er nicht wollte, dann wollte ich auch nicht, denn auch wenn Mutter sich für eine, die die Männer im Allgemeinen offiziell hasste, erstaunlich viel mit ihnen abgab, hatte sie mir eingeschärft, dass man ihnen niemals hinterherzurennen hatte. Ob es sich mit den Frauen ebenso verhielt, darauf hatte Mutter versäumt einzugehen, offenbar war ihr diese Möglichkeit nicht in den Sinn gekommen.

Vielleicht war es einer dieser Abende, an dem ich begann zu zweifeln, in unserer Küche in Osnabrück, wo Mutter ein Engagement hatte, von dem sie noch nicht wusste, dass es ihr letztes sein würde. In meinem Kopf war ein Bild von ihr, auf dem Fahrrad, klingelnd und lachend auf der Bühne im Kreis fahrend, ein Boulevardstück mit Liebe und Sommer und sonst nichts. Ich wusste nicht, woher dieses Bild kam, zu welchem Stück es gehörte und warum ich es kannte, ich sah mir zu dieser Zeit keine Vorstellungen mehr an. Es sei denn, ein Stadttheaterromeo, in den ich gerade verknallt war oder dem ich eine Verknalltheit zumindest vorspielte, weil er ein Auto hatte, mit dem man sich an den Wochenenden nach Hamburg fahren lassen konnte, spielte mit. Es war die Zeit, in der Mutter das Gesicht verlor und ich das Gefühl hatte, sie zum ersten Mal wirklich zu sehen. In dieser Zeit merkte ich, dass ihre Erzählungen sich widersprachen. Wenn sie von dem Kind sprach, das er ihr gemacht hatte, als sei dieses Kind nicht ich, als säße ich nicht vor ihr, dachte ich, dass womöglich alles ihre Schuld war. Dass sie ihn vergrault hatte, mit ihm Schluss gemacht, wie ich es damals formuliert hätte. Dass er fortgegangen war, weil er sie nicht mehr ertrug, was ich ihm kaum verübeln konnte.

Wahrscheinlich waren es diese Zweifel, die dazu führten, dass ich eines Tages endlich in einen Zug stieg, mit einem feierlichen Gefühl und der Gewissheit, dass, was auch immer passieren würde, hinterher alles, wenn auch nicht zwangsläufig besser, so doch mindestens und immerhin anders sein würde. Und somit also eigentlich doch besser. Ich stellte mich darauf ein, künftig alles in ein Davor und ein Danach einzuteilen, so, wie jetzt Mutters Tod alles in ein Davor und ein Danach einteilte. Ich sah die ganze Fahrt über aus dem Fenster, und ein richtungsloses Glücksgefühl überfiel mich beim Anblick vorbeiziehender Orte die auf -ow endeten, Felder, Windräder, vereinzelter Häuser und Pferdekoppeln, einer Schranke, hinter der Autos und Fahrradfahrer warteten, Spaziergänger mit Hunden am Waldrand. Dann mehrten sich verfallene Fabrikgebäude und Hochhaussiedlungen als Vorboten der Stadt, die grauen Häuser und breiten Straßen, mit Spielhallen, Supermärkten und Matratzen-Outlets, die Berlin in seiner ganzen Hässlichkeit ankündigten. Für einen Moment hatte ich das Gefühl, mich von außen sehen zu können, in diesem Später, diesem anderen Leben, das ich einmal haben würde, vielleicht hier, und das gut wäre, allein deshalb, weil es sich in allem von dem unterscheiden sollte, das ich bisher geführt hatte.

Berlin war kalt und windig am S-Bahnhof Friedrichstraße, wo ich über eine vergitterte und mit Vogelkot gesprenkelte Brücke über der Spree lief, vorbei an biertrinkenden Punks, die mir etwas nachriefen. Ich spürte das Vibrieren eines Zuges über meinem Kopf. Ich stand eine Weile frierend im vom Nieselregen aufgeweichten Sand auf dem Vorplatz des Theaters und sah an der Fassade hoch, lief dann langsam einmal um das Gebäude herum, warf einen Blick in die Einfahrt zum Hof, der still und nass dalag, aus dem offenen Fenster einer Werkstatt fiel ein zitternder Spiegel aus kaltem Neonlicht in die Pfützen. Ein Mann lief vorbei, winkte einen knappen Gruß in die Pförtnerloge und verschwand durch eine Tür. Zu jung, dachte ich erleichtert.

Im Foyer schob ich meine steif gefrorenen Finger zwischen die Lamellen der Heizung. Mit einem Kribbeln kehrte das Gefühl zurück. Ich stand eine Weile unschlüssig vor den Stellwänden mit ausgeschnittenen Zeitungskritiken herum und sah mir an, was sie so spielten, Brecht und Tabori, Bernhard, Beckett, Frisch. Die Kassiererin schob mir eine Karte unter der Scheibe durch, erster Rang, dritte Reihe. Dann ließ sie die Jalousie herunter, die Tageskasse hatte geschlossen, die Abendkasse noch nicht geöffnet.

Ich betrat eines der Lokale an der Spree und setzte mich ans Fenster, mit Blick aufs Wasser und den Bahnhof dahinter. Für einen kurzen Moment fiel das Sonnenlicht in Streifen zwischen den Wolken hindurch, und die Regentropfen auf dem Geländer glitzerten, dahinter schob sich langsam ein leerer Ausflugsdampfer vorbei. Am Nachbartisch aßen japanische Touristen Bratwurst in Biersoße mit Rotkohl und Quetschkartoffeln unter gerahmten Schwarzweißaufnahmen des alten Berlins, *You are leaving the American Sector.* Eine junge Kellnerin in gestärkter Bluse schlurfte an meinen Tisch, zündete ein Teelicht an und servierte den Kaffee, den ich bestellt hatte, auf einem silbernen Tablett, dazu einen Keks und ein Plastikdöschen Kaffeesahne mit Alpenmotiv. Ich tauchte den Keks in den Kaffee, bis er weich wurde und als nasser Klumpen auf den Tassenboden sank. Auf der Fußgängerbrücke sprangen die Neonlichter an, undeutlich waren Menschen zu erkennen, kleine, sich bewegende Striche, ich spürte die leichte Vibration unter meinen Füßen, wenn eine S-Bahn vorbeifuhr.

Nach einer Weile betraten zwei Männer das Lokal. Der

größere und ältere von beiden lief voran, knöpfte sich im Gehen den Mantel auf, nahm die Baskenmütze ab und legte sie vor sich auf den Tresen, fuhr sich durch das graue Haar und rief der Kellnerin etwas zu, das im Kreischen der Espressomaschine unterging, sie lachte kurz und spitz auf. Der andere war jünger und schmaler, er trug eine Brille und sah aus wie das Klischee eines Dramaturgen, dachte ich, blass, verschnupft und schlecht gekleidet. Der größere drehte sich auf dem Barhocker hin und her, hielt die Espressotasse nicht am Henkel, sondern fasste sie von oben an, trank dann so, dass seine Nasenspitze sich in die Mulde zwischen Daumen und Zeigefinger grub, eine Geschäftsmannpose, ein Ich-muss-los, gefolgt von einem Schütteln des Handgelenks, einem Blick auf seine Armbanduhr, während der Dramaturg auf seinem Hocker hin und her rutschte und klirrend in einem Teeglas rührte.

Er hätte es sein können, ich war nicht sicher, ich wusste auf einmal nicht mehr, wie er eigentlich aussah. Ich tastete nach dem Bild in meiner Tasche, ein altes und womöglich ganz untypisches Bild, dachte ich. Ein Bild, das ihm vielleicht gar nicht ähnlich sah.

Ich hatte mir keinen Text zurechtgelegt, keinen Satz, den ich zu ihm hätte sagen wollen, das fiel mir in diesem Moment ein, und in mir breitete sich ein Bedauern aus, das dem ähnelte, das ich empfand, wenn ich vor einer Klassenarbeit saß und bereute, mir eine bestimmte Stelle im Geschichtsbuch nicht noch einmal genauer angesehen zu haben. Das Gefühl, nicht vorbereitet zu sein, obwohl ich hätte vorbereitet sein können. Obwohl ich hätte vorbereitet sein müssen, dachte ich und murmelte leise Sätze an die Fensterscheibe, gegen die jetzt der Regen schlug, an die einsam und verschwommen blinkenden Lichter auf dem nur noch schwach zu erahnenden Fluss und die unscharfe Spiegelung meines Gesichts, die sich davorschob, mit vor Müdigkeit geröteten Wangen und vom Nieselregen sich kräuselnden Strähnen, die mir in die Stirn fielen. Ich sah meiner Mutter nicht ähnlich, ein Umstand, der mir nie willkommener gewesen war als in diesem Moment. Ein Auto fuhr vorbei, ich konnte das Pfützengeräusch durch die Scheibe hören.

Ich suchte nach einem Satz in meinem Kopf, der sagbar gewesen wäre, irgendein Satz, der nicht vollständig verrückt und absurd und ganz und gar unmöglich klang. *Guten Tag, mein Name ist Katharina Mayer, ich bin Ihre Tochter.* Ich stand auf und ging langsam auf den Tresen zu, ich musste an ihm vorbei, wenn ich zur Toilette wollte. Ich sah ihn an, und er sah zu mir auf und hielt meinen Blick, freundlich, arglos, bis ich bei ihm angekommen war, in wenigen Schritten Abstand einen Moment verharrte und in sein überraschtes Gesicht sah, in seine hellen Augen, die jetzt doch einen Anflug von Unbehagen zeigten und an denen ich erleichtert erkannte, dass er nicht der war, für den ich ihn gehalten hatte.

Ich hatte monatelang auf eine Premiere gewartet, weil ich gehofft hatte, dass er da sein würde, es schien mir die einzige Möglichkeit, ihn zu treffen, aber jetzt stand ich neben dem Brezelverkäufer auf dem Vorplatz zwischen Menschen, die frierend ihre geputzten Schuhe aneinanderschlugen, rauchten und auf ihre Verabredungen warteten, ahnungslose Menschen, die einen gewöhnlichen Theaterabend verbrachten, und war mir mit einem Mal nicht mehr sicher. Im Foyer hatte sich eine Schlange gebildet, Menschen standen um Restkarten an der Abendkasse an, die Vorstellung war beinahe ausverkauft.

Ich hatte den Namen des Stückes vergessen, etwas von Beckett, ich konnte mich auf keinen einzigen Satz konzentrieren. Ich saß im Rang, atmete den Theatergeruch, meinen Kindheitsgeruch, spürte meinen Puls im Hals und sah mich verstohlen im Publikum um, ich hatte plötzlich Angst, jemandem zu begegnen, den ich kannte, aber natürlich kannte ich niemanden, und niemand kannte mich. Meine Hände schmerzten, wie sie schon als Kind geschmerzt hatten, wenn ich aufgeregt gewesen war, beim Arzt oder vor Auftritten, auch später, vor den ersten Malen, dem ersten Sex, dem ersten Joint und sogar heute noch spürte ich in bestimmten Situationen, vor Prüfungen beispielsweise, dieses Ziehen in den Handflächen, das mich als Kind immer mit einem solidarischen Gefühl an Jesus hatte denken lassen.

Auf der leeren, dunklen Bühne krümmte sich ein halb nackter Schauspieler im Licht des Verfolgers auf dem Boden, ein kleiner, heller, schreiender Fleck. Ich wartete eine Stunde und fünfundvierzig Minuten darauf, dass es vorbei war, dass er auf die Bühne treten würde, und dann war es vorbei, und er trat auf die Bühne. Er sah anders aus als der Mann in dem Lokal an der Spree und anders als auf dem Bild in meiner Tasche und doch irgendwie gleich, er trug einen schwarzen Anzug, und neben ihm lief eine blonde Frau im roten Kleid, die über irgendetwas stolperte und sich an seinem Arm festhielt und lachte, die Bühnenbildnerin vielleicht, dachte ich, wenn man eine Bühnenbildnerin brauchte für diese Leere. Das Publikum applaudierte begeistert, und auch ich klatschte mechanisch meine schmerzenden Handflächen aneinander. Nach und nach erhoben sich die Reihen von den Sitzen, und weil ein breiter Rücken mir die Sicht versperrte, stand auch ich auf, ängstlich, als könne er mich von dort unten sehen.

Ich lief an der vom tonlosen Flackern eines winzigen Fernsehers schwach ausgeleuchteten Pförtnerloge vorbei über den Hof, mit hochgezogenen Schultern und einem bemüht beschäftigten, selbstverständlichen Gang, auf das Schild mit der

Aufschrift *Kantine* zu. Ich fürchtete, dass der Pförtner mich anhalten und zur Rede stellen, meinen Theaterausweis sehen wollen würde, aber er saß in eine Rauchwolke gehüllt und sah nicht von seiner *BILD*-Zeitung auf.

Er war schon da. Ich sah ihn sofort, nachdem ich schwungvoll die Tür geöffnet und mit einer schlecht gespielten Selbstverständlichkeit den Raum betreten hatte. Er saß an einem Tisch, um den die Aufmerksamkeit aller Anwesenden sich auf sonderbare Weise zu zentrieren schien, umgeben von Menschen, die ihm zugewandt waren, selbst wenn sie gerade nicht mit ihm sprachen.

Ich stand in der Mitte des Raums und spürte den Schweiß, der sich zwischen meinen Schulterblättern sammelte, und ein Brennen unter der Kopfhaut. Als sei es offensichtlich. Als müssten jeden Moment alle Gespräche verstummen, und man würde mich erkennen. Mich und die nebulösen Umstände meiner Entstehung. Ich ballte die Fäuste in der Bauchtasche meines Kapuzenpullovers, ich merkte, dass ich ihn anstarrte. Aber warum auch nicht. Er war der Mann des Abends. Die Premiere war, was man einen rauschenden Erfolg nennen konnte. Er saß einfach da, ein großes Glas Bier vor sich. Und tat eigentlich nichts. Sah sich um, trank, mit einem zufriedenen Blick.

Ich drehte mich um, nahm eine Flasche Cola aus dem Kühlschrank und stellte mich an der Kasse an. Ich versuchte, mich so unauffällig wie möglich zu bewegen, und zwang mich, nicht hinzusehen, ich konnte seine Anwesenheit in meinem Rücken spüren und zählte langsam das Geld in die Hand der Frau an der Kasse.

Ich war nicht gut darin, Dinge zu Ende zu denken. Ich hatte ihn finden wollen, ich hatte ihn gefunden. Ohne große Anstrengung, ohne viel Aufhebens. Ich hatte nicht weitergedacht als bis zu diesem Moment, hatte angenommen, der

Rest würde sich ergeben, irgendetwas würde geschehen, was dann logisch wäre und richtig. Ich hörte kollektives Gelächter von der anderen Seite des Raumes, jemand musste einen Scherz gemacht haben, der eine allgemeine Heiterkeit am Tisch ausgelöst hatte. Ich sah, dass er lachend aufstand und sich durch die Menge der Schulterklopfer arbeitete, er kam direkt auf mich zu. Ich stand da, unfähig, mich zu bewegen, hielt mir die kühle Cola-Flasche an die Schläfe, und mein Kapuzenpullover mit Totenkopfmotiv und St.-Pauli-Schriftzug schrie, *ich gehöre nicht hierher.*

Er trug ein schwarzes Hemd, unter dem sich ein Bauch abzeichnete, die Ärmel, aus denen stark behaarte Unterarme ragten, nachlässig hochgekrempelt. Er stellte sein leeres Bierglas auf dem Tresen ab und steckte die Hände in die Hosentaschen. *Machst du mir noch eins?* Die Frau hinter dem Tresen drehte sich herum und nahm wortlos das Glas entgegen. Ich stand stockstill, ich wusste nicht, wohin mit mir, meinem Körper, meinem Blick, meinen schmerzenden Händen, alles an mir kam mir unmöglich vor. Ich hatte das Gefühl, ich würde ohnmächtig werden, aber ich wurde nicht ohnmächtig, ich war noch nie ohnmächtig geworden, im Gegensatz zu meiner Mutter, die sehr schön, sehr effektvoll und wie hingegossen an Wänden hinab und auf Polstermöbel zu gleiten imstande war, falls jemand zusah, ein Liebhaber oder frischgebackener Ex-Liebhaber oder zur Not und seltenerweise auch einmal nur ich.

Ich hatte ihn bisher nur auf Fotos gesehen, und seine Körperlichkeit erschreckte mich. Ich hatte nicht daran gedacht, dass er eine Stimme haben würde. Eine, wenn auch schwache, doch herauszuhörende, nordische Färbung darin. Einen schwerfälligen Gang, eine eigenartige, ins Grobschlächtige tendierende Präsenz. Ich war nicht darauf vorbereitet, dass er größer war, als ich gedacht hatte, und älter als auf den Bildern, die ich kannte. Etwas an ihm wirkte wahrhaftiger und unwirklicher zugleich. Ich hatte ein Bild von ihm im Kopf gehabt, von dem ich nicht hätte sagen können, wie es dort hineingefunden hatte, eine Mischung aus Fotos aus dem Internet vielleicht und den wenigen, widersprüchlichen Erzählungen meiner Mutter. Den Rest hatte ich mir zusammengebastelt, und in meiner Vorstellung war er mittelgroß und trug einen schwarzen Hut.

Er stand einen Moment neben mir und wartete leise vor sich hin pfeifend auf sein Bier. Er sah nicht aus wie der Star des Abends, sondern wie ein Mensch, der auf sein Bier wartet. So normal, als sei nicht bis vor wenigen Minuten mein Leben lang unklar gewesen, ob es ihn wirklich gab. Es gab ihn wirklich, daran bestand ab sofort kein Zweifel mehr. Er stand so nah, dass ich ein paar Schuppen auf seinen Schultern ausmachen konnte und grauen Bartschatten an seinem Hals. Ich hätte ihn irgendetwas fragen können, ich blätterte die Plattitüdensammlung in meinem Kopf durch, *können Sie mir sagen, wie spät es ist?* Um Gottes willen. Ich versuchte, mich zu konzentrieren, formulierte einen Satz in mir, ein Lob eventuell, das Stück habe mir gefallen, nicht sehr originell, ich wusste nicht einmal mehr den Titel.

Das war jetzt also der Moment, auf den ich gewartet hatte, dachte ich. Was hatte ich erwartet? Ich dachte daran, wie ich als Kind, wenn ich einen Tag herbeigesehnt hatte, etwa meinen Geburtstag oder Weihnachten, um Erwartungen zu verhindern, mir eingeredet hatte, dieser Tag würde niemals kommen, ganz sicher nicht, etwas käme bestimmt dazwischen, Weltuntergang oder Krankheit oder eine Laune meiner Mutter, ich dürfe mich nicht zu früh freuen. Diese Angewohnheit, immer das Schlimmste zu erwarten, um stets positiv überrascht zu werden, hatte ich mir erhalten.

Das war jetzt auch so ein Moment, in dem ich hätte positiv überrascht sein sollen, dachte ich. Aber ich war nicht positiv überrascht, auch eigentlich nicht negativ, mir war schlecht, meine Hände fühlten sich an wie die von Jesus, und in meinem Kopf herrschte eine diffuse Leere. Meine Angst, erkannt zu werden, schien mit einem Mal lächerlich, er nahm mich nicht einmal wahr. Er stand da und wartete, und ich stand neben ihm und wartete auch, ich wusste nicht worauf. *Er*, dachte ich, er war immer *er* in meinem Kopf, weil ich unmöglich *mein Vater* denken konnte. Ich hatte keinen Vater, jemand, der mein Vater hätte sein sollen, hatte eines Tages die Entscheidung getroffen, eine schwangere Frau zu verlassen. Oder auch nicht. Vielleicht hatte er eine Frau verlassen, von deren Schwangerschaft er nichts gewusst hatte, eine Frau, die sich in Schweigen hüllte und die mir nicht ähnlich sah. In meinem Kopf verknoteten sich Gedanken über Entscheidungen, die man traf, und solche, von denen man getroffen wurde, und ich hatte das Gefühl, jeden Moment zu explodieren.

Wenige Wochen zuvor war mir das Portemonnaie gestohlen worden, in einem neueröffneten Sexshop auf der Reeperbahn, wo der junge Schauspielerkollege meiner Mutter gerade damit beschäftigt war, zu meiner Unterhaltung ein Krankenschwesterkostüm anzuprobieren, und dann saß ich todmüde am sehr frühen Morgen unter Phantomzeichnungen von Bankräubern in einem grell ausgeleuchteten fensterlosen Raum der Davidwache, die ich bis dahin nur aus dem Vorabendfernsehen kannte, und bekam nach langem Hin und Her ein Formular ausgehändigt, auf dem stand: *die angebliche Katharina Mayer.*

Ich sah meinen angeblichen Vater ein großes Glas Bier entgegennehmen, ohne dafür zu bezahlen, und damit zurück zum Tisch gehen, *Wolf*, rief jemand, mit überraschtem, erstauntem Klang in der Stimme, als sei er Jahre fort gewesen, ich zuckte zusammen, als ich seinen Namen hörte, der noch eine Weile im Raum stand, nachdem er sich wieder hingesetzt hatte.

Der Rest würde sich ergeben, hatte ich gedacht, aber ich wusste damals noch nicht, dass sich nie etwas ergab, in diesem Rohrkrepiererleben. Ich hatte immer so Ideen, und dann stimmte es alles nicht, und ich fuhr nach Hause, und alles ging weiter wie bisher.

Als ich vor die Tür trat, regnete es in gleichmäßigen dünnen Fäden in den dunklen Hof hinab. Der Pförtner saß in seinem Kabuff, starrte auf den Fernseher, rauchte und bemerkte mich nicht. Sein in Schwaden gehülltes Gesicht wurde geisterhaft angeleuchtet vom schwarzweißen Flackern des Fernsehers. Die Glastür stand einen Spaltbreit offen.

Wir müssen ihn in flagranti erwischen, sagte Holmes zu Watson im blechernen Sound einer Fünfziger-Jahre-Synchronisation. Ich beneidete ihn auf eine schwachsinnige Art, ich dachte, dass ich nichts lieber hätte tun wollen in diesem Moment, als in einem Pförtnerhäuschen zu sitzen und keine andere Aufgabe zu haben, als einfach nur anwesend zu sein. Ich hätte mich gern zu ihm gesetzt und eine Zigarette geraucht. Ich hatte versucht, mir das Rauchen anzugewöhnen in dieser Zeit, aber es schmeckte noch nicht, ich hatte es auch nie ganz geschafft.

8.

Ende August brach noch einmal eine lähmende Hitze aus, die nicht viel mehr zuließ, als ein Konzentrieren auf die verlangsamten Körperfunktionen. Ich verließ das Haus nicht. Um frische Luft zu schnappen, ging ich aufs Dach. Aß, was Falk mir vorsetzte, wenn er am Abend von seinen Leichen kam. Ich vermisste den Sommer nicht, der da draußen ohne mich stattfand. Ich tat kaum etwas anderes als schlafen; ich konnte mich nicht erinnern, irgendwann einmal nicht müde gewesen zu sein. Meine Mutter hatte gern davon erzählt, wie ich schon als Baby immer und überall eingeschlafen war und auch später, im Theater, neben dem Inspizientenpult oder in der Garderobe, in der Kantine auf langen Bänken; ich hatte undeutliche Erinnerungen an Männer, die mich meiner Mutter hinterhertrugen, wie man einer Dame einen Koffer hinterherträgt, mich über die Schulter warfen, Treppen hinauf und hinab durch die Nacht. Diese große, immerwährende Müdigkeit schien mir anzuhaften, und ich gab mich ihr, nach erfolglosen, anstrengenden Jahren des Wachbleibens, kampflos hin. Das gehörte zu den angenehmeren Seiten des Erwachsenseins: dem Körper das, was er zu brauchen schien, soweit es verfügbar war, zuzugestehen, bevor er es vielleicht in absehbarer Zeit schon wieder nicht mehr brauchen würde.

Frühjahrsmüdigkeit, sagte Falk jedes Jahr, wenn der Winter vorbei war, aber dann kam meine Sommermüdigkeit, ganz zu schweigen von meiner Herbst- und der direkt darauffolgenden Wintermüdigkeit. Falk würde auch in diesem Winter im Dunkeln aufstehen, seinen Kaffee kochen, die Milch auf dem Herd schäumen, sein Honigbrot essen, seine Zeitung lesen, wenn sie nicht gestohlen wurde, was in letzter Zeit öfter vorkam. Falk verdächtigte den Herrn aus dem dritten Stock, einen Hipster mit Schnauzbart, Hornbrille und engen Jeans, der sein Rennrad auf der Schulter durch das Treppenhaus trug und übertrieben laut und koksfreundlich grüßte. Falk begründete seinen Verdacht damit, dass er der einzige unserer Nachbarn sei, der lesen könne, womit er womöglich recht hatte.

Ich sah zu, wie Falks Leben weiterging, und beneidete ihn darum. Ich selbst hatte kein Leben, das hätte weitergehen können. Ich war damit beschäftigt, auf dem Dach zu liegen und es auszuhalten. Ich wusste nicht, ob das Trauer war. Es fühlte sich nicht wie Trauer an, aber ich hätte auch nicht mit Sicherheit sagen können, wie sich Trauer anzufühlen hatte. Es fühlte sich unverhältnismäßig an. Eine ungehörige, übertriebene Reaktion. Falk schien es zu gefallen, ich schien ausnahmsweise einmal etwas richtig zu machen.

Ich stand auf, wenn Falk von der Arbeit kam und den Leichengeruch abgeduscht hatte, den ich mir an ihm wahrzunehmen einbildete, wenn er mit einem Handtuch um den Nacken in die Küche kam und Dinge vor mir auf dem Tisch ausbreitete, aus denen er uns ein Abendessen zubereiten würde.

Falk, sagte ich dann müde und legte den Kopf auf der Tischplatte zwischen ordentlich aufgebahrten Gemüsesorten ab. *Erzähl mir von deinen Leichen, wie geht es deinen Leichen?*

Während Falk arbeitete, jedoch nicht gern von seiner Arbeit sprach, arbeitete ich nicht, sprach aber andauernd davon. Ich hatte immer so Ideen, die ich, wie ich mir vorstellte, irgendwann einmal genauer verfolgen würde; *man müsste mal*, fing ich oft meine Sätze an, aber dann war schon wieder ein Tag nahtlos in Gin Tonic übergegangen, und wir saßen auf dem Dach am Abend und nahmen Abschied vom Sommer, in einem Gefühl der Erleichterung, das mit der Dämmerung kam, weil etwas vorbeiging, gepaart mit einer vorauseilenden Trauer um die letzten warmen Tage. Es fühlte sich seltsam an, Abschied zu nehmen von etwas, das eigentlich noch da war, aber wir wussten, dass der Sommer plötzlich verschwunden sein würde, wie in allen Jahren würden wir eines Morgens aufwachen und in den verhangenen Hamburger Himmel schauen und das Dach nicht mehr betreten, weil es nass und gefährlich war, ich würde es versuchen wollen, aber Falk würde es mir verbieten.

Falk gab sich Mühe. Er kaufte ein, kochte, räumte auf, tat, was zu tun war. Ich hatte nie so etwas wie einen besten Freund gehabt, jemanden, dem man alles erzählte; eine beste Freundin schon gar nicht, weil ich Frauen nicht verstand. Die Freundschaften aus der Kindheit waren an den ständigen Umzügen zerbrochen, und später war ich immer eine bestimmte Phase in jemandes Leben gewesen, eine Phase, die ein oder zwei Jahre andauerte, manchmal auch kürzer, selten länger, dann wurde mir mit Pauken und Trompeten und meist ohne Angabe von Gründen die Freundschaft gekündigt. Ich schien etwas Bestimmtes auszulösen in anderen, von dem ich nie ganz verstanden hatte, was es war. Menschen hatten nicht die Angewohnheit, mit mir zusammen sein zu wollen. Aber es machte mir kaum etwas aus, ich war gern allein. Falk störte mich dabei nicht, er unterstrich mein Alleinsein auf eine angenehme Art. Eine Weile hatte ich geglaubt, Falk sei schwul; ich hätte ihn gern schwul gehabt, es würde alles erleichtern. Ich wusste, dass er in mich verliebt war, und er wusste, dass ich es wusste, aber wir taten beide, als wüssten wir von nichts, denn kleine Lügen erhalten die Freundschaft.

Wir fingen an, wieder auszugehen, weil Falk der Meinung war, es sei gut für mich. Wir liefen unsere ewigen Koordinaten ab, in einer willkürlichen, gleichbleibenden Reihenfolge, auf die wir uns irgendwann einmal stumm geeinigt hatten.

An der Bernhard-Nocht-Straße hielten Zivilfahnder ein Nickerchen in ihrem Wagen, der als zuverlässiger Wegweiser am Kopf der Hafentreppe parkte. Sie rührten sich nicht, als wir vorbeiliefen, aber ich merkte, wie Falk sich verspannte. Nachdem wir einmal versucht hatten, in der Marktstraße zu kaufen, und beinahe in eine Razzia geraten waren, wovon Falk sich lange nicht erholte, hatten wir beschlossen, dass es in der Hafenstraße sicherer und obendrein bequemer war, so wie wir auch zur Tankstelle an der Ecke gingen für einen Liter Milch und nicht zum ein paar Straßen weiter gelegenen Supermarkt. Dennoch, es hatte etwas Beschämendes, auf der Straße zu kaufen, ein Zurückversetztsein in Zeiten, in denen es ein Problem darstellte, an Drogen heranzukommen. Wir sagten *Drogen*, weil es so schön ungeschönt klang, dabei kauften wir immer bloß Gras. Die Jahre, in denen man immer irgendwen kannte, der jemanden kannte, der entspannt ein paar Gramm besorgen konnte, waren vorbei, die Quellen versiegt, vielleicht zu Koks oder Whiskey übergelaufen, und wir waren wieder dort, wo wir, unabhängig voneinander und leicht zeitversetzt, angefangen hatten.

Wir saßen auf der Hafenmauer und rauchten schweigend; ich legte den Kopf an Falks Schulter und nahm ihn wieder fort, weil ich spürte, wie sein Rücken sich verspannte. Vom anderen Ufer drang ein arbeitsames Rauschen, die Kräne an den Docks leuchteten ein kleines bisschen zu romantisch in die Nacht. Mich überfiel ein diffuses Bewusstsein für die

Tragik und Schönheit des Lebens, für das ich gern Worte gefunden hätte. Falk fotografierte mich, er fotografierte mich andauernd, ich hatte mich daran gewöhnt. Er zeigte mir die Fotos nie, ich wusste nicht, was damit geschah, ob sie in einem Ordner verstaubten oder ob er sie als Beweis für irgendetwas seinen Eltern schickte, ob ich vergrößert und gerahmt in einem Haus im Schwarzwald an der Wand hing, ich wusste es nicht.

Auf der Reeperbahn flogen einem die Touristen wie Insekten ins Auge. Ich wollte einfach nur laufen, ziellos durch die Menge der Ahnungslosen schwimmen, die in lärmenden Gruppen über den Kiez zogen, vor den Bars und Clubs standen wie an jedem beliebigen Wochenende. Falk lief schweigend hinter mir her, zog mich am Arm, wenn ich Gefahr lief, mit jemandem zusammenzustoßen, und hielt sich in gelassener Gewohnheit an mir fest, als die lebenden Touristenfallen am Hans-Albers-Platz auf ihn zusteuerten.

Wir reihten uns in die Schlange vor der Pizzeria, wo ein Schild aus dem letzten Jahrhundert Zimmer für Jugendliche und Seeleute zum Sonderpreis von zwanzig DM versprach. Aus den umliegenden Kneipen wummerten die Bässe, durch die Rillen des Kopfsteinpflasters flossen sich immer weiter verzweigende Bäche aus Urin und Bier. Vor der Statue in der Mitte des Platzes filmte ein Tourist einen besoffenen Punk, der bewusstlos in einer Pfütze zu Hans Albers' Füßen lag.

Falk verzog das Gesicht, als ich in das Plastikschälchen mit getrocknetem Oregano griff, das neben einem kümmerlichen Basilikumtopf auf dem Tresen stand und von dem Falk nie nahm, weil er sich immer vorstellte, wie all die betrunkenen Männer, die eben noch in einen Hauseingang uriniert hatten, mit ihren ungewaschenen Händen dort hineingriffen. Wir setzten uns auf eine Bank, die zum Platz hin von mageren

Pflanzen in brüchigen Plastikkübeln abgeschirmt wurde, und aßen unsere Pizza. Im Haus gegenüber ging ein Licht an. Ein Mann trat ans Fenster und kämmte sich bedächtig die langen grauen Haare zu einem Zopf. Es sah aus, als sähe er zu uns herüber, mit ernstem Gesichtsausdruck, aber wahrscheinlicher war, dass er das Fenster als Spiegel benutzte. Er wiegte den Kopf ein wenig hin und her, leckte kurz am Daumen und strich sich über die Augenbrauen. Einen Moment lang wartete ich darauf, dass er das Fenster öffnen und zur Menge sprechen würde. Ich fragte mich, ob ich die Einzige war, die ihn in diesem Moment wahrnahm und über ihn nachdachte, und was er dazu sagen würde, wenn er wüsste, dass hier unten jemand saß und sich Gedanken machte darüber, wer er war. Ein normaler Mensch, der ein normales Leben führte, wenn das überhaupt möglich war, als Zuhälter oder Busfahrer vielleicht, und der gerade im Begriff war, seine Nachtschicht anzutreten. Eine Thermoskanne mit Kaffee füllte, ein paar Stullen Graubrot mit Butter und Wurst in eine Tupperdose legte. Die Katze küsste. Zur Arbeit ging. Ich dachte daran, wie viele Welten es gab, die parallel zu meiner eigenen existierten, Welten, zu denen ich keinen Zugang hatte, und dieser Gedanke machte mich noch müder. Ich dachte, dass man taub sein musste oder bescheuert, um hier zu wohnen, dass man eigentlich auch taub oder bescheuert sein musste, um dort zu wohnen, wo wir wohnten, gleich um die Ecke nämlich, wo es nicht wesentlich ruhiger war, wo die Leuchtröhren in den Hauseingängen ein blaues Licht verströmten, das die Junkies abhielt, nicht aber die betrunkenen Touristen, die ihre Blase erleichtern wollten. Wo man, wenn man sich im Wohnzimmer aus dem Fenster lehnte, ein kleines Stückchen in die Herbertstraße hineinsehen konnte, ein Umstand, den Falk in seiner Anzeige verschwiegen hatte.

Eine Gruppe junger Frauen mit rosa Plüschhasenohren

torkelte über den Platz. Wir beobachteten, wie sie ein paar Männer bedrängten. *Steffis letzte Nacht als Freiwild* war in pinkfarbener Schreibschrift auf ihren T-Shirts zu lesen, während eine von ihnen, Steffi vermutlich, den Männern wild gestikulierend etwas erklärte, das offenbar mit dem Inhalt ihres Bauchladens zu tun hatte.

Das Prinzip Junggesellenabschied hatte ich nie verstanden. Der Bräutigam würde mit seinen Jungs in den Puff gehen, die Braut würde von ihren Mädels einen Stripper geschenkt bekommen. Und dann einmal noch Neuseeland, einmal drei Monate wild sein, bevor sie in Kleinfamilien am Stadtrand verschwanden. Bevor sie in wenigen Jahren Berufe hätten und Eigentumswohnungen und Lebenslügen, und nichts davon würde ihnen etwas ausmachen. Und das alles nur aus einem einzigen Grund: weil man es so machte. Weil ihre Eltern es auch schon so gemacht hatten. Es kam automatisch. Es war alles da, nichts würde jemals selbst entschieden werden müssen. In mir breitete sich ein Gefühl des Davongekommenseins aus, das sich mit Neid mischte, nicht auf das Leben, das sie führten, sondern auf die Fähigkeit, mit dem, was man haben konnte, zufrieden zu sein. Und, vor allem, immer genau zu wissen, was das war.

Ein paar Prostituierte lehnten Kaugummi kauend an der Hans-Albers-Statue und warfen den geschäftsschädigenden Häschen grimmige Blicke zu. Steffi und ihre Freundinnen standen mit kampfbereiten Minen in der Mitte des Platzes, gewillt, zu tun, was ihre Welt von ihnen verlangte, sich zu fügen in ein System mit klaren Regeln, und Regel Nummer eins schien zu lauten, dass Steffis letzte Nacht als Freiwild eine unvergessliche zu werden hatte, ganz gleich, in welcher Hinsicht.

Ich sah einen Anflug von Panik über Falks Gesicht huschen, als sie sich plötzlich in Bewegung setzten und auf uns zukamen. Die Pflanzen teilten sich wie ein Vorhang, als Steffi ihren Bauchladen hindurchschob. *Für 5 Euro blas ich dir einen* stand auf ihrem T-Shirt geschrieben und klein gedruckt untendrunter *Luftballon auf.* Ich lehnte mich schadenfroh lächelnd zurück und beobachtete, wie Falk umringt und zum Kauf eines Lollis (50 Cent) oder Kondoms (1 Euro) oder Kusses (2 Euro) genötigt wurde. Falk kaufte zwei Lollis und bekam ein Kondom mit Pfefferminzgeschmack gratis. Ich fragte freundlich, ob ich vielleicht ein Foto machen solle; ein Vorschlag, der begeistert angenommen wurde, außer von Falk. Er hasste es, fotografiert zu werden, beinahe so sehr, wie er die Vorstellung hasste, im Internet auffindbar zu sein.

Ich ließ mir Steffis Handy in die Hand drücken und wartete, bis die Runde sich in Position gebracht hatte. Ich machte zur Sicherheit gleich mehrere Aufnahmen und stellte mir vor, wie sie in einem Album mit dem Namen *Steffis JGA* auf Facebook die Runde machen würden. Öffentlich, wie ihr gesamtes Profil, weil Steffi nichts zu verbergen hatte und die ganze Welt an ihrem Glück teilhaben durfte. Falk konnte gar nichts dagegen tun.

Wir müssen dankbar sein, sagte ich, als sie von ihm abgelassen hatten und kichernd weiterzogen und wir zurückliefen, die Reeperbahn hoch, vorbei an den Schaufenstern der Ramschläden, in denen HSV- und St.-Pauli-Merchandising-Artikel in trauter Eintracht nebeneinanderlagen, *solche Leute erhalten die Menschheit*. Falk schob seinen Lolli von einer Wange in die andere und sagte nichts. Ich sah ihm an, dass er gern zum Erhalt der Menschheit beigetragen hätte. Er verfügte über dieses unerschütterliche Grundvertrauen, das Kinder aus intakten Familien sich oft bis ins Erwachsenenalter erhielten. Er sah mich an, mit seinem verwundeten *Du-machst-schon-wieder-alles-falsch*-Gesicht. Ich wusste, dass ich es war, die ihn aufhielt, aber ich hatte nicht die Kraft, ihn in Ruhe zu lassen, nur weil das besser für ihn wäre. Einmal hatte Falk gefragt, ob ich Kinder wolle, eines Tages, und ich hatte zurückgefragt, ob das ein Angebot sei. Falk hatte nicht geantwortet, er hatte geschwiegen, wie es seine Art war, und ich hatte es totgeredet, wie es meine Art war.

An einem Imbiss kaufte Falk zwei Flaschen Bier und reichte mir eine davon, mit der unerbittlichen Geste, mit der man einem Kleinkind sein Fläschchen reicht, auf dass es endlich still sein möge. Ich betrachtete die Auslage im Schaufenster eines Sexshops: Plüschhandschellen, Stofftiere mit überdimensionalen Genitalien, Gummipuppen, essbare Unterwäsche, Klitsucker, Butplugs, Enlargementpumpen. Ich hatte eigentlich keine Lust auf dieses Gespräch, das keines war, weil Falk sich nicht dazu herabließ, mit mir zu streiten. Er ertrug mich. Er nahm Rücksicht auf meine Situation. Aber ich konnte nicht mehr zurück. Ich fing an, über die Beliebigkeit des Lebens, das wir führten, zu sprechen. Falk wischte sich den Mund mit einer Serviette ab, die er aus der Hosentasche zog. Sah sich erfolglos nach einem Mülleimer um, faltete die benutzte Serviette sorgfältig wieder zusammen und steckte sie zurück in die Tasche. Wartete höflich, dass ich mein Bier austrinken, meinen Monolog beenden würde. Ich sprach von den Entscheidungen, von denen man getroffen wurde: wo man lebte und mit wem und wovon. Und ob. Ob überhaupt. *Man sagt, ein Leben führen, als hätte man die Wahl*, sagte ich. *Es, beispielsweise, zu beenden, wann es einem passt.* Falk legte den Kopf in den Nacken und sah an der Häuserfassade hinauf. Ich zog das Etikett von der Flasche, das sich durch die Feuchtigkeit leicht ablöste und einen klebrigen Film auf dem braunen Glas hinterließ, und klebte es Falk auf den Ärmel. Ein Herz und ein Anker. Er entfernte es mit spitzen Fingern. Etwas war schief. Ich war es plötzlich leid. Die Nutten, die Touristen, St. Pauli in seiner ganzen Hässlichkeit. Ich fühlte mich plötzlich brutal nüchtern. Nichts wirkte mehr. Es war, als hätte ich viel länger als nur ein paar Wochen im Bett gelegen. Als hätte ich Jahre verschlafen und kehrte nun zurück unter die Menschen, und nichts machte mehr Sinn. Alles um mich herum erschien mir mit einem Mal sonderbar klar und auf eine Weise trostlos, die ich nie zuvor wahrgenommen hatte und die mich fertigmachte. Ich war voller Hass, auf die Menschheit im Allgemeinen und Falk im Speziellen, darauf dass er sich nie wehrte, dass er mir nichts entgegenzusetzen hatte. Er löste ungekannte Aggressionen aus in mir. Und das alles der Umstände wegen. Meiner Situation geschuldet. Aufgrund des Vorgefallenen. Wie auch immer man es nennen wollte.

Man hat nicht die Pflicht, glücklich zu sein, nur weil man als Kind nicht geschlagen wurde, brüllte ich Falk hinterher, der jetzt so schnell voranlief, dass ich kaum hinterherkam. Ich sah noch, wie er mit einer ungewohnt ruppigen Bewegung eine Prostituierte abschüttelte, die sich an seinen Arm hängte, und hörte, wie sie ihm etwas nachrief, um sich direkt darauf gleichmütig dem Nächsten zuzuwenden. Dann war Falks Rücken in der Menge verschwunden.

9.

Der schönste Moment des Tages: dieses Nichts, in dem man sich am Morgen befand, für einen sehr kurzen Augenblick, die Hoffnung, dass der Tag nicht beginnen würde, wenn man die Augen nicht öffnete; bis das Gehirn hochgefahren und sofort alles wieder da war. Das erste Bild war immer dasselbe: eine junge Polizistin mit blondem Pferdeschwanz, *Es tut mir sehr leid, Ihnen mitteilen zu müssen, bla, bla, tragischer Unfall, bla, bla*. Und so weiter. Und dann, nachdem man probeweise den einen oder anderen Muskel angespannt hat, doch die Augen öffnen und es gleich bereuen, beim Anblick all der Dinge: eine Schicht aus Wollmäusen und benutzten Taschentüchern, abgeworfenen Kleidungsstücken und eingetrockneten Teebeuteln in schmutzigen Tassen, die sich in den letzten Wochen um das Bett herum gebildet hatte. Die Anzeige an der Stereoanlage blinkte 0:00. Ich hatte mir nie die Mühe gemacht, die Zeit einzustellen.

Von fern hörte ich Falk eine Melodie pfeifen, die mir bekannt vorkam, dann seine sich nähernden schlurfenden Schritte auf den Dielen im Flur und kurz darauf ein zartes Klopfen, das wie üblich keine Reaktion erwartete, ein rhetorisches Klopfen, das einem keine Zeit ließ, auch nur *ja* oder *nein* zu rufen, bevor er die Tür öffnete. Ich zog mir die Decke über den Kopf und stellte mich schlafend. Durch einen Spalt am unteren Rand des Stoffes sah ich ein Paar ausgetretene Pantoffeln auf der Türschwelle stehen, hell- und dunkelbraunkariert, die Pantoffeln eines alten Mannes. Falk wusste, warum ich diese Pantoffeln hasste, ich hatte ihm von dem Selbstmörder erzählt, gleich nachdem ich eingezogen war, ich schenkte ihm sogar neue, damit er diese nicht mehr tragen und ich sie nicht mehr sehen musste, wenngleich sie auf eine seltsame Art zu ihm passten. Er hörte sich meine Geschichte an und trug die Pantoffeln trotzdem weiterhin, es schien ihm absolut unverständlich zu sein, wie man ein vorbelastetes Verhältnis zu Gegenständen haben konnte, Falk hatte kein Verhältnis zu Gegenständen, schon gar kein schlechtes. Durch das ausgefranste Loch im linken Pantoffel konnte ich seinen großen Zeh auf und ab wippen sehen. Ich schielte seine dünnen, spärlich behaarten Beine hinauf, sie endeten in karierten Boxershorts, die sich an der vorgesehenen Stelle leicht wölbten. Ein Bademantel aus dunkelblauem Frottee schlackerte offen um seinen Körper. Falk schob mit dem Fuß einen Stapel Bücher zur Seite und stellte einen Becher Kaffee und ein Glas frisch gepressten Orangensaft auf dem Fußboden neben der Matratze ab, blieb einen Moment stehen und sah seufzend auf mich herab; dann verließ er das Zimmer, ohne die Tür hinter sich zu schließen. Als er sich durch den Flur in Richtung Badezimmer entfernte, nahm er demonstrativ das Pfeifen wieder auf.

Als habe sie auf die Gelegenheit gewartet, schlich die Katze herein, schritt bis an den Rand der Matratze, ließ sich wenige Zentimeter von meinem Kopf entfernt nieder und starrte mich an. Ich drehte mich zur Wand, die speckig glänzte, dort, wo ich im Schlaf mein Kopfkissen gegendrückte. Ich lauschte auf das Rauschen der Wasserleitungen in der Wand, Falks Singen unter der Dusche, inbrünstig und schief, hörte ihn auf und ab gehen, sich die Haare föhnen, Türen öffnen und schließen. Seinen Tag beginnen. Einen weiteren putzigen, kleinen Tag, den er vermutlich damit verbringen würde, Fotos zu sortieren. Fotos von Körperteilen, von totem Fleisch, vergrößerte Ausschnitte, die später dazu beitragen würden zu analysieren, wer die Schuld trug am Unfall oder woran auch immer. Manchmal erzählte Falk Dinge, die er eigentlich nicht erzählen durfte. Wie sie das Gehirn in Scheiben schnitten, um festzustellen, ob der Tote Alkohol oder Drogen konsumiert hatte. Wie sie anhand des Sicherheitsgurtes, der sich, deutlich zu erkennen auf einem Foto, das Falk geschossen hatte, in das Fleisch des Toten geschnitten hatte, feststellten, dass es sich nicht um den Fahrer, sondern um den Beifahrer gehandelt haben musste, was aufgrund des Durcheinanders von Körpern am Unfallort zunächst nicht mehr auszumachen gewesen war. Ich hatte solche Geschichten bis neulich zu gern gehört, aber Falk hatte nie viel über seine Arbeit gesprochen. Seit kurzem sprach er gar nicht mehr davon. Er schonte mich. Er hatte Angst vor den Bildern, die er heraufbeschwor. Aber er ging morgens aus dem Haus, frisch geduscht und frisiert, um Leichen zu fotografieren. Ich konnte nicht aufhören, mich darüber zu wundern.

Ich wartete, bis ich die Wohnungstür ins Schloss fallen hörte und Falks sich schwunghaft entfernende Schritte im Treppenhaus, dann stand ich auf. Der tröstliche Geruch von frischem Kaffee hing noch im Flur, der lang und schmal war und Falks und mein Zimmer so weit voneinander trennte, wie es möglich war. Dazwischen Wohnzimmer, Badezimmer, eine Garderobe, eine Kommode mit Mützen, Schals, Handschuhen und allem erdenklichen Krempel darin. Ich hatte in einer der Schubladen einmal ein paar alte Bilder gefunden, 10×15 große Abzüge ohne Datum auf der Rückseite, auf denen Falk sich selbst beim Weinen fotografiert hatte. Er sah fremd aus und irre, verzweifelt, vielleicht schön, jedenfalls sehr anders, als all die Male, die ich ihn in echt hatte weinen sehen. Ich wusste nicht genau, was ich davon halten sollte, ich wünschte eigentlich, ich hätte diese Bilder nicht gefunden. Es schien mir möglich, dass Falk die Fotos absichtlich dort drapiert hatte, in der Hoffnung, dass ich sie eines Tages fände, aber wahrscheinlich hatte er sie inzwischen vergessen. Ich hatte ihn nie darauf angesprochen. Hatte mir diese Information aufbewahrt und mich ab und zu, wenn es mir gerade einfiel, vergewissert, dass sie noch dort lagen.

Sie lagen noch da. Und daneben lag etwas anderes, das ich tatsächlich längst vergessen hatte und über das ich einen Moment lang die Fassung verlor: ein karierter Zettel mit ausgefranstem Rand, aus einem Block mit Spiralbindung herausgerissen, einmal in der Mitte gefaltet. Darauf die Telefonnummer meiner Mutter, die Falk notiert hatte, mit blauem Kugelschreiber, an irgendeinem Tag vor zwei, drei Jahren. Ich erinnerte mich, wie Falk mich danach gefragt hatte: *Falls mal was ist.* Die Nummer seiner Eltern darunter. Zwei Festnetznummern mit langen Vorwahlen. Falls mal was war. Aber es war nie etwas gewesen. Nichts, bei dem unsere Eltern hätten helfen können. Ich stand vor der Kommode, den Zettel in der Hand, unschlüssig, was zu tun war, mit all diesen Dingen, die mit einem Mal überflüssig geworden waren. Ich betrachtete mich im Spiegel, der über der Kommode hing. Mein strähniges, ungewaschenes Haar, die kleinen Falten, die sich links und rechts von den Nasenflügeln zu den Mundwinkeln zogen, noch fast unmerklich, und die über die Jahre zu Furchen werden würden. Das graue T-Shirt, das ich noch nie zuvor gesehen hatte, es musste Falk gehören, ich wusste nicht, warum ich es trug, aber eine peinliche Ahnung kroch leise in mir hoch. Der ausgewaschene Aufdruck spannte spiegelverkehrt die Worte *too old to die young* über meine Brust. Wann hatte Falk solche T-Shirts getragen, das musste in einem anderen Leben gewesen sein. Es passte nicht zu ihm. Falk trug Langarmshirts mit Knopfleiste und altmodische Hemden aus Leinen mit runden Kragen, in denen er aussah wie ein Zeitungsjunge aus den zwanziger Jahren.

Ich ging in die Küche. Ging wieder zurück. Aus den Augenwinkeln hatte ich im Vorbeigehen etwas wahrgenommen. Etwas, das dem Spiegel gegenüber hing, auf der anderen Seite des Flurs, neben der Badezimmertür. Dort, wo vorher nichts gehangen hatte. Ich stand eine Weile nur da und starrte das Plakat an. Ich wusste nicht, wann Falk es aufgehängt hatte, heute Morgen, gestern Abend oder schon vor Tagen. Vielleicht war ich bereits etliche Male daran vorbeigegangen, ohne es wahrzunehmen. Ich fühlte eine ungekannte Wut in mir aufsteigen. Es war seine Wohnung, aber es war mein Plakat oder jedenfalls das meiner Mutter. Meiner toten Mutter, die jetzt in unserem Flur hing, einen Dolch in der Hand. Falk hatte begonnen, seine Projektionsflächen mit ihrer Vergangenheit zu überschreiben. Ich stellte mich so vor den Spiegel, dass der Dolch über meinem Kopf schwebte wie ein Damoklesschwert. *Ferdinand, ein Dolch über dir und mir, man trennt uns*, wo kam dieser Satz in meinem Kopf plötzlich her. Aus einem anderen Stück, in dem Mutter eine andere unglückliche junge Frau gespielt hatte, die auch hatte sterben müssen. Dieses ständige Gesterbe auf der Bühne, vielleicht hatte ihr das eine fixe Idee in den Kopf gesetzt. Ich riss das Plakat herunter, knüllte es zusammen und warf es in den Müll.

Falks Morgenroutine war leicht zurückzuverfolgen. Die Kaffeekanne war noch lauwarm. Neben der Spüle stand an die Kacheln gelehnt das Holzbrett, auf dem er sein Brot geschnitten hatte, daneben lag ein Messer, an dem ein Rest Honig klebte. In der linken oberen Ecke des Holzbrettes war in Schreibschrift der Name *Heinz* eingebrannt. In einem der Schränke über der Spüle lag irgendwo sein Pendant, ein ebensolches Frühstücksbrett mit dem Namen *Uschi*. Ich hatte diese beiden Bretter vor ein paar Jahren auf einem Flohmarkt in Altona aus einer Kiste gezogen und sie Falk geschenkt. Eine Zeitlang hatten wir sie mit stoischer Ironie bei jedem gemeinsamen Frühstück verwendet, bis der Witz sich abzunutzen begann. Wer waren Heinz und Uschi; das würden wir nie herausfinden. Hatten sie sich am Abendbrottisch gegenübergesessen, Wurstbrote und Radieschen und Tomaten geschnitten auf diesen Brettern? Geschwiegen, geredet, sich einen guten Appetit gewünscht? Hatten sie diese Bretter geschenkt bekommen von ihren Kindern, ihren Enkeln, zu Weihnachten vielleicht, aus Verlegenheit, weil man nicht wusste, was man ihnen sonst hätte schenken sollen, weil sie doch eigentlich alles hatten? Hatten die Enkel sie nicht haben wollen, nachdem Heinz und Uschi gestorben waren, sie weggegeben, mit all den anderen Dingen? Oder hatten sie gar keine Kinder, hatte ein Fremder ihre Wohnung aufgelöst, ein professionelles Entrümpelungsunternehmen, das alle Dinge, die Heinz und Uschi gehört hatten, achtlos in ein paar Bananenkisten geworfen und auf dem Flohmarkt für ein paar Cent angeboten hatte? So eine Kiste, dachte ich, in der auch das Leben meiner Mutter bald verschwunden wäre. Zumindest der Teil, den Falk nicht bereits ausgepackt und in all den Tagen und Wochen, die ich verschlafen hatte, kommentarlos in unsere Wohnung integriert hatte.

Auf dem Küchentisch stand ein Marmeladenglas mit rot-weißkariertem Deckel und verwaschenem Klebeetikett, auf dem in der ordentlichen Altefrauenhandschrift von Falks Mutter *Erdbeer-Rhabarber* geschrieben stand. Falk bewahrte Fischöltabletten darin auf, kleine gelbe Pillen, die seine Mutter ihm schickte und die aussahen wie die Badekugeln, die ich als Kind oft in der Parfümerie geklaut hatte, in der meine Mutter einkaufte, und die ich am liebsten mit den Fingern zerdrückte, bis ein klebriges, seifiges Gel herausquoll. Ich wusste, dass er das Glas für mich dort hatte stehenlassen, Falk hatte irgendwo gelesen, dass Omega-3 gegen Depressionen helfe.

Die Katze sprang auf den Küchentisch und maunzte fordernd. Wie seltsam, dachte ich, ihren Namen nicht zu kennen. Und noch seltsamer, nicht zu wissen, dass Mutter eine Katze gehabt hatte. Ich war dagegen gewesen, sie mitzunehmen, aber Falk hatte darauf bestanden, mit einer Vehemenz, die ich von ihm nicht gewohnt war. Auf der Fahrt hatte sie geschrien und ihren Katzenkorb vollgepinkelt, den ich auf dem Schoss halten musste, weil die Rückbank voller Kisten war und Falk fuhr; an einem Rastplatz hatte er ihr Wasser aus der hohlen Hand gegeben.

Ich warf eine Kopfschmerztablette in ein Glas Leitungswasser und hielt das Glas mit der sprudelnden Flüssigkeit gegen das Licht, gegen den Morgen hinter dem Fenster, der kein Morgen mehr war, sondern ein bereits vorangeschrittener, ekelhaft heller Tag.

Ich lief durch die Wohnung, die immer Falks Wohnung geblieben war, mit Falks Dingen darin, seinen nach Farben sortierten Büchern in einer ansonsten beinahe mönchischen Ordnung und Leere; nur hier und da ein Foto im Regal, Falks Eltern in Outdoor-Bekleidung vor einer Sehenswürdigkeit, rüstig in die Kamera lachend; Bilder, die sie ihm schickten von ihren Reisen, manchmal als leicht unscharfe Abzüge in einem Paket zwischen selbstgestrickten Socken und Gläsern mit selbstgekochter Marmelade, manchmal als Anhang einer E-Mail, als stolzer Beweis, dass sie mit der Zeit gingen. Bilder, die Falk mit der gleichen Ernsthaftigkeit ins Regal stellte, mit der er so oft Dinge tat, die ich höchstens unter dem Deckmantel der Ironie zu tun imstande war; ein Wesenszug, um den ich ihn im Grunde beneidete. Er hatte die Figur seines Vaters, dessen zusammengefaltete, leidende Haltung und sein dünnes, welliges Haar, aber die hohen Wangenknochen, die schmalen Lippen und das ironische *Das-kann-ja-wohl-nicht-dein-Ernst-sein*-Lächeln seiner Mutter. Falk war Einzelkind wie ich, nur mit dem Unterschied, dass er das mit größerer Gewissheit von sich sagen konnte.

An der Längsseite des Wohnzimmers stand entlang der Bücherregale eine Mauer aus Kisten voll mit Dingen, die wegzuwerfen ich nicht imstande war. Nicht weil ich sie unbedingt aufbewahren wollte, sondern weil ich es nicht einsah, diejenige zu sein, die solche Entscheidungen traf. Nicht jetzt. Irgendwann, später, vielleicht. *Können wir ja erst mal mitnehmen*, hatte Falk gesagt und Sachen eingepackt, von denen wir beide wussten, dass wir sie niemals benutzen würden. Kleider, Mäntel, Hüte meiner Mutter, die ich nicht tragen würde. Aber wer dann. Wie seltsam, dachte ich, dass die Dinge blieben. Dass sie nicht verschwanden, sich auflösten, mit denen, denen sie gehört hatten. Dass sie weiterhin da waren und nutzlos anderer Leute Wohnungen vollstellten. Und jemand, ich, musste entscheiden, was damit geschehen sollte. Es gab, bis auf die Dinge meiner Mutter, kaum etwas in unseren gemeinsamen Räumen, das mir gehörte. Ich wollte keine Dinge anhäufen. Ich hatte immer die Hoffnung gehabt, dass ich eines Tages, in einem unkonkreten Später, wieder fortginge. Etwas würde mich rufen, ein Job, eine Liebe vielleicht; aber jetzt schien es mir plötzlich, als würde es ein solches Später womöglich nicht mehr geben. Dieses Gefühl von Vorläufigkeit, das mich immer begleitet hatte, war jäh umgeschlagen in ein zu spät, in das Gefühl, alles verpasst zu haben. Als schliefe man während eines Films ein und wachte kurz vor Ende wieder auf und begriff die Handlung nicht mehr, weil einem die entscheidenden Szenen fehlten. Ich versuchte, mir mein Leben von neulich vorzustellen. Mein Leben vor fünf, sechs Jahren, als ich noch das Gefühl hatte, am Anfang von etwas zu stehen; mein Leben vor einem Jahr, vor einem Monat, vorgestern. Der Gedanke, dass ich vermutlich bald Sätze sagen würde wie *als meine Mutter noch lebte*, irritierte mich maßlos, es war etwas, das zu sagen ich eigentlich nicht vor meinem fünfzigsten Geburtstag erwartet hatte.

Ich öffnete das Fenster. Sofort drang die Stadt herein, mit ihrem unerträglichen Lärm, dem Rumpeln und Fiepen der Müllabfuhr, dem Rufen und Schreien der Lieferanten, dem Schaben von gefüllten Getränkekisten über Asphalt, diesen Geräuschen von Fortschritt und Beschleunigung, die bewiesen, dass die ganze Stadt in Bewegung war, dass hier alles funktionierte, seinen eingefädelten Gang ging. Mein Kopf dröhnte. Es gab keinen deprimierenderen Anblick als das grell ausgeleuchtete Elend der Reeperbahn tags um halb eins. Der Geruch der Nacht, nach Bier, Haschisch und Pisse, wehte noch schwach herauf und wich langsam dem Gestank des Tages nach Benzin, Döner und sonnenwarmer Hundescheiße. Ein Auto hupte, ein dumpfer Knall von Metall auf Metall ertönte, jemand stieß einen türkischen Fluch aus.

Ich öffnete die Kiste, auf der mein Name stand, und starrte all die Dinge an, die auf diese seltsame Art zu mir zurückkamen: eine Holzdose mit meinen zu Staub zerfallenen Milchzähnen. Eine kleine Schachtel mit der rosafarbenen Plastikmanschette, die ich als Neugeborenes im Krankenhaus ums Handgelenk getragen hatte, auf der in verblasster Tinte mein Name und mein Geburtsdatum standen. Eine Mappe mit meinen Zeugnissen aus der Mittelstufe:
Katharina stört den Unterricht durch Schwatzen.
Katharina kokelt im Unterricht und erhält dafür einen Tadel.

Etwas mehr Sorgfalt in Katharinas häuslicher Vorbereitung wäre wünschenswert.

Warum in aller Welt hatten wir das alles mitgenommen? Hatte Falk mich danach gefragt, warum hatte ich nicht gesagt, das soll weg, das brauche ich nicht? Wahrscheinlich hatte ich nichts gesagt, und Falk hatte sich nicht getraut, Entscheidungen zu treffen. Ein schwacher Geruch nach einem unbestimmbaren Früher stieg aus der Kiste auf, nach dem Haus meiner Mutter. Das Haus, das ich nie wieder betreten würde, in das bald eine junge Familie einziehen würde. Leute in meinem Alter, unbegreiflicherweise, denen es in der Stadt plötzlich zu laut und zu schmutzig geworden war; es schien, als würden einem mit dreißig schlagartig Rezeptoren für diese Dinge wachsen. Sie würden wesentlich mehr Miete zahlen und nicht erfahren, was in diesem Haus geschehen war; aber es war ja gar nichts geschehen.

Ich würde diesen Geruch irgendwann vergessen. Was vergisst man zuerst? Schon seit einer Weile waren, wenn ich an meine Mutter dachte, die Konturen ihres Gesichts leicht unscharf vor meinem inneren Auge, und ich hätte nicht mehr mit Sicherheit sagen können, wie sie die Haare getragen hatte.

Ich riss die Kisten auf, eine nach der anderen, und holte Dinge an die Oberfläche, die Falk sorgfältig verpackt hatte, vielleicht weil er nicht wusste, wie man sie entsorgen sollte oder für wen sie noch von Interesse sein könnten, oder weil er mir diese Entscheidung aufgehoben hatte. Ich packte ein altmodisches Gerät aus, ich brauchte einen Moment, um zu begreifen, dass es sich um einen Anrufbeantworter aus der Steinzeit handelte. Spaßeshalber steckte ich den Stecker in die Steckdose. Ein Lämpchen blinkte rot auf. Ich zögerte, bevor ich die Taste drückte. *Sie haben zwei gespeicherte Nachrichten, erste neue Nachricht:* eine weiche Frauenstimme, angenehm, aber um eine Nuance zu empathisch. Ich stellte mir die Frau dick vor, mit schulterlangem blondiertem Haar, mittleren Alters, wie man so sagt, mit einer Vorliebe für Goldschmuck und Katzen. Barbara bat um einen Rückruf. Ich kannte keine Barbara. *Melde dich, Margarethe.* Margarethe. Nicht: Greta, wie sie es vorgezogen hatte. Als ich klein war, hatte sie es mir untersagt, *Mama* zu sagen. Sie wollte mit ihrem Vornamen angesprochen werden, *Mama* passte nicht in das Bild, das sie von sich hatte.

Nächste gespeicherte Nachricht: Ich bin's, Ina. Ich bin krank und schaffe es morgen nicht, sorry. Ich hörte mir die Nachricht noch einmal an. Wann war das gewesen? Der fremde, seltsam helle Klang meiner Stimme. Ich war nicht krank gewesen, an einem Sonntag im Mai, kurz nach meinem Geburtstag, ich hatte nur einfach keine Lust, sie zu besuchen. Der Gedanke, dass diese Sätze für immer das Letzte sein würden, was ich zu ihr gesagt hatte. Die konservierte Lüge.

In einer altmodischen Ledermappe fand ich einen Stapel Zeitungsausschnitte. Mutter hatte Artikel mit traurigen Geschichten ausgeschnitten und gesammelt, die besonders skurrilen Fälle schickte sie mir zu: ein Klumpen Exkremente aus einer Flugzeugtoilette, der in der Luft gefroren, auf die Erde gesaust, ein Hausdach durchschlagen und ein schlafendes Kind getötet hatte. Eine Gruppe junger Männer, die in einem zugefrorenen See angeln wollten und eine Dynamitstange warfen, um ein Loch ins Eis zu sprengen, leider hatten sie einen Hund dabei. Solche Sachen. Eine dieser Geschichten war mir besonders im Gedächtnis geblieben, und jetzt, angesichts der Überflüssigkeit der Dinge, fiel sie mir wieder ein: die Geschichte eines Mannes, der in eine andere Stadt ziehen wollte und alles, was er besaß, in einen Transporter lud. Unterwegs hielt er an einer Autobahnraststätte, um die Toilette zu benutzen und einen Kaffee zu trinken, und als er zurück auf den Parkplatz kam, war der Transporter verschwunden. Mich überkam ein spontaner Neid auf diesen Mann, der später im Interview erklärt hatte, dass er nach anfänglichem Schrecken eine gewisse Erleichterung verspürt habe, ein Gefühl der Freiheit sogar.

Ganz hinten in der Ledermappe lag ein brauner Umschlag, auf dem Name und Anschrift meiner Mutter mit schwarzer Tinte in einer kleinen, akkuraten Schrift geschrieben standen, die mir bekannt vorkam. Als ich den Umschlag vorsichtig umdrehte, rutschte ein Stapel Fotos heraus, 13×18 große Abzüge, die Falk ihr geschickt haben musste, nach ihrem Besuch bei uns, dem Coq au Vin, dem seltsamen Abend in unserer Küche; Fotos, die Falk von ihr gemacht hatte auf der Fähre Richtung Landungsbrücken, als dieser seltsame Abend in eine noch seltsamere Nacht überging.

Wir hatten das Auto am Fischmarkt geparkt, fuhren mit der Fähre bis Neumühlen und liefen am Strand entlang bis zum Findling. Die Steinplatten am Wasser waren zu schmal, um darauf zu dritt in einer Reihe zu gehen. Mutter hakte sich bei Falk unter, der die Hände in den Hosentaschen trug und ab und an die, an der nicht Mutter hing, herausnahm, um etwas Gesagtes durch eine Geste zu unterstreichen. Meistens jedoch sprach Mutter, und Falk hörte ihr zu, bewegte den Kopf höflich nickend in ihre Richtung und sah hin und wieder aufs Wasser, während ich mit zwei Metern Abstand hinter ihnen herlief, wie ein störrisches Kind, das zum sonntäglichen Familienspaziergang gezwungen wird. Am Himmel braute sich in der Ferne ein Gewitter zusammen. Ein Containerschiff fuhr vorbei und schob die Wellen auf den Strand bis zu uns herauf, Mutter kreischte, zerrte Falk in den Sand, und zusammen rannten sie lachend davon, während ich nicht schnell genug reagierte, stolperte, von der Brandung eingeholt wurde und zur allgemeinen Freude bis zu den Knöcheln im Wasser stand. Auf der Fähre zurück fuhren wir in ein Gewitter hinein, und Falk schoss auf Drängen meiner Mutter ein paar Fotos von ihr an Deck, während ich barfuß zwischen betrunkenen Touristen und müden Pendlern mit Fahrrädern im überheizten Innenraum des Schiffes blieb.

Am Fischmarkt stiegen wir aus, es hatte inzwischen heftig zu regnen angefangen. Ich war müde und wollte nach Hause, aber Mutter war allerbester Laune und wollte ausgehen, da hin, *wo ihr immer so hingeht*. Wir führten sie in eine Kneipe am Rand von St. Pauli, wo wir noch nie zuvor gewesen waren, eine Spelunke mit klebrigen Tischen und schummrigem Licht, wo Falk von Wein auf Bier umstieg und die Gespräche verstummten, als Mutter sich über den Tresen beugte, über dem Rauchschwaden unter Halogenleuchten waberten, und eine Runde Getränke bestellte. Ich griff in ihre Handtasche, die neben mir auf der Bank stand, und nahm in alter Gewohnheit ihren Autoschlüssel an mich.

Na, Mädels, sagte der Wirt, als er die Getränke vor uns abstellte, und sah Falk dabei herausfordernd an, und auf mein *dankeschön* mit einem Zwinkern, das anzüglich gemeint sein konnte oder vielleicht nur ein nervöses war: *Da nich für*.

Ich trank Cola, ergab mich einer eigentlich nicht auszuhaltenden Nüchternheit, aber jemand, dachte ich, musste schließlich einen klaren Kopf bewahren. Ich fischte die Zitronenscheibe aus dem Glas, biss hinein und legte die Schale in den Aschenbecher. Ich warf Falk einen langen Blick zu, aber er wollte sich nicht solidarisieren, trank sein Alsterwasser und starrte schicksalsergeben vor sich hin. Mutter kam zurück, schob sich an Falk vorbei auf die Bank, ein bisschen umständlicher als nötig, für einen kurzen Moment war ihre Hand in seinem Haar. Ich wusste, dass ihr die Vorstellung gefiel, dass die Männer am Tresen dachten, Falk sei ihr junger Liebhaber, aber wahrscheinlich dachte das niemand. Und falls doch, wer war ich dann? Falk schien gar nichts zu denken, er saß nur da und drehte schweigend eine Zigarette und nichts an ihm verriet, ob es ihn störte oder ob es ihm vielleicht sogar gefiel, ob er meinetwegen alles ertrug oder ob er einfach über den Dingen stand. Mutter schrie nach Musik, und irgendwer gehorchte und warf eine Münze in die Jukebox. Als die Stimme von Udo Jürgens erklang, sprang Mutter auf und zerrte Falk auf die Tanzfläche. Falk nahm artig die Hand, die sie ihm ungeduldig entgegenstreckte, legte seine andere auf ihren Rücken und drehte sich langsam mit ihr im Takt der Musik.

Ich ging vor die Tür, stand eine Weile unter der gestreiften Balustrade, auf die heftiger Regen trommelte, und atmete den staubigen Geruch des nassen Asphalts ein. Regentropfen tanzten wie Insekten im gelben Lichtkegel der Straßenlaternen, die Kräne am anderen Elbufer leuchteten matt, der Himmel verfärbte sich schleichend und stufenweise, und vor der Fischauktionshalle rumorten schon die ersten Händler, bauten ihre Stände auf, mit Pflanzen, Bananen und albernen Hüten; es gab kaum noch Fisch zu kaufen auf dem Fischmarkt und längst keine lebenden Tiere mehr, keine Käfige voller Hühner, Vögel und Kaninchen, wie es sie in meiner Kindheit noch gegeben hatte, nur Aale-Dieter war für die Touristen geblieben.

Durch das Fenster sah ich drinnen in der Mitte des Raumes unter einer funzeligen Lampe auf einem abgenutzten Stück Linoleumboden meine Mutter und Falk sich langsam im Kreis drehen, Udo Jürgens sang *Ich war noch niemals in New York*, Mutter hatte die Augen geschlossen, ihr Gesicht lag an Falks Schulter, alles um sie herum hatte aufgehört zu existieren. Sie sahen aus wie die letzten Menschen auf der Welt. Etwas an diesem Bild war absurd und gleichzeitig vollkommen. Ich stand eine ganze Weile da draußen unter der Balustrade, sah zum Fenster hinein und dachte, dass dieser Moment der einsamste meines Lebens war. Es fühlte sich an wie das Ende von etwas, die letzte Szene eines Films, bevor die Kamera herauszoomte und man die Menschen hinter dem Fenster nicht mehr erkannte, weil sie nur noch ein kleines helles Quadrat an einem Haus in einer Straße in einer Stadt am Wasser waren, irgendein Haus in irgendeiner Straße in irgendeiner Stadt an irgendeinem Fluss, und das Bild immer schneller verschwand und sich verlor, bis ins Weltall, wo man von alldem nichts mehr erkannte.

Von einem plötzlichen Aktionismus befallen, rannte ich in die Küche und kramte eine Rolle schwarzer 60-Liter-Plastikmüllsäcke unter der Spüle hervor. Ich riss eine Kiste nach der anderen auf. Postkarten, die ich geschrieben hatte von Reiterhofferien, mit blauer Tinte in ungelenker Kinderschreibschrift, auf den Rändern mit rosa Filzstift gemalte Herzchen. Theaterprogrammhefte aus den achtziger und frühen neunziger Jahren, meine Mutter als somnambules Käthchen, verzweifelte Isabella und kannibalische Penthesilea, barbusig und blutüberströmt oder im geblümten Kleid an der Seite eines späteren Fernsehkommissars, sehr jung, sehr vielversprechend, euphorische Kritiken, aus Feuilletons und Theaterfachzeitschriften kopiert und ordentlich in einer dicken Mappe abgeheftet, das jeweilige Datum mit Tinte auf den Rand geschrieben. Weg damit. Oder nicht. Oder doch. Schuhkartons voller Kinderfotos von mir als speckiges, haarloses Baby oder mit einer Schultüte im Arm und störrischem, abweisendem Blick. Eine Reihe Schwarzweißfotos, die ich nie zuvor gesehen hatte: meine Mutter, nackt in einem zerwühlten Bett liegend, sehr jung, sehr schön und sehr fremd, mit buschiger Schambehaarung, ohne Kaiserschnittnarbe, das Copyright eines bekannten Theaterfotografen auf der Rückseite.

Als ich die Bilder in der Hand hielt, die Falk gemacht hatte, zögerte ich einen Moment. Etwas in mir sträubte sich dagegen, sie wegzuwerfen. Es waren gute Fotos, keine Frage. Falk hatte Talent, er wusste es nicht, oder er hatte es vergessen, er zweifelte zu viel oder zu wenig; vielleicht hatte er aufgehört zu zweifeln, vielleicht hatte er den Entschluss gefasst, wenigstens in einem Lebensbereich Sicherheit zu erlangen, einen Beruf zu haben, eine Festanstellung, vielleicht war sein Leben zu wirr und zu richtungslos gewesen, und er hatte dieser Richtungslosigkeit ein Ende setzen wollen, vielleicht war es das.

Einmal hatte Falk mich mitgenommen auf eine Party, ein paar Monate nachdem ich bei ihm eingezogen war. Er hatte mir nicht gesagt, um was für eine Veranstaltung es sich handelte, hatte mir lediglich Ort und Uhrzeit genannt, am Morgen desselben Tages, in der Küche, beiläufig, während des Frühstücks, und gesagt, es wäre ihm eine Ehre, wenn ich käme. Ich war erfreut, womöglich etwas zu erfahren über Falk, das über das hinausging, was sich unter Mitbewohnern nicht vermeiden ließ, diese scheinbare und unfreiwillige Intimität, die sich sofort und übergangslos einstellt, gegen die man sich nicht wehren kann, mit jemandem, den man bis neulich gar nicht kannte und den man plötzlich täglich und in jeder Lebenslage erleben muss.

Die Veranstaltung entpuppte sich als Release-Party eines neuen Magazins für Kunst und Literatur, das neben prätentiösen Gedichten und Kurzgeschichten einiger junger und gänzlich unbekannter Autoren ein paar von Falks Fotos abgedruckt hatte. Eine Serie karger, menschenleerer Landschaften, die auf einer einige Jahre zurückliegenden

Skandinavien-Reise entstanden waren, die Falk mit seiner Ex-Freundin unternommen hatte, von der es bezeichnenderweise kein einziges Foto gab, nicht in dieser Auswahl und auch nicht auf den Kontaktabzügen, die Falk einmal auf dem Küchentisch hatte liegenlassen. Nichts als einsame Häuser, neblige Straßen und Seen.

Ich freute mich darauf, Falk in einem Zusammenhang zu sehen, einer eigenen Welt mit eigenen Menschen, auch wenn er in diese Welt nicht ganz zu passen schien, was er, der Körperhaltung nach zu urteilen, mit der er mir entgegenkam, offenbar genauso sah. Dennoch gefiel er mir plötzlich, mehr, als er mir je gefallen hatte, wie er so aufgeregt auf mich zugelaufen kam, die Hände in den Taschen vergrub, auf den Zehen wippend dicht vor mir stehen blieb und mehrmals sagte, *schön, dass du gekommen bist, wirklich schön*, als könne er es gar nicht fassen, dass ich wirklich gekommen war, obwohl ich ihm zugesagt hatte und obwohl wir mit einem Abstand von nur zwei Stunden aus derselben Wohnung an diesen Ort aufgebrochen waren. Ich empfand plötzlich eine Art Stolz auf ihn, weil er etwas geschaffen hatte, mit seinem Kopf, seinen Augen und Händen, etwas, das jetzt vergrößert an einer Wand hing, von der malerisch der Putz bröselte, im Souterrain eines renovierungsbedürftigen Hauses auf der Veddel, das kurz davorstand, zu überteuerten Yuppiewohnungen gentrifiziert zu werden.

Falk blieb den ganzen Abend in meiner Nähe, ab und zu nahm jemand ihn am Arm, klopfte ihm auf den Rücken, drückte ein Getränk in seine Hand, Kunststudenten mit Leinenbeuteln, Männer in hip-ironischen Pullovern aus der Altkleidersammlung und Frauen in Neunziger-Jahre-Kleidern, die eine gekünstelte *Ich-bin-wild-aber-irgendwie-auch-schwach*-Attitüde ausstrahlten. Nachdem ich die Bilder eine angemessene Anzahl von Minuten lang betrachtet hatte, stellte ich mich ans Fenster, sah auf die Straße und trank sehr schnell sehr viel billigen Wein aus einem knittrigen Plastikbecher. Falk wurde von einer kleinen Frau, die energisch aussah und auf eine aufdringliche Art schön, in eine Diskussion verwickelt. Er beugte sich fortwährend höflich nickend zu ihr hinunter, während er durch die Menge in meine Richtung sah. Etwas an ihrer Körperhaltung zueinander erweckte den Anschein, dass sie sich schon eine ganze Weile kannten, und ich erinnerte mich an die erstaunliche Erkenntnis, dass Falk für andere Menschen ein ganz anderer Mensch war. Falk dirigierte die kleine Frau sanft in meine Richtung und sagte, *das ist übrigens Ina*, woraufhin sie mich mit einem Blick, der offenbarte, dass sie sich bis gerade eben ganz umsonst Sorgen gemacht hatte, ungeniert von oben bis unten musterte und mit einer Mischung aus Bestürzung und Belustigung sagte: *Aha, okay.*

Nach einer langen Weile hilflosen Geplänkels zur Kunst im Allgemeinen und Falks Bildern im Speziellen, in der es mir unter Aufbringung meines gesamten Small-Talk-Vermögens nicht gelang herauszufinden, in welchem Verhältnis Falk und die kleine Frau zueinander standen, wurden wir von der Ankunft eines Mannes unterbrochen, der so betrunken war und so stark nach Schweiß roch, dazu so fettige Haare und so starke Augenringe hatte und so abgerissene Kleidung trug, dass ich ihn im ersten Moment für einen Obdachlosen hielt, der sich hierher verirrt hatte, um die Reste der kostenlosen Häppchen abzuräumen. Wie sich kurz darauf herausstellte, handelte es sich bei diesem Mann um einen ziemlich berühmten Künstler, den außer mir jeder im Raum zu kennen schien. Ich hatte seinen Namen noch nie gehört und vergaß ihn auch sofort wieder, nachdem die kleine Frau, deren Namen ich auch vergessen hatte, ihn mir großäugig und mit einem vielsagenden Seitenblick zu Falk zugeflüstert hatte. Der ziemlich berühmte Künstler schritt die Wände ab und wedelte dabei mit einer Astraknolle in der Hand herum, sodass Bier auf seine Hose und den Boden schwappte, was ihn nicht zu stören schien. Alle Gespräche im Raum schienen verstummt, alle Blicke konzentrierten sich auf ihn, als er schwerfällig von Bild zu Bild ging, vor dem größten eine Weile stehen blieb, die Augen zusammenkniff, als denke er angestrengt nach, und dann nach einer Weile Falk, der neben ihm stand und die Luft anhielt, den Arm um die Schultern legte und so laut, dass man es bis in den letzten Winkel des Raumes hören konnte, sagte: *Schuster, bleib bei deinen Leichen.*

10.

Die Stadt fühlte sich fremd an, so früh am Morgen, eine Tageszeit, zu der ich sie seit langem nicht gesehen hatte. Etwas lag in der Luft, als ich um sieben Uhr dreiunddreißig in die U3 Richtung Wandsbek-Gartenstadt stieg, eine Aufbruchsstimmung, der Geruch frisch geduschter hanseatischer Entschlossenheit, der mich ganz schwummrig machte. Im oberen Drittel des Fensters klebte die Werbung eines Bestattungsinstituts. Es war, wie wenn man ein neues Wort gelernt hatte und es plötzlich überall hörte. Darunter mein vom Schlaf verquollenes Gesicht im dunklen Spiegel der Fensterscheibe, das kurz vor den Landungsbrücken verschwand, wo die Bahn zurück an die Oberfläche tauchte und den Blick freigab, auf den Hafen, die Speicherstadt und die Elbphilharmonie.

Bei Starbucks am Südsteg bestellte ich ein Kaffeegetränk mit kompliziertem Namen und gab mich dem befriedigenden Gefühl hin, das mich immer überkam, wenn ich im Begriff war, unsinnig viel Geld auszugeben für etwas, das woanders viel weniger kostete. Der junge Mann hinter dem Tresen schrieb mit Edding *Greta* auf den Becher.

Schöner Name, sagte er und lächelte mich an. *Kurzform von Margarethe*, sagte ich überflüssigerweise. Ich blieb eine Weile unter der Anzeigentafel stehen, sah auf das Gewusel unten auf den Bahnsteigen hinab, und mich überkam die erstaunliche Erkenntnis, dass all diese Menschen auf dem Weg irgendwohin waren und irgendetwas zu tun hatten. Dass hier überall irgendwer irgendeiner unsichtbaren Arbeit nachging, die dazu beitrug, dass alles störungsfrei ablief. Dass alle fünf Minuten eine S1 nach Poppenbüttel abfuhr und alle dreißig Minuten ein Regionalexpress nach Lübeck-Travemünde-Strand.

Ich sah auf die Uhr und suchte nach dem Brief in meiner Tasche. Frau Schmidt wollte mit mir über meine berufliche Situation sprechen, und ich war nicht in der Position, ihr diesen Wunsch abzuschlagen.

Vor dem Backsteinbunker an der Kurt-Schumacher-Allee ragte ein rostiges Ungetüm in den Himmel. Der goldene Zeiger der Uhr an der Hauswand zitterte im Wind und schob sich schwerfällig vor auf die Zwölf. Ich trank hastig meinen Kaffee aus und warf den leeren Becher in einen Papierkorb neben der Eingangstür, ich hielt es für strategisch sinnvoller, an diesem Ort nicht den Eindruck zu hinterlassen, ich könne mir einen Kaffee bei Starbucks leisten.

Frau Schmidt hieß mit Vornamen Mandy, und so sah sie auch aus. Sie sprach das Wort Philosophie aus wie eine tödliche Krankheit.

Warum haben Sie denn nicht was Richtiges studiert?

Ich hatte meine ganze Schulzeit über eine sehnsüchtige Idee vom Studentendasein gepflegt, die schwammige Vorstellung einer unendlich lang ausdehnbaren, halb erwachsenen Zwischenzeit, in der ich wilde Dinge täte. Ich hatte keine ausgereifte Vorstellung von dem Leben, das ich danach führen würde. Für Philosophie und Germanistik hatte ich mich eingeschrieben, weil ich glaubte, dass ich in Studiengängen, die einen für alles und nichts qualifizierten, mehr Zeit haben würde herauszufinden, was ich eigentlich wollte.

Warum haben SIE denn nicht was Richtiges studiert?, fragte ich nicht.

Auf der Fensterbank stand eine sorgfältig gepflegte Topfpflanze, daneben eine kleine Gießkanne aus rotem Plastik. Ich stellte mir vor, wie Frau Schmidt jeden Morgen vor der Arbeit, vermutlich etwa um 7:50 Uhr, diese Pflanze goss.

Unnötig zu sagen, dass meine Vorstellungen kaum, dass das erste Semester begonnen hatte, herbe enttäuscht wurden. Ich saß in überfüllten Vorlesungen auf der Treppe, weil alle Sitzplätze von Rentnern blockiert wurden, aß in der Mensa von Knasttabletts, und wenn ich mich aus dem Philosophenturm fortbewegte und mich in einem unachtsamen Moment dem WiWi-Bunker oder der Juristenfakultät näherte, lief ich Gefahr, die eine oder andere Gestalt aus der Schulzeit wiederzutreffen, die dann, außerhalb ihrer Clique mit der angestammten Rangordnung, plötzlich nichts mehr von der postpubertären Grausamkeit an den Tag legte, mit der sie mich durch die Oberstufe gequält hatte, sondern mich wie eine alte Freundin begrüßte.

Mathematiker zum Beispiel habe ich höchstens vier Wochen in der Datenbank, sagte Frau Schmidt triumphierend. Eine Überraschungseifigur mit Plastiksprungfeder wippte fröhlich auf dem Rand des Monitors auf und ab.

Frau Schmidt war kaum älter als ich, dachte ich – was bedeutete, dass sie mit hoher Wahrscheinlichkeit exakt im selben Alter war. In letzter Zeit gelang es mir immer seltener, das Alter anderer Menschen einzuschätzen; wann immer ich dachte, jemand sei nur unwesentlich jünger als ich, stellte sich am Ende heraus, dass die betreffende Person höchstens zwanzig war – gehörte aber zu den Menschen, die das Leben tendenziell im Griff zu haben schienen. Ein dezenter Weichspülergeruch ging von ihr aus. Ihr Gesicht offenbarte bei genauem Hinsehen einen potenziellen Reiz, den sie jedoch durch Einfallslosigkeit in Stilfragen geschickt kaschierte.

Was wollen Sie denn erreichen, Frau Mayer? Sie nahm ihre

Brille ab und sah mich unverwandt an. Es klang nicht einmal wie eine Frage.

Frau Mayer ist meine Mutter, wollte ich sagen. Das hatte ich früher immer gesagt, wenn jemand mich so angesprochen hatte. Als wäre das komisch. Frau Mayer war meine Mutter. Ich hatte es immer als seltsam empfunden, wenn Menschen in Filmen, sobald sie vom Tod eines Angehörigen erfuhren, unmittelbar dazu übergingen, in der Vergangenheit von der Person zu sprechen. Als dauerte es keine Minute, den Tod zu begreifen.

Was auch nicht komisch war: dass ich, wenn ich ehrlich war, auf diese Frage keine Antwort hatte. Ich sah an Frau Schmidt vorbei aus dem Fenster, in einen an Trostlosigkeit nicht zu überbietenden Innenhof, in dem ein erster Herbstvorbotenwind an den schmalen Ästen schwachblättriger Bäume riss. Ich versuchte, mir vorzustellen, wie Falk sich in dieser Situation verhalten würde. Hätten Sie nicht was mit Leichen? Irgendwas im Leichenbereich?

Ich holte tief Luft und sagte so beiläufig wie möglich: *Hätten Sie vielleicht etwas im Theaterbereich?*

Zum ersten Mal seit Jahren hatte ich so etwas Ähnliches wie einen Plan.

Frau Schmidt sah mich einen Moment an, als sei ich nun vollends verrückt geworden, dann besann sie sich und wandte sich wieder ihrem Bildschirm zu. Das kleine Rädchen an der Maus surrte entschlossen. Nach einigen Momenten missbilligenden Klickens sagte sie mit beherrschtem Ton in der Stimme: *Das Thalia Theater sucht einen Bühnenplastiker. Können Sie so was?*

Ich glaube nicht, sagte ich freundlich.

Was können Sie denn?

Im Prinzip, dachte ich, konnte ich fast alles, wenn es sein musste, aber es musste ja nicht sein, jedenfalls nicht unbedingt.

Ich hatte geglaubt, nach dem Studium würde sich beruflich irgendetwas ergeben, aber es hatte sich nichts ergeben, nichts bis auf diverse unterbezahlte Nebenjobs, unbezahlte Praktika und die regelmäßigen obligatorischen Erniedrigungen durch das Arbeitsamt. Alles, was ich tat, führte dazu herauszufinden, was ich nicht wollte, aber ich dachte, dass auf diese Weise immerhin irgendwann einmal das, was ich wollen könnte, übrig bleiben müsse. Es konnte sich nur noch um Jahre handeln. Ich hatte eine schwammige Idealvorstellung von einem Beruf ohne Kollegen, ein Beruf, der es mir erlaubte, meine eigene Toilette zu benutzen, und den ich theoretisch nackt ausüben konnte. Eine Zeitlang hatte ich dementsprechend mit dem Gedanken gespielt, Schriftstellerin zu werden, verwarf die Idee aber wieder, weil der Kosten-Nutzen-Aufwand in keinem angemessenen Verhältnis stand.

Die Schauspielhauskantine sucht eine Aushilfe, sagte Frau Schmidt.

Klingt gut, sagte ich hoffnungsvoll und bemühte mich um ein *Ich-bin-mir-nicht-zu-schade-für-so-etwas*-Lächeln.

Frau Schmidt sah mich an, mit einem Blick, der suggerierte, dass ich die Spielregeln nicht verstanden hatte. *Das ist aber nur eine Aushilfsstelle.*

Es kam mir unlauter vor, aber ich wusste, es musste sein, es half nichts. Ich riss die Augen auf, sah direkt in die Sonne, die durch das Fenster schien, ohne zu blinzeln, wie ich es als Kind getan hatte, wenn ich Mutter etwas beweisen wollte. Und wie bestellt spürte ich, wie meine Augen sich mit Flüssigkeit füllten. Ich drehte langsam den Kopf Richtung verschwommener Frau Schmidt, holte dramatisch tief Luft und sagte, leise und deutlich und genau in dem Moment, als eine kleine Träne meine linke Wange hinunterrollte: *Meine Mutter hat sich kürzlich das Leben genommen.*

Wie immer verließ ich das Gebäude mit der Euphorie der Davongekommenen. Ich lief die Kirchenallee hinunter bis zum Schauspielhaus, wo die Premieren der kommenden Spielzeit neben der Eingangstür angekündigt waren.

Ein Sommernachtstraum
Von William Shakespeare
Regie: Wolf Eschenbach
Premiere: 20. Dezember

Fünf Minuten später stand ich in einer Buchhandlung in der Spitalerstraße vor einer reclamgelben Wand, bückte mich zu S wie Shakespeare hinab und zog den *Sommernachtstraum* heraus.

Ich war vorbereitet. Ich wartete auf den Herbst.

1.

Der Sommer konnte sich nicht entscheiden, ob er bleiben oder gehen wollte. Kaum war ich überzeugt, dass er nun aber wirklich vorbei sei, kam er doch noch einmal zurück. Eine schwierige Trennung, ein Abschied auf Raten. Ich war immer falsch angezogen und immer müde, was vielleicht damit zusammenhing, dass ich die meiste Zeit unter Tage verbrachte, in den Gängen des Theaters und den Kochgerüchen der Kantine. Ich mochte die gedämpfte Atmosphäre am Vormittag, die hektischen Mittagspausengeräusche und die aufgeladene Stimmung am Abend vor der Vorstellung, wenn die Schauspieler, schon in Kostüm und Maske, am großen Tisch in der Ecke saßen oder im Bademantel durch die Gänge schlurften; wenn auf dem Fernseher der geschlossene Vorhang und ein paar Abonnentenköpfe in der sich langsam füllenden ersten Reihe zu erkennen waren und die Stimme der Inspizientin durch den Kantinenlautsprecher raunte: *Es ist neunzehn Uhr dreißig, das erste Zeichen.*

Ich nahm mir die Zeit, das Haus durch den Bühneneingang zu betreten, obwohl der Weg durch den öffentlichen Teil der Kantine wesentlich kürzer war. Ich mochte es, am Pförtner vorbei und durch die Gänge des Theaters zu gehen, in denen man sich leicht verirren konnte, all die Treppen und Aufzüge und geheimnisvollen Türen und Abkürzungen, ich hatte den Ehrgeiz, sie mir alle einzuprägen. Ich mochte den Theatergeruch, nach Holz, Farbe und etwas Undefinierbarem, einer Mischung aus Schminke und Angstschweiß vielleicht, ein Geruch, der Erinnerungen auslöste, an die grundlose Aufregung, die mich immer und in allen Häusern, an denen meine Mutter engagiert gewesen war, überkommen hatte; ein Gefühl, das ich vergessen hatte und das jetzt in einer seltsamen, erwachsenen Form zu mir zurückkam.

Spezielles Publikum, hatte der Kantinenchef im Vorstellungsgespräch gesagt, *muss man zu nehmen wissen*, und dabei ein Gesicht gemacht, das keinen Zweifel aufkommen ließ, dass er dieses Publikum wie kein anderer zu nehmen wusste. Er trug den Schlüssel zum Spirituosenschrank an einem Schlüsselband mit dem Werbeaufdruck eines Mobilfunkanbieters um den Hals und auch an warmen Sommertagen einen zweireihigen Anzug. An meinem ersten Arbeitstag hatte er mir eingeschärft, dass es, sollte ich gelegentlich an der Kasse stehen, unbedingt zu vermeiden sei, jemanden aus der Chefetage nach dem Theaterausweis zu fragen, und so bat ich den Azubi, mir zu soufflieren, eine Bitte, der er sofort freudig und gewissenhaft nachkam.

Ibo hieß eigentlich Ibrahim, aber so nannte ihn nur sein Vater. Er war neunzehn Jahre alt und strahlte eine Zuversicht aus, die mich sprachlos machte. Ich war noch nie jemandem begegnet, der so exakte und über jeden Zweifel erhabene Vorstellungen hatte, von seiner Zukunft, seiner Karriere, der Frau, die er eines Tages treffen, der Familie, die er mit dieser Frau dann haben würde. Er sprach von dem Rest seines Lebens wie von einer beschlossenen Sache, und das Erstaunlichste war, dass es mich nicht anekelte, ihn so reden zu hören. Bei Ibo stimmte alles, auf eine sonderbare Art. Das Zweiterstaunlichste war, dass ich ihm glaubte. Dass ich ihn ansah, seine schmächtige Gestalt, seine ordentlich zerzausten

Haare, seine wachen Knopfaugen, und nicht im Geringsten daran zweifelte, dass alles genau so kommen würde, wie er es sich vorstellte. Er fragte mich mit einer entwaffnenden Direktheit über mein Leben aus, *hast du 'n Freund, wo wohnst du, was machen deine Eltern*, und ich antwortete mit einer Unbefangenheit, die mich selbst erstaunte. Er hatte sich mir vom ersten Tag an geöffnet, und es war befreiend, ihm etwas von dieser Offenheit zurückzugeben, ihm Dinge zu erzählen, die, da war ich sicher, die Küche nicht verlassen würden. Es war leicht, mit ihm zu reden. Ich war dankbar. Ibo war DJ, das war es, was er eigentlich machen wollte, er legte an den Wochenenden auf, manchmal ging er nach einer Acht-Stunden-Schicht in der Küche noch zu einem Gig. Er schien keinen Schlaf zu brauchen. Sein Vater dachte, dass er Jura studierte, aber das Studium hatte er längst abgebrochen.

Die Kantine war aufgeteilt in einen öffentlichen und einen nichtöffentlichen Bereich, aber der Übergang war fließend. Ich lernte zu unterscheiden zwischen den Mitarbeitern des Theaters, den Leuten vom Haus, wie man hier sagte, und den übrigen Gästen, die in den umliegenden Bürohäusern arbeiteten und hierher nur des günstigen Mittagstisches wegen kamen. Der Einzige, der sich manchmal in den öffentlichen Teil setzte, sich unter das Volk mischte, wie Ibo sagte, war der Intendant, der es immer eilig hatte, im Laufschritt durch die Gänge fegte und im Vorbeigehen auf den Tresen klopfte, anerkennend, aber auch ein wenig ironisch, wie der Chef, der er eigentlich nicht war, der er nie hatte werden wollen.

Ich lernte schnell, die Sitz- und Rangordnung von Hinter- und Vorderhaus in voneinander wie durch unsichtbare Markierungen getrennte Bereiche zu durchschauen. Die Schauspieler saßen grundsätzlich an dem größten Tisch, dessen Holz übersät war von Brandflecken aus Zeiten, in denen man hier noch hatte rauchen dürfen. Der Schauspielertisch stand in der Ecke neben dem Fernseher, in unmittelbarer Nähe der Eisentür, die ins Hinterhaus führte, und es kam vor, dass einer auf den Fernseher sah, plötzlich fluchend aufsprang und hinausrannte, den Bademantel im Gang von sich werfend.

Ich erkannte sie an ihrer Körperhaltung und an der Lautstärke, mit der sie den Raum betraten. Sie füllten den Milchkaffee aus dem Automaten in Plastikbierbecher und steckten dabei zwei Becher ineinander, was den Chef ärgerte. Den Chef ärgerte auch, dass sie während der Vorstellungen im Treppenhaus aßen und rauchten, an der Notausgangtür auf halber Treppe zwischen Garderobe und Maske, und ihr Geschirr und ihre vollen Aschenbecher dort stehen ließen.

Die Assistenten und Hospitanten saßen am Tisch schräg gegenüber, eine rührende Entschlossenheit in ihren Mienen, der unbedingte Wille, bei dem, was sie taten, gesehen zu werden von den richtigen Leuten im richtigen Moment.

Die Techniker saßen an einem langen Tisch in der Mitte des Raumes, unter der großen Uhr, mit ihren Werkzeuggürteln und ihrer Gelassenheit, tranken in der Mittagspause Bier, spielten Kicker in der Ecke vor den Toiletten und flirteten mit mir, wenn sie ihr Essen abholten.

An den unteren Tischen in der Nähe der Tür, die zum öffentlichen Bereich führte, saß das Vorderhaus, immer in Schwarz, ununterscheidbar, eine unübersichtliche Anzahl von 450-Euro-Kräften, vornehmlich Studenten, die während der Vorstellungen auf dem abgewetzten Samt der Treppen saßen, ein Buch auf den Knien, und für die Uni lernten.

Ich gab mir alle Mühe, mir ihre Gesichter zu merken, ihre Vorlieben, die Art und Weise, mit der sie fraternisierten, wenn sie Sonderwünsche äußerten, vor allem in Gegenwart des Kochs, König Heiner, wie sie ihn nannten, er sah auch tatsächlich wie ein kleiner dicker König aus. Jemand hatte ihm eine Krone gebastelt aus goldenem Karton, vielleicht eine Requisite aus irgendeinem Stück, die zum Missfallen des Chefs über dem Feuerlöscher neben der Küchentür hing, gut sichtbar für jeden, und die Heiner ab und an, wenn ihn jemand daran erinnerte, mit stoischem Ernst aufsetzte und trug, bis die Dämpfe aus den Töpfen die goldenen Zacken wellten. Heiner war ein beleibter, rotgesichtiger Mann mit gutmütigen blauen Augen, einer großporigen Nase und nach allen Seiten abstehenden weißen Locken, ein Bilderbuchkoch, alles in allem, den unter einer Schutzschicht aus Leibesfülle und Entertainerqualitäten eine bodenlose Traurigkeit umgab. Ich mochte ihn sofort. Er war lange zur See gefahren und irgendetwas war mit seiner Frau, hatte Ibo gesagt, aber danach durfte man ihn nicht fragen, und vielleicht stimmte es auch nicht. Wenn der Mittagsansturm abgeflaut war, legten die Mitarbeiter aus der Küche ihre Schürzen ab und versammelten sich schweigend an einer langen Tafel im vorderen Teil des Raumes, um gemeinsam zu essen. Wir saßen nie auf dem Podest im hinteren Teil, auf das drei Stufen hinaufführten und vor dem ein Schild darüber informierte, dass dieser Bereich den Mitarbeitern des Hauses vorbehalten war. Etwas schien das Kantinenpersonal davon abzuhalten, sich dort hinzusetzen, und ich fügte mich in dieses Netz aus Regeln, die mir niemand erklärte. Der Einzige, der nicht mit uns aß, war Heiner. Man sah ihn überhaupt selten etwas zu sich nehmen, was angesichts seiner Leibesfülle erstaunlich war. Er brauche einmal am Tag seine Ruhe, sagte er, legte seine Kochjacke ab und verließ das Haus, er müsse einmal allein sein und seine Nase wenigstens für eine halbe Stunde in den Wind halten. Es hatte ihn niemand je dabei beobachtet, und so gab es unter den Mitarbeitern viele Spekulationen darüber, was es möglicherweise zu bedeuten hatte: die Nase in den Wind zu halten. Es gab das Gerücht, dass Heiner als junger Matrose ein attraktiver Mann gewesen war, und ich stellte ihn mir vor wie eine etwas kleinere Ausgabe von Hans Albers in *Große Freiheit Nr. 7*. Vor einigen Jahren hatten sie im Großen Haus die *St.-Pauli-Saga* aufgeführt – *gegeben*, wie Heiner sagte –, und Heiner hatte eine Statistenrolle bekommen, was ihn noch immer mit Stolz erfüllte. Ein Foto, das ihn mit einigen der Hauptdarstellern zeigte, hing an seinem Spint im Umkleideraum.

Die Tage waren geprägt von einer angenehmen Gleichmäßigkeit, eingeteilt in Früh- oder Spätschicht und einige freie Tage dazwischen. Zum ersten Mal seit Jahren hatte ich kein schlechtes Gewissen, wenn ich beim Bäcker kurz nach dem Aufstehen einen schönen Feierabend gewünscht bekam. Ich mochte die körperliche Erschöpfung, die mich jäh überfiel, wenn ich nach einer Schicht unter Tage blinzelnd zurück an die Oberfläche tauchte, einen Zehn-Liter-Plastikeimer mit dampfendem Wischwasser in der Hand. Ich nahm mir die Zeit, im Vorbeigehen die Spielzeithefte und Monatsprogrammleporellos auf dem Zigarettenautomaten zu ordnen, bevor ich vor die Tür trat und auf den Hauptbahnhof sah, den Strom der Autos auf der Kirchenallee, die Taxifahrer am Taxistand gegenüber, die in warmen Nächten auf ihren Kofferräumen Schach spielten, die Theatergäste, die aus dem U-Bahn-Schacht gespült wurden, vor dem Eingang herumstanden, an ihren Sektflöten nippten, die in ihre Konfirmationsanzüge und -kleider zurückgezwängten Deutsch-Leistungskurse, die ihre Kippen auf den Boden warfen, und die Junkies, die zwischen ihnen herumliefen und schnorrten oder versuchten, Straßenmagazine zu verkaufen. Ich wischte die Tische mit einem Lappen ab, stapelte die Stühle ineinander, verband alles mit einer langen Kette und schloss die beiden Enden mit einem Vorhängeschloss zusammen. Ich mochte es, Aufgaben zu haben, die überschaubar waren und an denen man nicht wirklich scheitern konnte. Zum ersten Mal seit langem fühlte sich etwas leicht an. Ich war so unsichtbar, wie ich sein wollte. Die Kollegen aus der Küche stellten, bis auf Ibo, keine Fragen, waren freundlich indifferent; die restlichen Mitarbeiter des Hauses behandelten mich, wie man Personal behandelt: distanziert und im Plural, wenn es sich nicht, wie Heiner, einen gewissen Stand erarbeitet hatte, diese Autorität von unten, die auszuüben nicht in meinem Wesen lag und für die ich im Übrigen nicht lange genug da sein würde. Ich arbeitete, und die körperliche Anstrengung beruhigte mich. In manchen Momenten vergaß ich beinahe, warum ich hier war.

Ich war froh, dass alles nach Plan lief, obwohl das nicht ganz stimmte, denn einen richtigen Plan hatte ich eigentlich nicht. Das Einzige, was ich wusste, war, dass Wolf Eschenbach an dieses Haus zurückkehren würde, nach langer Zeit, und nicht wissen konnte, dass ich erst seit kurzem hier arbeitete. Die Proben für den *Sommernachtstraum* würden in wenigen Tagen beginnen, wie ich dem an der Pforte in einem Glaskasten aushängenden Probenplan entnommen hatte. Ich versuchte, vorbereitet zu sein, und zuckte dennoch jedes Mal zusammen, wenn die Eisentür, die von der Kantine ins Hinterhaus führte, schwungvoll aufgerissen wurde und jemand den Raum betrat. Ich hatte mir verschiedene Szenarien ausgemalt, wie wir uns das erste Mal begegnen würden, denn einmal mussten wir uns schließlich über den Weg laufen, in den schmalen Gängen des Theaters, in denen es kaum Ausweichmöglichkeiten gab. Wir würden uns jeden Tag sehen. Mein Gesicht wäre eines von vielen, das er sich nicht würde merken können, dachte ich in rationalen Momenten. In irrationalen Momenten stellte ich mir hingegen folgendes Szenario vor: dass er hereinkommen, mich sehen und erblassen würde, weil er sich nicht nur an unsere kurze Begegnung damals in Berlin erinnern, sondern ihm auch endlich einfallen würde, worüber er seither immer wieder nachgedacht hatte: an wen ich ihn erinnerte.

2.

Dass Mutter im Gegensatz zu mir einen Vater gehabt hatte, erfuhr ich erst, als er eines Tages gestorben war. Wir standen an einem Grab auf dem Ohlsdorfer Friedhof, ich war fünf Jahre alt, und Mutter sagte einen dieser Sätze, die etwas auslösten in mir, von dem ich mich nie ganz erholte. Sie eilte mit energischen Schritten, denen zu folgen ich Mühe hatte, an nicht enden wollenden Reihen von Stiefmütterchen vorbei, als gelte es, etwas hinter sich zu bringen, einen Faltplan in der Hand, den sie an jeder Weggabelung fluchend hin und her drehte und schließlich in einen Papierkorb knüllte, in dem auf Resten von Tannenzweigen, Plastikblumentöpfen und Zeitungspapier eine kleine Keramikfigur lag, ein nackter schlafender Engel mit rotem Haar und angeschlagenen goldenen Flügeln. Ich hob ihn vorsichtig heraus, wischte die Erdreste fort und steckte ihn in die Brusttasche meiner Latzhose. Ich hatte diesen Engel jahrelang aufbewahrt, ich wusste nicht, wo er inzwischen abgeblieben war, aber: *Dreimal umziehen ist wie einmal ausgebombt*, wie Mutter zu sagen pflegte, und das war auch wieder so ein Satz, der lange unhinterfragt zum Vokabular meiner Kindheit gehörte und für den sie eigentlich zu jung war. Ein Überbleibsel, vielleicht von dem, an dessen Grab ich den Engel gefunden hatte, und umgezogen waren wir schließlich viele Male mehr als drei.

Wir standen am Grab meines Großvaters, und Mutter

sagte, sie wolle sichergehen, dass er auch wirklich tot sei. An einem Metallständer baumelten Gießkannen, auf das Grab nebenan pflanzte jemand Blumen, es roch nach feuchter Erde. Ich starrte auf den hellen Stein, auf dem in schnörkeliger Schrift etwas stand, das ich nicht lesen konnte.

Sie wolle sichergehen, dass er auch wirklich tot sei, hatte Mutter gesagt, und als Fünfjährige hatte ich das ganz wörtlich genommen und die Möglichkeit in Betracht gezogen, dass er eben nicht wirklich tot war, dass es sich um einen Irrtum handeln könne, dass er womöglich noch lebte.

Herkunftsfamilie, hatte die Bestatterin es genannt, als Falk und ich bei unserem ersten Termin in einem seltsam gedämpften, indirekt beleuchteten Raum vor einem Expeditregal voller Urnen standen, *erzählen Sie mir von der Herkunftsfamilie Ihrer Mutter*, und ich hatte darüber nachgedacht, was für ein eigenartiger Begriff das war, weil er implizierte, dass es zwei verschiedene Arten von Familie gab: die, in die man hineingeboren wurde, und die, die man selbst gründete, was auch wieder so ein Wort war, das nach Entschlossenheit und freiem Willen klang, nach bewusst getroffenen Entscheidungen. In manchen Sprachen gab es zwei verschiedene Wörter für diese zwei Arten von Familie, aber im Deutschen blieb es ein einziger schwammiger Begriff.

In der vierten Klasse musste ich einmal als Hausaufgabe einen Stammbaum basteln und die Namen meiner Familienmitglieder bis in die Urgroßelterngeneration eintragen. Ich bat Mutter um Hilfe, und sie diktierte mir die Namen meiner unbekannten Vorfahren, die schwer zu buchstabieren waren und durch ihren geheimnisvollen Klang einen ungekannten Stolz in mir auslösten. Erst als die Lehrerin meine Mutter in die Schule bestellte, um mit ihr über mein Verhältnis zur Realität zu sprechen, ging mir auf, dass mein Großvater nicht

Montague hieß und meine Großmutter nicht Capulet, dass ich keine Cousine namens Ophelia und keinen Cousin namens Laertes hatte und keinen Onkel Wanja, der in einem fernen kalten Land lebte und den wir nicht in den Ferien besuchen fuhren, weil er leider schon tot war, wie überhaupt alle in unserer Familie tot waren.

Die Mutter meiner Mutter war früh gestorben, und wenn ich fragte woran, erhielt ich die immer gleiche Antwort: am Leben. Ich fragte mich, wie das möglich war: am Leben zu sterben. Am Leben im Allgemeinen, nicht an einer Krankheit oder an Altersschwäche oder an der Kopflosigkeit meiner Mutter, wie es Romeo und Julia widerfahren war. Am Leben zu sterben, das klang geheimnisvoll und ungeheuerlich und rief eine schaurige Ahnung hervor. Mutter hatte das Talent, Dinge gleichzeitig aufzubauschen und zu vertuschen und einen zurückzulassen, mit nichts als einem Unbehagen, das sich schwer in Worte fassen ließ. Ich hatte Geschichten gehört aus ihrer Kindheit, die sich mit jedem Erzählen ein wenig veränderten. Ein aggressiver, trinkender Vater, der einige Jahre eines Banküberfalls mit Geiselnahme wegen im Gefängnis gesessen hatte und später das hart verdiente Geld seiner Frau auf die Pferderennbahn und in die Herbertstraße von Bremen, die wahrscheinlich nicht Herbertstraße hieß, aber nach dem gleichen Geschäftsmodell funktionierte, getragen hatte. Eine, und das war schon eher wahrscheinlich, depressive, am Leben krankende Mutter; die Bilder, die sie vor mein inneres Auge malte, überlagerten sich mit meinen eigenen Erinnerungen an eine Mutter, die immer Kopfschmerzen hatte und in einem dunklen Raum auf dem Bett liegen musste. Eine Geschichte ging so: An ihrem 18. Geburtstag stieg sie eines Nachts heimlich aus dem Fenster und lief fort mit einem Mann, in den sie sehr verliebt gewesen war. Als Kind stellte ich sie mir immer im Wald vor, vielleicht hatte auch sie dieses Bild erfunden für mich, im seeräuberjennyroten Kleid, einen altmodischen Koffer in der Hand, ein Abenteuer, mehr nicht. Sie wohnte damals im fünften Stock einer Hochhaussiedlung in einem Bremer Vorort, also war sie vermutlich nicht aus dem Fenster gestiegen, sondern hatte die elterliche Wohnung schlicht durch die Tür verlassen, aber was machte das schon für einen Unterschied. Sie war nach Hamburg und auf die Schauspielschule gegangen, wo sie eine unübersichtliche Anzahl Männer später meinen Vater getroffen hatte.

Es gab viele Männer in unserem Leben. Sie kamen plötzlich, verbrachten erst die Nächte, dann die Tage bei uns. Manche zogen ganz ein, brachten ihren Geruch mit, ihre Sachen, die herumlagen, auf unseren Tischen und Stühlen, auf den Fensterbrettern, dem Waschbeckenrand. Sie gaben sich Mühe, kochten Milchreis oder Nudeln mit Tomatensoße für mich auf dem Gasherd, der immer wieder für Mutters Drohung herhalten musste, beim nächsten Mal aber wirklich den Hahn aufzudrehen. Diese Drohung hatte sie einmal tatsächlich wahrzumachen versucht, war jedoch an der modernen Technik gescheitert: Eines Tages kam ich aus der Schule und fand meine Mutter mit dem Kopf im Backofen vor, an dem Versuch verzweifelnd, ohnmächtig zu werden, während sie gleichzeitig den Knopf gedrückt hielt, um das Gas ausströmen zu lassen. Ich stand eine Weile in der Tür und sah ihr zu, wie sie in Flüchen verrenkt auf dem Küchenboden zappelte, schließlich entnervt aufgab und die Ofenklappe zuknallte. Romeo und Julia, damals noch am Leben, flatterten nervös in ihrem Käfig umher.

Zu dieser Zeit gab es einen Mann, den ich ins Herz geschlossen hatte. Einen Mann mit freundlichen Augen, schwarzen

Bartstoppeln und wirrem Haar, der ein Taxi fuhr, auf dessen Rückbank meine Mutter eines Nachts weinend gesessen hatte, einen Koffer im Kofferraum, gefüllt mit Dingen, die keine Vergangenheit, kein Kind verrieten. Johnny hatte meine Mutter zum Bahnhof gefahren, sie war sein letzter Fahrgast, die Schicht war zu Ende, und als sie nicht ausstieg, fuhr er wieder zurück, nahm ihren Koffer und trug ihn in seine Wohnung im zehnten Stock einer Hochhaussiedlung am östlichen Rand der Stadt. Johnny war Matrose gewesen, er hatte die Welt umsegelt und erzählte die unglaublichsten Geschichten, wenn er in der Küche saß, paffte und Schnaps in seinen Tee goss, mit freiem Oberkörper, weil ja in der Erinnerung immer Sommer ist oder nur deshalb, weil er sich nicht mehr als einen Sommer lang hielt, bevor meine Mutter ihn zum Teufel jagte. An den Wochenenden fuhren wir in Johnnys Taxi an die Ostsee, scheinbar endlose Fahrten, die ich, da mir die Vorstellung von Zeit noch fehlte, in Sesamstraßen einteilte: *Wie viele Sesamstraßen noch?* Erinnerungen an den Geruch von süßlichem Pfeifenrauch und sonnenwarmen Ledersitzen und an die Übelkeit, die mich verlässlich überkam; ich konnte mit Fug und Recht behaupten, mich auf jedem Rastplatz der Norddeutschen Tiefebene übergeben zu haben. In der Johnnyzeit roch unsere Wohnung nach Pfeifentabak und Johnnyschweiß. Ich kletterte auf seinen Schoß und erkundete das Land auf Brust und Armen, grüne Figuren im Dschungel schwarzer Johnnyhaare: Segelschiffe, Anker, von Dolchen durchbohrte Herzen und eine nackte Frau, die breitbeinig auf seinem Bauch saß, der Bauchnabel zwischen ihren Beinen; ich steckte meinen Finger hinein, Johnny lachte, Mutter schlug ihn mit der flachen Hand auf den Hinterkopf, und er kniff sie in den Po und nannte sie *meine olle Hafenhure*, wofür sie ihn umso doller schlug. Aber wahrscheinlich stimmten all die Geschichten nicht, wahrscheinlich war er gar kein Matrose, denn eigentlich hieß er auch nicht Johnny, sondern Hans-Joachim. Meine Mutter hatte ihm den Namen Johnny gegeben, der Pfeife und der Seefahrerromantik wegen, sie sang uns oft das Lied vom *Surabaya-Johnny* vor, eine sich selbst erfüllende Prophezeiung, denn eines Tages nahm er die Pfeife aus dem Maul und verschwand aus unserem Leben, der Hund.

Sie verschwanden alle wieder, die meisten eher früher als später, und vielleicht habe ich die Männer deshalb nie ernst genommen, weil sie kamen und gingen und unter meiner Mutter zusammenbrachen und weil sie nicht mehr hinterließen als ein paar Macken im Küchentisch, Bartstoppeln auf dem Waschbeckenrand oder eine Socke unter dem Bett und meine rasende Mutter, die sie verfluchte, Fotos zerriss, Briefe verbrannte, Erinnerungen im Klo herunterspülte. Und mich, die ich ihr zusah, fasziniert von der rasenden Gründlichkeit ihres Aufgebens. Solange sie noch da waren, warben sie mit Überraschungseiern und *Lustigen Taschenbüchern* um meine Gunst oder halfen mir bei den Schulaufgaben, was Mutter tolerierte, bis ich in die Pubertät kam, die bei mir früher einsetzte, als mir lieb war; danach wurde sie misstrauisch. Ihr Misstrauen empörte mich, um meiner selbst und um der Männer willen, von denen ich noch nicht allzu schlecht dachte, da sie mich, von meinem Vater einmal abgesehen, bis dato noch nicht enttäuscht hatten. Es sollte sich bald herausstellen, dass man ihnen bloß Gelegenheit dazu bieten musste, und das würde ich in den kommenden Jahren in ausreichendem Maße tun. Aber vorerst konnte ich sie nicht gebrauchen, die Brüste, die plötzlich da waren und zu schnell wuchsen und die ich unter weiten Sweatshirts versteckte, die immer fettigen Haare und eitrigen Pickel an den Schläfen, der strenge Geruch, der mit einem Mal von mir ausging und auf den Mutter mich, wie es ihre Art war, bei jeder Gelegenheit aufmerksam machte. Ich war dreizehn, vierzehn Jahre alt, ein Kind noch, ein Kind, das schon seit zwei Jahren blutete und sich vor dem Schwimmunterricht fürchtete, weil die Jungs, selbst noch ganz und gar kindlich, sich einen Spaß daraus machten, mir an die erstaunlich weit entwickelten Brüste zu greifen. Und auch wenn es immer irgendwen gab, der auf dem Schulhof von weitem beobachtet werden musste, Jungs aus der Oberstufe, einmal auch ein Mädchen, die von meiner Existenz nichts ahnten, schien mir nichts ferner, als dieses Chaos von Körper mit irgendwem zu teilen. Ich versuchte, die Pausen in einer Ecke des Schulkellers herumzubringen, ohne von der Aufsicht erwischt zu werden, und las Sartre, abgegriffene schwarzrote Taschenbücher mit vergilbten Seiten, die mir Tom in die Hand gedrückt hatte, der in Osnabrück *Geschlossene Gesellschaft* inszenieren würde, in der kommenden Spielzeit. Tom hatte helle Locken und ein dunkles Gemüt, und er war wesentlich jünger als Mutter, um genau zu sein, war er genauso viele Jahre jünger als sie, wie er älter als ich war. Es schien ihn jedoch nicht zu stören, dass er kaum mein biologischer Vater hätte sein können. Er war freundlich und zugewandt, ich hatte das Gefühl, er unterhielt sich gern mit mir, er hörte mir zu und nahm ernst, was ich sagte. Er selbst sagte Dinge, die man so sagte, wenn man frisch von der Regieschule kam und Sartre inszenieren durfte mit Schauspielern, die älter und bekannter waren als man selbst, was keine Kunst war, da man selbst sehr jung und sehr unbekannt war. Dass die Hölle die anderen seien, sagte Tom, beispielsweise, und da ich solche Sätze zu dieser Zeit zum ersten Mal hörte, fühlte ich mich verstanden. Mutter sollte die Inès spielen, so jedenfalls hatte Tom sich das vorgestellt, aber Mutter wollte nicht die Inès spielen, sie sah sich als Estelle. Ich las das Stück und fand die Inès großartig, die Estelle hingegen bescheuert und sagte das auch, und Tom lehnte sich lächelnd in seinem Stuhl zurück, reichte mir eine seiner selbstgedrehten filterlosen Zigaretten über den Küchentisch und sagte, *bei aller Liebe, Margarethe, du bist zu alt für die Estelle*, woraufhin Mutter, die gerade damit beschäftigt war, einen Salat zuzubereiten, eine Tomate nach ihm warf. Tom duckte sich, und die Tomate klatschte gegen die Wand über dem Küchentisch, wo sie für alle Zeiten kleben blieb.

Tom war ruhig und sachlich, wenn er mit mir sprach, theatralisch und laut, wenn er mit Mutter sprach, er schien sich seinem Gegenüber anzupassen, und ich mochte ihn lieber, wenn Mutter nicht dabei war. Aber natürlich war sie immer dabei, wenn Tom am Abend zu Besuch kam. Ich wusste, dass er kommen würde, ich konnte es an ihrem Verhalten ablesen, ihrer Unruhe, ihrer Art, auf und ab zu laufen, vor dem Spiegel zu stehen und mich, wenn es klingelte, in mein Zimmer zu schicken. Es wurden keine Tomaten mehr geworfen, aber es wurde gestritten, viel und laut, und eines Abends verließ Mutter die Wohnung, und Tom klopfte an meine Zimmertür und fragte, ob er hereinkommen dürfe. Ich lag auf meinem Bett, und Tom kam ohne eine Antwort abzuwarten herein, legte sich neben mich und bat mich, ihm etwas vorzulesen. Ich las ihm aus dem Buch vor, das ich gerade in der Hand hielt, nicht Sartre, etwas anderes, Belangloseres, für das ich mich schämte, und ich verhaspelte mich und schämte mich noch mehr, aber Tom schloss die Augen und sagte, es sei schön, mir zuzuhören. Ich hätte ihm gern gesagt, dass auch für mich die Hölle die anderen waren, die anderen im Allgemeinen und meine Mutter im Speziellen, aber ich sagte es nicht. Tom lag da und atmete, und ich lag neben ihm und wusste nicht, wohin mit mir, seine Anwesenheit in meinem Bett überforderte mich, sein Geruch nach Schnaps und Zigaretten, sein zu vieler Körper. Ich achtete darauf, dass wir uns nicht berührten, und fürchtete mich ein wenig, ohne zu wissen wovor. Als er einschlief, spürte ich neben der Erleichterung auch ein leises Bedauern, weil ich bereits merkte, wie ich die Achtung vor ihm verlor.

Am Morgen wachte ich vor Tom auf und ging in die Küche, um Kaffee zu kochen. Die Achtung war nicht zurückgekehrt, ebenso wenig wie meine Mutter, und beides erleichterte mich auf eine seltsame Art. Als der Geruch von frischem Kaffee sich in der Wohnung ausbreitete und Tom aus meinem Zimmer geschlurft kam, zerknirscht oder nur verkatert, die Angst im Blick, dass womöglich etwas geschehen war, letzte Nacht, an das er sich nicht erinnerte, etwas, das er, würde er sich erinnern, würde bereuen müssen, und sei es nur der Konvention zuliebe, wurde die Wohnungstür aufgeschlossen, und Mutter kam zurück. Sie brachte eine Wolke kalter Luft mit herein. Sie sah erst Tom an und dann mich, und ich konnte sehen, wie sich etwas veränderte, in ihrem Blick, wie sie die Situation erfasste und zu verstehen glaubte. Wir standen alle eine Weile reglos da, ein schiefes Dreieck: Mutter im Flur, in Mantel und Schal, die Wohnungstür im Rücken als Möglichkeit, wie eine Schauspielerin, die versehentlich zu früh aufgetreten war und sich nicht entscheiden konnte, ob sie diesen Umstand überspielen oder noch einmal abgehen sollte, ich im Türrahmen zur Küche, in meinem zu klein gewordenen Mickymaus-Pyjama und Tom in nichts als Boxershorts in meiner Zimmertür, ängstlich, abwartend. Mutters Blick hellte sich auf, eine Spur von Überraschung und Belustigung lag darin, und sie nickte mir anerkennend zu, sportlich, würdevoll, und ich hasste sie dafür, aber ich machte mir nicht die Mühe, die Situation zu erklären. Keiner von uns sprach an diesem Morgen ein Wort. Mutter zog ihren Mantel aus, setzte sich an den Küchentisch, auf den Platz, auf dem sie immer saß, und ich stellte zwei Tassen auf den Tisch und schenkte uns Kaffee ein. Tom verschwand für eine Weile im Badezimmer und dann für immer aus unserem Leben, und er nahm seine Bücher mit, was ich bedauerte, und Mutter spielte nicht die Estelle und auch nicht die Inès, sie spielte überhaupt nicht in *Geschlossene Gesellschaft* mit. Manchmal strich ich heimlich über die Stelle an der Wand in unserer Küche, wo noch immer die eingetrockneten Tomatenkerne klebten, und dachte, dass die Inès doch wirklich viel besser zu Mutter gepasst hätte, weil sie so wahnsinnig wütend war und weil sie ihre Liebste dahin getrieben hatte, den Gashahn aufzudrehen.

Tom war der Letzte, der länger geblieben war als ein paar Nächte, nach ihm kam niemand mehr. Wie eigenartig es war, dachte ich, dass diese Dinge aufhörten, plötzlich, ohne erkennbaren Grund. Spürte man, dieser wird der Letzte sein, ahnte man, dass es keine Liebe mehr geben würde? Oder dachte man, wenn man wie Mutter noch nicht wirklich alt war, nicht an solche Dinge? Ich jedenfalls dachte damals nicht an die letzten Dinge. Ich war kurz davor, die ersten Erfahrungen zu machen, und ich tat dies, wenige Jahre später, auf eine aggressive, sammelnde Weise, wie etwas, das es hinter mich zu bringen galt. Ich schlief selten mit jemandem zweimal, nicht aus Prinzip, sondern weil die meisten Menschen aus meinem Leben verschwanden, bevor ich Gefahr laufen konnte, mich an sie zu gewöhnen. Das immerhin hatte ich mit Mutter gemeinsam.

Der erste Mensch, mit dem ich Sex hatte, war Peer, der eigentlich nicht so hieß. Mutter spielte in Osnabrück die Aase in *Peer Gynt*. Es war ihre letzte große Rolle, aber das wussten wir damals natürlich nicht. Peer war groß und von albinohafter ätherischer Schönheit, alles an ihm war hell, eigentlich ein wenig zu schön für die Rolle und in jedem Fall zu schön für mich, und wenngleich er wesentlich älter war als ich, war er immerhin jung genug, um glaubhaft Mutters Sohn zu verkörpern; dennoch hatte die Inszenierung etwas Inzestuöses, aber das wurde mir erst im Nachhinein klar. Ich war hingerissen von der Aussicht, meine Jungfräulichkeit loszuwerden an einen Schauspieler, dessen Gesicht aussah wie in Stein gemeißelt und der offenbar trotzdem nicht schwul war. Inzwischen hatte sich seine jugendliche Schönheit verflüchtigt; vor einer Weile noch sah man ihn manchmal in irgendwelchen Schmonzetten im öffentlich-rechtlichen Fernsehen den Stallburschen spielen, die Haare schon weniger voll; er war im Ensemble eines Kleinstadttheaters gestrandet, wie mir Google in einer schwachen Stunde verraten hatte.

Wenn Peer am Wochenende abends keine Vorstellung hatte, fuhren wir in seinem Auto nach Hamburg, liefen über den Kiez und durch die Sexshops, in denen wir nie etwas kauften, sondern Fetischkostüme anprobierten und uns heimlich darin fotografierten, bis wir von den Sicherheitsleuten hinausgeworfen wurden. Wir hörten den Musikern in den Irish Pubs am Hans-Albers-Platz zu, und ich bewunderte Peer dafür, dass er alle Coverstücke, die sie spielten, mitgrölen konnte. Am frühen Morgen, bevor wir zurück nach Osnabrück fuhren, frühstückten wir Automatenkaffee und fettige Croissants an der Tankstelle am Spielbudenplatz. Peer schenkte mir Mixtapes, die wir in seinem Auto laut hörten, Nirvana, Radiohead und die Stone Temple Pilots, auf Musikkassetten, ein Medium, das damals schon antiquiert wirkte, aber dadurch irgendwie auch romantisch. Ich glaubte, er wäre verliebt in mich. Einmal, nach einer dieser Kieznächte, auf der Autobahn, während einer Fahrt zurück nach Osnabrück, blies ich ihm einen, was uns beinahe in einen Unfall verwickelt hätte. Wir fuhren am nächsten Rastplatz ab, drehten das Radio laut und kletterten auf die Rückbank, damit Peer sich in Ruhe revanchieren konnte, und ich kam mit dem feierlichen Gefühl, gerade dem Tod von der Schippe gesprungen zu sein. Ich fühlte mich großartig. Ich tat so viele Dinge in dieser Zeit zum ersten Mal, manche, auch wenn ich das zu dem Zeitpunkt noch nicht wusste, auch zum vorerst letzten, und ich betrachtete mich selbst dabei, als wäre der Moment bereits eine Erinnerung, die ich mir aufbewahren wollte, ein Bild, das in meinen späteren Leben gerahmt an Wänden hängen würde: *Ich und Peer Gynt im Fiat Panda bei Sonnenaufgang*, Öl auf Leinwand.

Als wir das erste Mal miteinander schliefen, auf meiner 90 cm breiten Matratze in meinem alten Kinderbett, starrte ich dabei auf die Aufkleber an den Kiefernholzpfosten, Sammelbilder vom *A-Team*, von *Knight Rider* und *Alf*, die man, um rosafarbene, nach Hustensaft schmeckende Kaugummis gewickelt, für 20 Pfennig beim Gemüsemann um die Ecke bekommen hatte, vor einer, von damals aus betrachtet, Ewigkeit, und dachte, *so ist das also*. Weil ich nicht wusste, was ich danach mit Peer hätte reden sollen, der neben mir auf dem Rücken lag und zu laut atmete, drehte ich mich zur Wand und stellte mich schlafend, und nach einer Weile hörte ich, wie er aufstand und leise das Zimmer verließ. Ich pulte langsam einen Aufkleber nach dem anderen vom Holz ab, rollte kleine klebrige Kügelchen daraus und schnippte sie hinter das Bett. Als ich Mutter im Flur lachen hörte, stand ich auf.

Als ich die Küchentür, die nur angelehnt war, langsam einen Spaltbreit aufdrückte, sah ich Mutter, in ihrem seidenen Morgenmantel an die Spüle gelehnt stehen. Peer hatte seine Jeans an, die ihm auf den schmalen Hüften hing, die Gürtelschnalle nicht geschlossen. Er griff nach der Espressokanne, die auf dem Herd stand und schenkte sich einen Schluck in eine Tasse mit Goldrand. Mutter steckte ihm eine Zigarette zwischen die Lippen und gab ihm Feuer. Er blies den Rauch durch den Mundwinkel aus. Mutter lachte, nahm ihm die Zigarette wieder weg, inhalierte selbst einen tiefen Zug, einen Moment lang sahen sie sich ernst an, dann legte Mutter mit einer zärtlichen Geste eine Hand an seine Wange. Ich gab der Tür einen heftigen Stoß, sodass sie gegen die Wand krachte. Beide traten einen Schritt auseinander, Mutter gab Peer schnell die Zigarette und raffte ihren Morgenmantel über der Brust mit einer Hand zusammen. *Käthchen, mein Mädchen*, sagte sie mit einer fremden Mischung aus Rührung und Stolz in der Stimme. So hatte sie mich, seit ich sehr klein war, nicht mehr genannt.

Was ist? Kannst du nicht schlafen?

Peer und ich fuhren dann nicht mehr zusammen nach Hamburg, er sagte mir, ich sei zu jung, und ging kurz darauf nach Berlin, um sich selbst zu verwirklichen.

3.

Ich stand auf einer Klappleiter und schrieb mit Kreide die Tagesgerichte an die Tafel, was meine Aufgabe war, seit der Chef befunden hatte, dass ich über die schönste Handschrift verfügte, was, wie sich alle einig waren, einem Ritterschlag gleichkam. Heiner kam herbeigehetzt, schrie ein paar Namen in den Raum, schob ein paar Teller über den Tresen und schwang sich zurück in die Küche.

Die Eisentür zum Hinterhaus ging auf, und Wolf Eschenbach kam herein, in Begleitung eines Mannes, der kein Schauspieler war, ein kleiner Herr mittleren Alters mit wirrem Haar und leidender Körperhaltung. Sie gingen an mir vorbei zum Kaffeeautomaten und sprachen so leise miteinander, dass ich nichts verstand. Der Automat surrte und spuckte einen braunen Espressostrahl in eine schwere kleine Porzellantasse. Der Mann, von dem ich annahm, dass er der Dramaturg war, angelte sich eine Banane aus dem Obstkorb in der Auslage und wackelte damit vor seinem Gesicht herum, um irgendeiner Aussage Nachdruck zu verleihen. Etwas daran war lustig. Man lachte. Ich stand auf der Leiter und konnte mich nicht bewegen. Ich drehte das Kreidestück in der Hand und versuchte, mich daran zu erinnern, wie man Frikassee schrieb.

Ina, mach mal Kasse, brüllte der Chef aus der Küche. Ich stieg langsam von der Leiter und wischte mir die Kreidefinger an der Schürze ab. Ich ging auf die Kasse zu, ein Schritt, noch ein Schritt, den Geruch von frischem Espresso in der Nase. Ich konnte ihn nicht ansehen. Ich sah den Dramaturgen an, seine absurde Frisur, die buschigen Brauen, der nervöse Blick, er bestellte, wie mir von Ibo berichtet worden war, nie etwas zu essen, sodass sich das Küchenpersonal gekränkt fragen musste, ob er überhaupt aß oder ob ihm das Essen in der Kantine etwa nicht schmeckte und er anderswo essen ging. Jemand hatte eine äußerst gelungene Karikatur von ihm gezeichnet, auf der er eine Gewitterwolke über dem Kopf trug, und sie an die Pinnwand im Gang geheftet, an der er jeden Tag vorbeiging, er hatte sie dort hängen lassen, wie zum Beweis, dass er über den Dingen stand; vielleicht entzogen sich derlei Dinge auch schlichtweg seiner Wahrnehmung.

Eins achtzig, sagte ich zu Wolf Eschenbach. Ein Zwei-Euro-Stück klirrte auf den Plastikteller, ein lautes Geräusch.

Stimmt so, sagte er und blickte kurz auf, der Ansatz eines Lächelns, dann drehte er sich um und sagte zum Dramaturgen, *die Sache ist doch die*, aber bevor ich erfuhr, was die Sache war, waren sie außer Hörweite, stiegen die Stufen zum Podest hinauf und nahmen hinter einer Säule Platz, wo ich sie vom Kassenbereich aus nicht sehen konnte.

Ich rannte durch die Küche, vorbei an Ibos fragendem Gesicht im Spülmaschinendampf, die Treppe hinauf, die in den Gang führte, über den man zum Malersaal gelangte. Ich setzte mich auf die Stufen, den Kopf an das Geländer gelehnt, und konzentrierte mich darauf zu atmen. Durch das offene Fenster einer Probebühne war leise Klaviermusik zu hören. An der Wand über mir hing ein Schaukasten mit einem Plakat aus der letzten Spielzeit, *Hedda Gabler*, eine Schauspielerin war darauf zu sehen, deren Namen ich nicht kannte. Ich versuchte, mich an das Stück zu erinnern, ich hatte vor einigen

Jahren eine andere Inszenierung gesehen, an einem anderen Haus; ich erinnerte mich an die Schlussszene, in der die sehr schöne Darstellerin der Hedda auf die Bühne kam, in aller Ruhe ein Butterbrot aß und sich dann erschoss, ich fand den Schluss überwältigend, an den Rest der Inszenierung konnte ich mich nicht erinnern. Ein Falter flatterte hinter dem Glas auf. Er musste irgendwie dort hineingekommen sein und schien den Ausweg nicht mehr zu finden.

Die Frage, die mich beschäftigte, war, ob Mutter gewusst hatte, dass er zurückkommen würde. Nach all den Jahren. Ob sie es nicht aushalten konnte, dass er in der Nähe war. Und wenn dem so war, warum. Der quälende Gedanke, dass es irgendetwas gab, das ich übersehen hatte.

Alles gut?, fragte Ibo, der plötzlich in der Tür stand und mir eine Schachtel Zigaretten hinhielt. Ich schüttelte den Kopf, und Ibo sah mich an, als überlegte er, ob sich mein Kopfschütteln auf die angebotene Zigarette bezog oder auf seine Frage. Er zog eine Streichholzschachtel mit dem Logo des Theaters aus der Tasche und steckte sich selbst eine an. Eine Weile standen wir schweigend da und hörten den Geräuschen zu, die uns umgaben, dem Klavierspiel von der Probebühne, den Sirenen der Polizei- oder Krankenwagen, die über die Kirchenallee schallten, und dem nie versiegenden Strom der Autos. Im Hinterhof nebenan, der zum Chinarestaurant gehörte und den man von hier aus nicht einsehen konnte, schlug eine Tür. Eine hohe Männerstimme schrie etwas auf Chinesisch, jedenfalls nahm ich an, dass es Chinesisch war, obwohl es ebenso gut möglich war, dass sie dort Vietnamesen oder Koreaner beschäftigten und ich diese Sprachen nicht voneinander unterscheiden könnte. Ich überlegte, wie es wäre, dort zu arbeiten, was anders wäre, ob es vielleicht eine bessere Arbeit wäre oder nicht. Ich hatte bisher nicht viel darüber nachgedacht, ob diese eine gute oder schlechte Arbeit war, es war einfach ein Job, sicher nicht der schlechteste, wenn auch nicht das, was ich wollte. Obwohl ich, wenn ich ehrlich war, eigentlich noch immer nicht sagen konnte, was das war. Ich dachte, dass es so nicht weiterging, dass ich etwas wollen sollte, dass es nicht normal war, so wenig zu wollen, ich verheddderte mich in diesen Gedanken, bis Ibo die Zigarette auf den Boden warf, sie mit der Fußspitze ausdrückte, sich dann bückte, den Stummel vorsichtig aufhob und in ein leeres Glas mit Schraubverschluss steckte, das er aus der Tasche seiner schwarzweißkarierten Stoffhose holte. Etwas an dieser Geste rührte mich. Ibo betrachtete mich noch immer aufmerksam und nachdenklich. Er gehörte zu den Menschen, deren bloße Anwesenheit eine beruhigende Wirkung auf mich hatte. Plötzlich zuckte er zusammen. Heiner stand hinter ihm und zog ihm scherzhaft das Geschirrtuch über den Kopf. Ihre beiden so unterschiedlichen Körper füllten den Türrahmen aus, sehr viel Heiner und ein bisschen Ibo daneben, ein putziger Anblick. *Was los, Kinners?*, fragte Heiner, und Ibo sagte, er versuche, mir das Rauchen anzugewöhnen, da er es als ungerecht empfände, als Raucher mehr Pausen machen zu dürfen, aber es funktioniere zu seinem Bedauern nicht. Ich sagte, *ich denke darüber nach, mich bei den Chinesen zu bewerben*, und Ibo rief, *die gelbe Gefahr*, und strahlte Heiner an, wie ein Dreijähriger, der seine Grenzen austestet. Er liebte es, in Heiners Gegenwart politisch unkorrekte Dinge zu sagen, weil Heiner das nicht leiden konnte. Heiner war die röteste aller Socken in diesem Laden, wie er von sich selbst sagte; einmal hatte er sich wochenlang geweigert, einen Beleuchter, der an der Kantinenkasse eine rassistische Bemerkung gemacht hatte, Essen bestellen zu lassen, bis der Intendant persönlich zu vermitteln sich genötigt sah. Heiner holte mit dem Geschirrtuch aus und scheuchte Ibo zurück in die Küche.

Der Falter klatschte immer wieder gegen die Röhre, ein verzagtes flappendes Geräusch. Ich hatte Mitleid mit ihm. Er war da, wo er unbedingt hingewollt hatte, dachte ich; aber nun konnte er nicht mehr zurück.

Der Dampf schlug mir ins Gesicht, als ich die Spülmaschine öffnete. Ich hob den Plastikeinsatz mit den Tellern heraus und stellte ihn auf die metallene Ablage. Das Porzellan verströmte den beruhigenden Geruch warmer Sauberkeit. Ich stapelte die Teller auf der Ablage neben dem Abwaschbecken, leerte die Tabletts aus dem Geschirrwagen, räumte den Einsatz wieder voll und schob den Geschirrwagen an seinen Platz im Vorraum gegenüber der Kasse. Der Fernseher in der Ecke zeigte die leere Bühne. Man hätte es für ein Standbild halten können, liefe nicht gelegentlich ein Techniker durch das Bild. Der Mittagsansturm war vorbei; an einzelnen Tischen saßen noch Leute vor leer gegessenen Tellern, ab und an stieg jemand auf einen Stuhl und hielt sein Handy in die Luft. Eine Geste, an die ich mich gewöhnt hatte, da der Empfang hier unten schlecht war, und die mich trotzdem jedes Mal zum Lächeln brachte. Ihre stoische Performativität erinnerte mich an ein Stück, in dem Mutter nicht mitgespielt hatte, das ich mit ihr zusammen angesehen hatte, in München oder in Zürich oder vielleicht sogar hier, ich wusste es nicht mehr.

Heiner kam schwungvoll aus der Küche geschossen, sein ganzer Körper erstaunlich in Bewegung; er erinnerte mich an das gestreifte Stehaufmännchen, das ich als Kind gehabt hatte, dessen Körperschwerpunkt derart gelagert war, dass es immer wieder in die Höhe schoss, egal, wie energisch man sein grinsendes Clownsgesicht auf den Boden drückte. Er balancierte einen Teller auf Kopfhöhe und brüllte, *einmal Königsberger Klopse*, durch den Raum. Niemand reagierte. *Die*

Dame erhört mich nicht, seufzte Heiner. *Wärest du mal so liebenswürdig, min Deern.* Er drückte mir den Teller in die Hand, machte eine ruckartige Kopfbewegung zum letzten Tisch in der Ecke vor den Toiletten und verschwand wieder in der Küche.

Dame schien mir nicht ganz der passende Ausdruck für die Person, die dort saß, barfuß und im Schneidersitz, die schmutzigen Fußsohlen nach oben gedreht. Eine drahtige, androgyne Gestalt mit strähnigem dunklem Haar, das ihr in die Stirn fiel. Sie trug ein weites blauweißgestreiftes Hemd und ausgebeulte Stoffhosen. Sie schien mit sich selbst zu sprechen, konzentriert, mit ernstem, beinahe zornigem Gesicht. Sie war so vertieft in dieses Gespräch, dass ich unwillkürlich einen Meter vor ihrem Tisch stehen blieb. Die Klopse dampften auf dem Teller. Ich merkte, dass mein Daumen in der Soße hing, wechselte den Teller von der rechten in die linke Hand und wischte den Finger an der Schürze ab. *Einmal Königsberger Klopse*, sagte ich und stellte den Teller vor ihr ab. *Danke*, sagte sie mit einer überraschend tiefen Stimme. Sie hatte helle Augen, die nicht zu ihrem dunklen Haar passten, und unter dem rechten Auge einen kleinen Leberfleck. Sie sah mich an, freundlich wartend, bis mir auffiel, dass sie das Besteck vergessen hatte. Sie hätte es sich selbst mitnehmen können, beim Bestellen. Schauspielerin, dachte ich, möglicherweise, wahrscheinlich sogar; neben ihr auf dem Tisch lag eine aufgeschlagene Mappe mit bedrucktem Papier, ein Manuskript, sie hatte Text gelernt. Aber ich kannte ihr Gesicht nicht. Und ich wusste, ich hätte es mir gemerkt, wenn ich es je zuvor gesehen haben sollte. Ich hatte noch nie ein solches Gesicht gesehen.

Ich lief eilig zurück zur Kasse, holte einmal Messer und Gabel, in eine rote Papierserviette gewickelt, und brachte sie ihr. Ich sah ihr zu, wie sie mit der Gabel die Kartoffeln zerdrückte. Wie sie die Kartoffeln mit Soße vermanschte und mit der linken Hand den Brei in sich hineinlöffelte. Da ich noch immer neben ihrem Tisch stand, hielt sie inne und sah auf, abwartend, als rechne sie damit, dass ich noch irgendetwas sagen wollte. *Guten Appetit*, sagte ich, drehte mich eilig um, holte einen Lappen aus der Küche und fing an, die freien Tische abzuwischen. Ich arbeitete mich langsam vor und hob mir die Tische in ihrer Nähe bis zum Schluss auf.

Aus der Küche drang der flache Sound des Küchenradios, das Jingle von Radio Hamburg, dann eine Nachrichtensprecherstimme, die die volle Stunde ansagte. Meine Schicht war zu Ende. Ich wusch den Lappen aus, nahm die Schürze ab, legte sie in den Korb mit Schmutzwäsche, der an der Kellertreppe stand, warf einen letzten Blick auf die Frau in der Ecke und ging mich umziehen.

An der Eisentür gab ich den Zahlencode ein und lief durch den Gang ins Hinterhaus. Das Schild mit der Aufschrift *Vorsicht Drehbühne dreht* leuchtete. Ich fuhr mit dem Finger den grünen Streifen an der Wand entlang, der von der Kantine zum Bühneneingang führte. Dort stieg ich in den Fahrstuhl und fuhr bis ganz nach oben, wo die Werkstätten waren und die Maske. An der großen Probebühne stand die Tür offen. Es war niemand zu sehen. Moltonvorhänge, ein Tapeziertisch voller leerer Wasserflaschen, Kaffeebecher, Kekspackungen. Hinter der Tribüne drangen durch niedrige, angekippte Fenster die Verkehrsgeräusche des Hauptbahnhofs herein. Hier, dachte ich. Möglicherweise hatten sie hier beieinandergestanden. Sich hier das erste Mal gesehen. Sich, Tage oder Wochen später, heimlich hinter den Kulissen das erste Mal geküsst. Hinter der Probebühne führte eine schwere Brandschutztür in das Lager, in dem alte

Requisiten und Europaletten voller Pappkartons mit Flyern und Programmheften lagerten. Auf einer Kleiderstange hing Damengarderobe, in die Kragen Namensschilder genäht, die verrieten, welche Schauspielerinnen dieses Kleid oder jene Bluse in welcher Inszenierung getragen hatten. In der Ecke stand ein Sofa mit fleckigem Bezug, in meinem Kopf formte sich das Wort *Besetzungscouch*. Ich setzte mich und betrachtete meine Hände, die trockene, rissige Haut, die weichen, vom vielen Wasser und den Reinigungsmitteln durchsichtig gewordenen Nägel. Die Halogenröhren summten unter der flachen Decke, ansonsten war es sonderbar still. Ich wusste nicht, wonach ich suchte. Es war möglich, dass Mutter auf diesem Sofa gesessen hatte oder dass es irgendwo ein Kleid gab, in das ihr Name eingenäht war.

Ich fand kein solches Kleid. Was ich fand, in einer Kiste auf einer Europalette in der Ecke hinter der Tür, waren ein paar Exemplare eines Bildbandes zum 100-jährigen Jubiläum des Theaters. Ich blätterte das Buch durch, das mehr Bilder als Texte enthielt, Fotos verschiedener Inszenierungen, nach Intendanzen und Spielzeiten chronologisch geordnet. Je näher ich den achtziger Jahren kam, desto langsamer blätterte ich. Einige Bilder kamen mir bekannt vor, es waren Schauspieler darauf zu sehen, von denen ich nicht sagen konnte, ob ich ihnen begegnet war, als Kollegen meiner Mutter, ob sie in unserer Küche gesessen, ob ich sie privat oder von der Bühne, aus späteren Inszenierungen oder aus noch späteren Zeiten kannte, da sie mehr oder weniger berühmt geworden und gelegentlich im Fernsehen zu sehen waren. Letzteres traf auf erstaunlich viele der damaligen Ensemblemitglieder zu, als wäre es die Ausnahme, nicht berühmt geworden zu sein. Als wäre Mutter eine der wenigen, die es nicht geschafft hatten. Die Vorstellung, dass sie heute *Tatort*-Kommissarin hätte sein können, erschien mir absurd.

Es gab tatsächlich ein Foto, ein schwarzweißes, am Rand einer Seite, in einer Reihe kleiner Bilder, das meine Mutter zeigte, kaum erkennbar ihr dünner, junger Körper einsam an der Rampe, ihr kurzes Kleid, und darunter, fast noch weniger erkennbar, an den Bühnenrand gelehnt, die Hände vor der Brust verschränkt, den Kopf schräg, als höre er zu, was jemand, der außerhalb des Bildes war, sagte: er. Sie und er. Meine Mutter und mein Vater auf einem Foto. Ein winziges, unscheinbares, vielleicht das einzige, das existierte. Der Text daneben in blassen Buchstaben:

Heinrich von Kleist, »Das Käthchen von Heilbronn« (1986); Regie: Wolf Eschenbach; mit Margarethe Mayer (Käthchen)

Hatten sie auf diesem Bild bereits zueinandergefunden, oder stand es noch bevor? Konnte man etwas lesen, aus seiner ganz leicht in ihre Richtung geneigten Haltung, eine Anziehung, die vielleicht von Anfang an da gewesen war, ein Flirt, harmlos zunächst? Hatte er sich zurückgehalten, weil er es für unprofessionell hielt, mit einer Schauspielerin, der Hauptdarstellerin seiner Inszenierung zumal, etwas anzufangen, oder nicht? Trafen sie sich heimlich, hier vielleicht, genau hier vielleicht, auf diesem Sofa, in diesem Raum, damit die Kollegen nichts bemerkten, weil es die Dynamik des Ensembles stören könnte, den Probenverlauf beeinflussen? Oder machten sie sich keine Gedanken um all das. War sie diejenige, die ihn verführte, die sich nahm, was sie wollte? Da solche Dinge gewöhnlich einen Anfang und ein Ende hatten, musste es einmal irgendwie begonnen haben, aber es war mir beinahe unmöglich, mir auszumalen, wie solch ein Anfang ausgesehen haben sollte. Und dann wiederum, und das konnte ich mir noch weniger vorstellen, muss es einmal irgendwie aufgehört haben. Ich trennte die Seite vorsichtig heraus, faltete sie so, dass nur noch das Bild zu sehen war, und steckte sie in die Tasche.

4.

Als ich 17 war und in die zehnte Klasse ging, aufs Gymnasium in Osnabrück, und meine Mutter sich in ihrer letzten Spielzeit als festes Ensemblemitglied befand, sprach ich in einem Anfall von etwas, das ich im Nachhinein für alle Zeiten als Stockholm-Syndrom bezeichnen würde, an der Schauspielschule vor. Vielleicht war es Peer, der mich dazu überredet hatte und der der Einzige war, mit dem ich über meine Pläne sprach, auf unseren Fahrten nach Hamburg an den Wochenenden, in diesen Momenten auf Raststätten und Parkplätzen im Morgengrauen, in einer postkoitalen Offenheit, in der alles möglich schien und die Welt groß und einfach und schön. Ich hatte das Gefühl, es ausprobieren zu müssen, den Verdacht, dass da etwas war in mir, was rauswollte, und außerdem hatte ich keine Lust mehr, zur Schule zu gehen. Osnabrück kotzte mich an, Mutters Karriere war durch, dachte ich, es würde nichts mehr kommen. Das sagte ich ihr auch einmal, im Streit, Mutter war betrunken und versuchte, es zu verbergen, zu dieser Zeit versuchte sie das noch. Im Geiste sah ich mich durch puren Zufall von einem Regisseur namens Wolf Eschenbach entdeckt werden.

Mutter hatte ich nichts davon gesagt. Intuitiv wusste ich, dass sie dagegen sein würde. Sie fand es trotzdem heraus, und ihr Spott war groß und grausam. Sie stellte mich am Abend in der Küche, sie musste in meinem Zimmer gewesen sein, den Brief mit der Einladung und dem Termin gefunden haben, oder sie hatte noch immer Verbindungen, von denen ich nichts wusste. Sie richtete den Schein der Stehlampe auf mich und forderte mich auf, ein Lied zu singen. Ich hatte kein Lied vorbereitet, ich hatte nicht daran gedacht. *Sing*, sagte Mutter. *Was*, fragte ich trotzig, *irgendetwas*, sagte Mutter, und ich sang, weil mir nichts anderes einfiel, eine zittrige, schlechte Seeräuber-Jenny, ausgerechnet, und Mutter lachte und sagte, *die Seeräuber-Jenny, die wirst du nie spielen, du bist keine Seeräuber-Jenny*. Sie sagte mir nicht, wer ich stattdessen war, wer ich hätte sein können, in ihren Augen, welche Rolle möglicherweise zu mir passen könnte, aber ich ahnte, dass es keine gab, die sie als angemessen empfunden hätte. Sie sagte mir, wer ich alles nicht war: alle Rollen, die ich vorbereitet hatte, heimlich nach Schulschluss, wenn ich noch im leeren Klassenzimmer geblieben war, nach der letzten Stunde, das Lehrerpult zur Seite gerückt hatte, um meine Monologe zu probieren, immer viel zu leise, aus Scham, und Angst, jemand könne mich dabei beobachten. Die Luise Miller war ich nicht, die Miss Sara Sampson war ich nicht. Die Inès aus *Geschlossene Gesellschaft*, die ich am liebsten mochte, war ich ebenfalls nicht, wenngleich als ich den Rollennamen und den Titel des Stückes nannte, etwas in Mutters Augen aufflackerte, das mich an den Morgen erinnerte, als sie Tom in Unterwäsche aus meinem Zimmer hatte kommen sehen. Aber die Inès war natürlich viel zu alt für mich.

Mutter verließ die Küche an diesem Abend mit etwas Neuem, etwas Altem in ihrem Blick, etwas lange nicht Dagewesenem in ihrer Haltung. Ich konnte nicht einmal sagen, was genau geschehen war, aber ich konnte sehen, wie sie zu sich zurückfand, für den Moment. Sie war noch nicht einmal betrunken, und ihre Klarheit machte es für mich nur schlimmer.

Später am Abend kam sie in mein Zimmer, setzte sich auf den Rand meines Bettes und überreichte mir ein gelbes Reclamheft: Tschechow, *Onkel Wanja*.

Die Sonja, sagte Mutter. *Zum Beispiel. Die Sonja wäre, wenn es denn nun sein muss, eventuell eine Rolle für dich. Aber ich weiß nicht, Ina, muss es denn sein?*

Ja, sagte ich trotzig und schämte mich, weil ich insgeheim bereits spürte, dass es nicht unbedingt sein musste, dass es, wenn ich ehrlich war, überhaupt nicht sein musste, aber ich konnte nicht mehr zurück. Ich wusste, dass ich es in erster Linie tat, um Mutter zu ärgern, ich wäre, hätten sie mich angenommen, in der Lage gewesen, ein ganzes Schauspielstudium zu absolvieren, nur um meine Mutter in den Wahnsinn zu treiben. Ich wusste, es würde sie kränken, wenn ich Erfolg hätte, es würde sie ebenfalls kränken, wenn ich keinen hätte, man konnte es ihr nicht recht machen, ich jedenfalls hatte das nie gekonnt.

Ich fuhr mit dem Regionalzug nach Hamburg und fühlte mich gut und lebendig wie lange nicht, als ich am Dammtor ausstieg und über die Moorweide in Richtung Alster lief. *Mayer mit Ypsilon*, sagte ich, eine Studentin machte einen Haken hinter meinem Namen auf einer Liste, und ich stellte mich zu den anderen auf die Terrasse. Auf den Stufen, die in den Garten führten, hockten nervöse junge Menschen, die meisten von ihnen rauchten, alle Mädchen waren dünner und schöner als ich, die meisten Jungs auch, und mich überkam ein spontaner Hass auf all diese kleinen blassen Julias und ausgemergelten Romeos. Ich stand lange auf der Terrasse, jemand bot mir eine Zigarette an, fragte, welche Rollen ich vorbereitet hatte, und versuchte, mich in ein altkluges Gespräch über russische Dramatiker zu verwickeln. Ich entschuldigte mich, ging auf die Toilette und schrieb mit Kugelschreiber an die Innenseite der Kabinentür: *Eure Tschechowernsthaftigkeit kotzt mich an.*

Ich wartete Stunden, saß in einer Ecke und versuchte, nicht zu viel zu trinken, damit ich nicht zu oft auf die Toilette musste, und als ich endlich dran war, war ich nicht mehr nervös, sondern müde und unleidlich und irgendwie indifferent und dachte, dass das der ideale Zustand war, für das, was mich erwartete.

Die Prüfungskommission bestand aus einer Frau und zwei Männern, von denen einer ein Student zu sein schien, groß und schmal, mit einem langweilig schönen Fernsehgesicht. Ich lief barfuß in den Raum und warf meinen Rucksack vor mir ab. Ich antwortete artig auf die Frage, welche Rollen ich vorbereitet hatte, es fühlte sich falsch an, in dem Moment, wo ich die Namen aussprach, die Luise Miller aus *Kabale und Liebe*, die Inès aus *Geschlossene Gesellschaft*, die Sonja aus *Onkel Wanja*, und für die Sonja schämte ich mich am meisten. Die Frau, eine schmale Dame mit streng zurückgebundenen Haaren, die aussah, wie ich mir eine pensionierte Ballerina vorstellte, verzog das Gesicht und sagte, die Inès sei doch viel zu alt für mich, wirklich, viel zu alt. Der ältere Mann, ein mürrischer weißhaariger Mensch, sagte, *wir würden gern die Sonja sehen.*

Ich hatte die Sonja halbherzig und im letzten Moment noch gelernt, ich hatte es Mutter gegenüber nicht erwähnt. Ich spielte sie im Sitzen, in einem hässlichen langen Rock aus grünem Samt mit goldener Spitzenborte, den ich in einem Secondhandladen für sehr wenig Geld erstanden hatte, ich saß auf der Stuhlkante und sagte meinen Monolog auf und schämte mich, und diese Scham passte irgendwie zur Rolle, ich sagte Sätze wie: *oh, wie schrecklich, dass ich hässlich bin,* und alles, woran ich denken konnte, war die Tatsache, dass Mutter fand, dass diese Rolle zu mir passte. Sie unterbrachen mich nach wenigen Sätzen, der Mann sagte, *dann würden wir jetzt noch gern etwas von der Luise hören, oder,* und die Frau wog den Kopf leicht hin und her, ich konnte sehen, dass ich ihre Zeit verschwendete. Das Handy des Studenten klingelte, und er ging ran. Der Mann fragte, *ja, oder welche Rolle würden sie denn gern noch spielen?* Es spielte keine Rolle. *Die Inès,* sagte ich trotzig. *Ja dann, bitte,* sagte er seufzend und warf der Kollegin einen langen Blick zu.

Die Inès brüllte ich, am Rand der Bühne, die keine Bühne war, stehend, ich brüllte meinen kompletten Monolog nach vorn, den Prüfern entgegen, *wir sind in der Hölle, und ich werde auch schon drankommen,* brüllte ich und musste beinahe lachen, und: *Feigling! Feigling! Feigling!* Sie mussten mich zweimal unterbrechen, weil ich es beim ersten Mal nicht hörte. Dann schickten sie mich vor die Tür, und ich stand dort, allein, im Keller, sah auf meine schmutzigen Füße und dachte plötzlich, dass ich gar nicht schlecht war, dass ich doch alles in allem eine gute Vorstellung geliefert hatte, und für diesen Moment war ich glücklich. Etwa eine halbe Minute lang, vielleicht eine ganze. Dann holte der Student mich herein. Die Frau tippte auf ihrem Handy herum. Der ältere Mann sah mich an, er sah mich eine Weile einfach nur an und sagte dann gedehnt: *Ich sach ma so: Wenn man kurzsichtig ist, kann man nun mal nicht Pilot werden.*

5.

Ich fühlte mich deplatziert in meinem verschwitzten, nach Küche riechenden T-Shirt, als ich mich durch die Damengarderobe schlich, vorbei an Kleiderstangen, an denen ordentlich aufgereiht die Kostüme hingen, die für die Vorstellung am Abend gebraucht würden. Auf der linken Seite des Flures führten zwei Türen zu den Garderoben, an denen in akkurater Schreibschrift die Namen der Schauspielerinnen zu lesen waren, die sich dahinter in ein paar Stunden umkleiden würden. Am Ende des Flures gelangte man durch eine Tür direkt ins Foyer, über dem eine samtige Stille lag. Ich stieg die Treppen in den ersten Rang hinauf und schlich mich in eine Loge auf der linken Seite. Der Saal lag fast vollkommen im Dunkeln. Ich wagte nicht, mich hinzusetzen, beugte mich gerade so weit nach vorn, dass ich die Bühne sehen konnte und das Regiepult. Dahinter saß Wolf Eschenbach, eine kleine Lampe vor sich auf dem Tisch, die ein schwaches blaues Licht verströmte. Er beugte sich gerade zu einem jungen Mann, der neben ihm saß und ein aufgeschlagenes Manuskript auf den Knien hielt.

Die Proben zum *Sommernachtstraum* waren nach ein paar Wochen auf der Probebühne auf die große Bühne umgezogen, und es gab noch kein Bühnenbild, vielleicht würde es auch keines geben, ich dachte an seine Beckett-Inszenierung in Berlin, diese Leere, vielleicht war das sein Markenzeichen.

Ich hatte im Internet einige Kritiken seiner Inszenierungen gelesen, zuletzt in Zürich, in Stuttgart und Köln, aber ich hatte auf diese Dinge nicht geachtet, oder sie waren nicht erwähnt worden. Ich hatte sie systematisch nach Hinweisen auf irgendetwas Privates durchsucht, aber offenbar interessierten Theaterkritiker sich nicht für das Privatleben von Regisseuren, jedenfalls nicht von männlichen jenseits der fünfzig.

Am Bühnenrand hockte die Schauspielerin, die mir in der Kantine aufgefallen war. Sie hieß Paula Jannasch und gastierte in dieser Spielzeit am Haus, wie ich dem Spielzeitheft, das im Foyer auslag, entnommen hatte. Im *Sommernachtstraum* spielte sie den Puck. Sie trank ihren Kräutertee aus einem 0,5-Liter-Bierhumpen, den ich ihr, wenn ich zufällig an der Kasse war und der Chef nicht in der Nähe, wie einen kleinen Becher berechnete. Ich wusste, dass sie jeden Morgen vor der Probe laufen ging, einmal um die gesamte Außenalster. Ich hatte sie darüber sprechen hören, in der Kantine, mit der Kollegin, die die Hermia spielte, sieben Kilometer, Hermia war ehrfürchtig begeistert gewesen, *toll*, hatte sie gesagt, *dass du das machst, also ich könnte das nicht, so früh, ich bewundere dich.* Sie hatten sich miteinander unterhalten, am Kaffeeautomaten, während ich damit beschäftigt war, die Milch aufzufüllen. Hermia hatte sich zu ihr gebeugt, sie hatte ihren Arm berührt dabei. Seitdem war ich einige Vormittage an der Außenalster spazieren gegangen, in der Hoffnung, ihr zufällig zu begegnen, aber wir begegneten uns nicht.

Wolf Eschenbach erhob sich von seinem Pult und lief langsam Richtung Bühne. Er gestikulierte mit etwas, einer Brille, wie ich bei genauem Hinsehen sah. Bei Paula angekommen, wedelte er mit der Brille vor ihr herum und stützte sich mit der anderen Hand am Bühnenrand ab. Er sprach so leise, dass ich hier oben nichts davon verstand. Sie schien ihm aufmerksam zuzuhören, ohne ihn anzusehen. Sie wippte auf den Fersen hin und her, starrte auf den Boden vor sich und nickte mit ernstem Gesicht. Nach einer Weile drehte er sich abrupt um und ging zurück zu seinem Regiepult, wo der Assistent den Kopf hob und eilig sein Handy in die Hosentasche schob. Paula ging von der Bühne ab. Es verging eine Minute, vielleicht zwei, dann kam sie bäuchlings hereingekrochen. Sie hangelte sich am Bühnenrand entlang, mit dem Gesicht dicht über dem Boden, als würde sie einen sehr kleinen Gegenstand mit dem Kinn vor sich herschieben. Ich war fasziniert davon, sie spielen zu sehen, ihr gollumhafter Puck, ihr sich windender Körper, das verzerrte Gesicht, sie hatte es geschafft, in wenigen Sekunden ein anderes Wesen zu werden. Wolf Eschenbach schien anderer Meinung zu sein. *Nee, nee, nee*, rief er, sie bereits nach wenigen Sätzen unterbrechend, *warte mal*. Er stand auf und eilte nach vorn. Paulas Reaktion kam verzögert, sie brauchte einen Moment, um eine halbwegs menschliche Körperhaltung anzunehmen, und sah ihn ungeduldig an. Er rief ihr etwas zu, und sie nickte und verschwand wieder in der Gasse.

Das Ganze wiederholte sich ein paarmal. Paula trat auf, kroch ein paar Meter über den Bühnenboden, sagte ein paar Zeilen ihres Textes, und Wolf unterbrach sie, jedes Mal ein wenig später als das Mal davor.

Das ist es nicht!, rief er, jetzt hinter seinem Pult stehend, in der Mitte des Parketts, die Hände in der Luft, die Hemdsärmel hochgeschoben, und Paula kauerte am Bühnenrand, von Mal zu Mal ein wenig zerraufter und ungeduldiger aussehend. *Was machst du da? Meinst du das ernst?*

Ich verstand nicht, was er auszusetzen hatte. Paula lief wie ein Zootier am Bühnenrand auf und ab, das Scheinwerferlicht ließ sie noch blasser und dünner wirken. Sie ging noch einmal ab und kam hereingerobbt, schnüffelnd wie ein Hund, der eine Spur verfolgt. *Stopp!*, brüllte Wolf. *Du hast mich nicht verstanden.* Paula sprang auf die Füße. *Kannst du mich mal machen lassen!* Etwas war brüchig in ihrer Stimme. Sie tat mir leid, und ich wurde plötzlich wütend auf ihn, eine neue, konkrete Wut, ein interessantes Gefühl. Das nächste Mal kam Paula auf den Händen auf die Bühne gelaufen, fiel jedoch nach wenigen Schritten um. Der Assistent lachte. Wolf sagte nichts mehr. Ich beobachtete ihn ängstlich, ich wollte, dass es ihm gefiel, ich verstand nicht, warum es ihm nicht gefiel, und ich wusste nicht, warum ich mir so sehr wünschte, es möge ihm gefallen.

Er stieg auf die Bühne, wo Paula stand und auf den Fersen wippte, den Kopf hin und her drehte, wie ein Boxer, der sich vor dem Kampf locker machte. Er stellte sich vor sie und beugte sich zu ihr hinunter, redete leise und eindringlich auf sie ein, und sie schloss die Augen. Ich konnte nicht verstehen, was er sagte, aber wenn mich nicht alles täuschte, war da ein Zug von Amüsiertheit um seine Mundwinkel. Paulas Gesicht war hart und verschlossen. Sein Oberkörper neigte sich noch ein paar Zentimeter weiter zu ihr hinunter, er nahm die Hände aus den Hosentaschen, hielt sie eine Weile wie Fremdkörper von sich weg, als wisse er nicht, wohin mit ihnen, und verschränkte sie dann vor der Brust. Ich blieb eine Weile im Dunkeln stehen und wartete, dass etwas passierte, aber die beiden standen einfach nur da, die Gesichter nah beieinander, sahen sich an, und mich beschlich das Gefühl, dass hier noch etwas anderes ausgetragen wurde, etwas, das ich nicht benennen konnte. Ich beneidete Paula um die Situation. Ein Streit mit ihm war etwas, das mir zustand, dachte ich. Wie er sie ansah, mit zur Seite geneigtem Kopf, einem, wie mir schien, liebevollen, väterlichen Blick, einem Blick, der nicht wirklich böse sein konnte. Einem Blick, der mich ansehen sollte.

Paula drehte sich um und verschwand wortlos von der

Bühne. Wolf Eschenbach lief mit verschränkten Armen am Bühnenrand auf und ab, dann blieb er in der Mitte der Bühne stehen, legte den Kopf in den Nacken und sah plötzlich zu mir auf, er sah genau dorthin, wo ich stand, als hätte er die ganze Zeit gewusst, dass ich da war.

Was kann ich tun, fragte ich, als ich zurück in die Küche kam, mir im Gehen hastig die Schürze wieder umbindend, *ich würde gern etwas tun, Heiner*, und Heiner, dessen Blick einen Moment milde tadelnd zwischen mir und der Küchenuhr hin und her pendelte, deutete auf die Fritteuse und sagte: *Die bekommt heute ihr Fett weg.*

Ich stellte einen Zehn-Liter-Plastikeimer unter den Abfluss und drehte den Hahn auf. Ich sah zu, wie das alte dunkelbraune Öl langsam den Eimer anfüllte. Als der Strom versiegte und nur noch ein paar schwerfällige Tropfen fielen, nahm ich einen Schaschlikspieß und stocherte eine Weile erfolglos herum, tauchte schließlich die Hand in das noch warme Fett und klaubte eine zu Tode frittierte Pommes aus dem Abfluss. Der Eimer war schwer, und ich bemühte mich, auf den schmalen Steinstufen nicht auszurutschen, Heiner hatte mich davor gewarnt, jemandem war das schon einmal passiert, hatte er gesagt, mit einem Blick in die Runde, der niemanden Bestimmtes zu meinen schien. Im Grunde war offenbar alles, was passieren konnte, hier schon einmal passiert, und Heiner und Ibo wurden nicht müde, Geschichten zu erzählen, von dem Pflaster, das es in die Bratkartoffeln geschafft hatte, und den Ratten im Vorratsschrank und dem Lehrling, der eine Gehirnerschütterung hatte, nachdem ihm der Deckel der Eistruhe auf den Kopf gefallen war. Ich kannte diese Geschichten jetzt schon auswendig. Ich stellte den vollen Eimer in einer Ecke des Kellers ab, in der bereits mehrere mit altem Fett gefüllte Eimer standen. Der Fettabscheider war seit einiger Zeit defekt, und diese Eimer würden irgendwann einmal abgeholt werden von einer Firma, die sich auf so etwas spezialisiert hatte. Ich fragte mich, ob es irgendjemanden gab, dessen Berufswunsch es war, Speisefette zu entsorgen, oder ob dieser Industriezweig einer von jenen war, die sich aus anderen entwickelt hatten, weil es einen Bedarf gab und weil sich, wo ein Bedarf war, immer irgendwer fand, der aus diesem eine Geschäftsidee machte. Weil es Menschen gab, die Ideen hatten und Dinge taten, aus dem einzigen Grund, dass sie getan werden mussten. Ich blieb eine Weile in dem niedrigen, nach Schimmel riechenden Kellerraum stehen, vor Metallregalen, in denen Geschirr verstaubte, das in diesem Jahrtausend wahrscheinlich noch niemand benutzt hatte, und war mir plötzlich bewusst, in jeder Hinsicht ganz unten angekommen zu sein, und dieser Gedanke erleichterte mich auf eine eigenartige Weise. Ich musste unwillkürlich lachen.

Als ich die Treppen hochkam, stand Heiner breitbeinig in der Tür, die Fäuste in die Hüften gestemmt. *Na*, sagte er, *das hätte ich nicht gedacht.*

Was denn, Heiner, fragte ich, *was denn?*

Dass du zum Lachen in den Keller gehst, sagte Heiner, drehte sich um und schwang sich mit schallendem Gelächter zurück an seinen Herd.

6.

Ich nahm, wie Paula es mir beschrieben hatte, am Bahnhof Sternschanze den Hinterausgang und lief den Weg an den Gleisen entlang, am Wasserturm vorbei, überquerte eine vierspurige Straße und bog auf der anderen Seite nach wenigen Metern in eine Einfahrt ein. Vor dem Hinterhaus aus dunklem Backstein standen viele Fahrräder; ein hoher Birnbaum verdunkelte die Fenster sämtlicher Wohnungen bis ins Dachgeschoss hinauf.

Ich hatte vor ein paar Tagen nach meiner Schicht in der Kantine am Tresen ein Feierabendbier getrunken, als sich Paula Jannasch plötzlich neben mich setzte. Ich versuchte, mir meine Aufregung nicht anmerken zu lassen, grüßte freundlich, und sie grüßte zurück, legte die Unterarme auf dem Tresen ab und den Kopf darauf, sie schien müde zu sein, oder genervt oder beides. Ich hatte mir mein Bier selbst gezapft, wie es unter den Mitarbeitern üblich war, ein Feierabendgetränk bekam jeder kostenlos, und wenn der Chef nicht da war, auch ein zweites oder drittes, je nachdem, wer gerade Dienst hatte. Ich sah mich nach dem Barmann um, der irgendwo im öffentlichen Teil unterwegs war, wo nach der Vorstellung noch Gäste saßen, oder draußen eine rauchte, ich fühlte mich seltsam verantwortlich dafür, dass Paula nicht bedient wurde. Nach einer Weile schien es ihr selbst aufzufallen, sie hob den

Kopf, sah sich um und fragte: *Wen muss man hier flachlegen, um ein Getränk zu bekommen?* Ich stand auf, ging hinter den Tresen, zapfte ihr ein Bier und ließ die Frage im Raum stehen, bis Paula einen großen Schluck getrunken hatte, sich mit dem Handrücken über den Mund wischte, mich eine Weile aufmerksam ansah und schließlich fragte: *Wie heißt du?*

Ina, sagte ich, und sie streckte mir ihre Hand entgegen, auf eine unsichere, zögernde Art, alles an ihr hatte einen seltsam autistischen Zug, den ich von Schauspielern nicht gewohnt war, und sagte, *Paula*, und ich sagte: *Ich weiß.*

Ich drückte den Klingelknopf, neben dem Paulas improvisiertes Namensschild im Begriff war, sich zu lösen; ich strich mit dem Zeigefinger über den sich nach außen wellenden Klebstreifen, dann summte die Tür auf, und ich trat in den muffigen Kellergeruch des Treppenhauses. Aus einer Erdgeschosswohnung drang die fordernde Stimme einer Frau, näher kommend, dann rasch wieder verebbend, etwas, das wie eine Frage klang, in einer Sprache, die ich nicht verstand. Ich stieg mit gleichmäßigen, langsamen Schritten die Stufen hinauf, um nicht ins Schwitzen zu geraten. Die Anordnung der Klingeln hatte keinen eindeutigen Eindruck davon vermittelt, in welchem Stockwerk Paula wohnte, und es störte mich, nicht zu wissen, ob sie auf dem nächsten Absatz warten würde oder erst auf dem übernächsten. Ich spürte meine Aufregung und ärgerte mich darüber, ich wollte nicht aufgeregt sein. Im zweiten Stock erkannte ich Paulas blaues Rennrad, das an das Geländer angeschlossen war. Ich blieb einen Moment vor ihrer Tür stehen und wartete. Es irritierte mich, dass sie die Wohnungstür nicht gleich geöffnet hatte, sie hatte auf den Summer gedrückt und dann irgendeine Tätigkeit zu Ende geführt, war vielleicht noch immer damit beschäftigt. Ich versuchte, dem keine Bedeutung beizumessen.

Unmöglich, mir vorzustellen, dass es ihr ging, wie es mir ging, dass sie aufgeregt sein könnte, dass mein Besuch etwas war, worauf sie sich den ganzen Tag gefreut und weshalb sie sich Gedanken gemacht hatte, über den hygienischen Zustand ihrer Wohnung oder ihres Körpers. Ich war mir nicht sicher, ob ich lieber klingeln oder klopfen sollte, Letzteres schien mir persönlicher, lockerer. Ich ballte die Faust wie zum kommunistischen Gruß. In dem Moment ging die Tür auf.

Paulas Wohnung war die einer Person, die nur auf der Durchreise war, die sich nicht festlegen wollte, auf eine Stadt, auf die Menschen, denen sie begegnete. Die nicht lange bleiben würde und es darum nicht für nötig hielt, sich einzurichten. Alles schien flüchtig, genau so, wie ich eigentlich und insgeheim immer hatte wohnen wollen und es nie hinbekam: diese rohe, improvisierte Leere. Die Matratze am Boden, das Bett ungemacht, wie gerade verlassen; eine alte Werkzeugkiste aus Holz, die als Nachttisch diente, darauf ein Stapel Papier, ein Manuskript vielleicht; Teelichter auf einer Untertasse. Ein als Gardine in den Fensterrahmen geklemmtes Bettlaken in einem schmuddeligen versehentlichen Rosa, das mich mit Zärtlichkeit erfüllte.

Ich holte die mitgebrachte Flasche Rotwein aus meinem Rucksack und war plötzlich unsicher, ob sie überhaupt Wein trank; aber Paula bedankte sich, stellte fest, dass sie keinen Korkenzieher besaß, suchte dann trotzdem eine ganze Weile danach, als sei dies gar nicht ihre Wohnung, und ich überlegte einen Moment, ob es womöglich so war. Dass sie meistens Wein mit Schraubverschluss kaufe, erzählte Paula unbefangen und drückte den Korken mit dem Daumen in die Flasche.

Ich lief ihr nach in das Zimmer, das direkt hinter der Küche lag, sah mich um und setzte mich, weil ich keine andere Sitzgelegenheit ausmachen konnte, auf den Rand der

Matratze, die ein Viertel des Raumes einnahm. Ich ließ den Blick schweifen, interessiert, aber nicht zu neugierig, bis ich alles einmal flüchtig taxiert hatte und es wieder angemessen schien, Paula, da sie sich nun einmal in meinem Blickfeld befand, anzusehen. Sie saß neben der Matratze auf einem kleinen Meditationskissen, in tadellos aufrechter Haltung, die Beine im Schneidersitz verschränkt, und schenkte Wein in zwei Teegläser. Ich nahm mein Glas und trank einen großen Schluck; ich hatte nicht zu Abend gegessen und spürte den Alkohol schneller als gewöhnlich in meinem Blut ankommen.

Diese Kennenlerngespräche hatten mich immer ermüdet, das langsame Sichherantasten; was erzählte man sich zuerst, wie wollte man sich zeigen, was wollte man vom anderen wissen, was vielleicht lieber noch nicht. Es stellte sich in diesem Fall als besonders schwierig heraus, Fragen zu stellen, ich musste aufpassen, mich nicht zu verraten, nicht durchblicken zu lassen, dass ich im Internet nach ihr gesucht hatte; es war mir unangenehm. Ich dachte kurz darüber nach, warum es mir unangenehm war, sie war schließlich Schauspielerin, und es schien mir eigentlich legitim, Menschen zu googeln, die mit dem, was sie taten, in der Öffentlichkeit standen. Das zeigte doch nur mein Interesse; aber aus irgendeinem Grund wollte ich mein Interesse nicht zeigen, jedenfalls nicht allzu deutlich. Immerhin war ich hier; das musste erst einmal reichen. Ich bedauerte es, nicht zugeben zu können, dass ich Fotos von ihr gesehen hatte, auf der Seite ihrer Agentur; Porträts, auf denen sie fremd aussah, feminin geschminkt, mit tiefem Dekolleté und längerem Haar, kaum wiederzuerkennen; daneben androgyne Bilder von ihr im schwarzen Anzug, die Haare glatt und streng zurück, die mir trotz ihrer ausgestellten Dünnheit (*heroinchic*, wie Falk sagen würde, dem ich die Bilder nicht gezeigt hatte) besser gefallen hatten. Ich hätte gern mit Paula darüber diskutiert, wie sie zu diesem Spiel mit Geschlechterrollen und -klischees stand und welche Rollenangebote das nach sich zog, es war ein Thema, über das sich, wie ich mir vorstellte, mit ihr sicherlich gut sprechen ließ. Neben den Bildern konnte man sich auf der Internetseite der Agentur über Paulas Ausbildung, ihre bisherigen Rollen an Theatern und in kleineren Fernsehproduktionen informieren sowie über ihre Fremdsprachenkenntnisse und Dialekte und Fähigkeiten wie Reiten und Fechten, das Übliche, was man auf der Schauspielschule so lernte. Danach immerhin konnte ich, obwohl ich es schon wusste, fragen, es eignete sich gut als Gesprächseinstieg, auf welcher Schauspielschule sie gewesen war: Wien, Max-Reinhardt-Seminar. Ich war noch nie in Wien gewesen, was Paula zum Reden brachte, Wien sei eine gelbe Stadt, ich verstand nicht so richtig, was sie damit meinte; und welche ihr besser gefiele, Wien oder Hamburg, könne sie nicht sagen, die Arbeit stehe immer im Vordergrund, Hamburg fühle sich gut an, im Moment, und ich dachte eine Weile über diese Formulierung nach und ob es womöglich etwas mit mir zu tun haben könnte, dass es sich gut anfühlte.

Ich trank schnell aus und knallte das leere Glas eine Spur zu nachdrücklich auf die Dielen, auf denen sich ein Ring aus Rotwein bildete. Paula wischte mit dem nackten Zeh darüber, fragte, *willst du noch Wein*, und schenkte mir nach, ohne eine Antwort abzuwarten. Als sie sich nach vorn beugte, waren die Kuhlen über ihren Schlüsselbeinen so tief, dass man daraus hätte trinken können.

Ein Gespräch mit Paula war nicht wie Gespräche mit anderen Menschen. Sie schien absolut unfähig zum Small-Talk zu sein, sie stellte Fragen, die auf das Wesentliche zielten, oder schwieg. Ihr Schweigen machte mich nervös, ich verspürte den Drang, die Stille zu zerreden; aber immer, wenn ich fieberhaft meine Gehirnwindungen nach einem originellen

Gedanken absuchte, um Paula zu erheitern, weil ich glaubte, sie langweile sich, wenn die Stille einen Grad der Unerträglichkeit erreicht hatte und ich fürchtete, dass sie sich unwohl fühlte, dass sie sich womöglich heimlich wünschte, dass ich ginge, tauchte sie plötzlich wieder auf, mit einer Bemerkung, die wunderbar war oder komisch und nicht von dieser Welt. Sie sprach von Leipzig, wo sie ursprünglich herkam, wo ich ebenfalls nie gewesen war, aber plötzlich hinwollte und mir mit einem Mal westdeutsch arrogant vorkam, in meiner Unkenntnis der ostdeutschen Geografie. Sächsisch hatte als Dialekt, den sie sprach, auf der Seite ihrer Agentur gestanden, und ich bildete mir ein, eine dezente Färbung in ihrer Stimme zu erkennen, wenn sie Wörter aussprach, die auf -ort endeten. Ich traute mich nicht, sie zu bitten, etwas auf Sächsisch zu sagen, obwohl ich das sehr gern gehört hätte.

Ich versuchte, so beiläufig wie möglich nach der Arbeit am *Sommernachtstraum* zu fragen. Meine Erfahrung mit Schauspielern war, dass sie gern von sich und ihrer Arbeit sprachen, dass sie, einmal danach gefragt, lange und ausschweifend über ihre Rollen und den Probenprozess und die Zusammenarbeit mit diesem oder jenem Kollegen referierten; aber Paula schien es schwerzufallen, sie wand sich auf ihrem Meditationskissen, dass der Spelz knisterte, und schenkte sich in kurzer Zeit zweimal nach. Sie blieb unkonkret, verlor sich in Abstraktheiten über Shakespeare, das Spiel im Spiel. Ich hätte ihr gern gesagt, dass ich sie bereits hatte spielen sehen und was das mit mir gemacht hatte, aber ich war nicht in der Lage, es in Worte zu fassen, also ließ ich es sein. Ich hätte gern einfach gefragt, *und Wolf Eschenbach, wie ist der so*, aber ich brachte es nicht fertig.

Die Frage, die mich in diesem Moment allerdings am meisten beschäftigte, war, wie oft man jemanden scheinbar zufällig berühren konnte, bevor es offensichtlich wurde. Ich saß wie paralysiert da und beobachtete den Raum zwischen unseren Knien, die wenigen Zentimeter, die zu einer Berührung fehlten. Ich verspürte ein Gefühl, das ich lange nicht und vielleicht in solcher Intensität noch nie empfunden hatte: die Angst vor Zurückweisung. Es war mir immer ein Rätsel gewesen, wie andere Menschen zueinanderfanden. Wie man in der richtigen Situation die richtigen Worte fand oder überhaupt irgendwelche Worte; wie man sich in die Augen sah, die Hand des anderen nahm, eine Berührung, die nicht plump, abgegriffen, vorhersehbar gewesen wäre. Ich hatte bisher noch jede romantische Situation durch unbedachte Worte oder überstürzte Aktionen ruiniert.

Hast du Hunger?, fragte Paula plötzlich und stand auf. Ich hatte keinen Hunger. Oder vielleicht doch. Ich war nicht mehr in der Lage, meine Körperfunktionen eindeutig voneinander abzugrenzen. Alles verschwamm in mir zu einem großen komischen Gefühl. Ich konnte nichts essen; ich dachte darüber nach, ob das unhöflich von mir war, vielleicht war es das, aber Paula funktionierte nicht wie andere Menschen, sie schien sich nichts aus sozialen Konventionen zu machen. Es schien sie nicht zu stören, dass ich nur dasaß und ihr zusah, wie sie eine Birne nach der anderen von der Fensterbank nahm, sie kurz an ihrem T-Shirt rieb und hineinbiss. Paula aß alles bis auf den Stiel, auch das Gehäuse. Sie aß konzentriert, aber ohne erkennbare Lust, wie etwas, das anstrengend war, aber überlebensnotwendig. Der Saft lief ihr über die Finger und tropfte auf die Tischplatte, und ich saß ihr schweigend gegenüber und sah ihr zu, zählte die Birnen, zählte bis fünf und wunderte mich. Paula stand auf, wusch sich die Hände und das Gesicht über der Spüle, trocknete sie mit einem karierten Geschirrtuch ab. Dann drehte sie sich zu mir um, mit einem

Gesichtsausdruck, der nahelegte, dass sie jetzt bereit war, zu dem überzugehen, wofür ich, wie wir beide ja eigentlich wussten, hergekommen war.

In Paulas fensterlosem Badezimmer stand ich eine Weile länger als nötig herum, lauschte dem Rauschen der Lüftung und betrachtete einen versteinerten Seeigel, der auf dem Waschbeckenrand lag, aus einem Urlaub wahrscheinlich; für einen winzigen Moment überfiel mich eine kleine, absurde Eifersucht: Wo war sie gewesen und mit wem? Ich fasste mir in den Schritt und roch an meiner Hand. Immer diese Peinlichkeit, immer diese Körper.

Als ich aus dem Badezimmer kam, lag Paula auf der Matratze und sah mich an, ohne zu lächeln und, was wenig Spielraum für Interpretationen ließ, ohne ihr T-Shirt. Ich setzte mich neben sie und fuhr mit den Fingern ihren Rücken entlang, auf dem jeder einzelne Wirbel sich überdeutlich abzeichnete und in mir den Wunsch auslöste, sie zu füttern. Sie war doch mal dicker, ich hatte Fotos gesehen im Internet, von einer Werkstattinszenierung aus Schauspielschulzeiten, auf denen sie beinahe pausbäckig aussah.

Paula roch nach Ökokosmetik und Lagerfeuer. Zwischen den Schulterblättern war sie tätowiert, ein Segelschiff, ich zog die Umrisse mit der Zunge nach. Sie drehte sich zu mir herum und zerrte mich auf die Matratze, mit einer Kraft, die ich ihr nicht zugetraut hätte, schob mein T-Shirt hoch und setzte sich auf meinen Bauch. Ich sagte ihr nicht, dass ich Tätowierungen nicht leiden konnte und dass ich im Besonderen keinen Sinn darin sah, sich dort tätowieren zu lassen, wo man selbst es nicht sehen konnte. Ich sagte, dass ich das Wort Tätowierung mochte, es schien mir vom Aussterben bedroht, die meisten sagten Tattoo, ich sprach es sächsisch aus, auf der ersten Silbe betont, und Paula versuchte, nicht zu lachen. Sie sagte, *deine Zunge ist ganz schwarz*, und ich zog ihr Gesicht zu mir herunter und küsste sie.

Ich hätte gern das Licht ausgemacht, aber darum zu bitten wäre mir verklemmt vorgekommen. Es hatte außerdem seinen Reiz zuzusehen, wie ihr knochiger Rücken sich bewegte, während ihr Kopf in meinem Schoß verschwand, der ganze Körper unter Anspannung, ihre spitzen Schulterblätter, die sich beinahe berührten, das Schiff in Wellen auf und ab hüpften ließen. Ich schämte mich, weil ich so schnell und so heftig kam. Auf Paulas Unterarmen waren Narben, wie Flüsse auf einer Landkarte; als ich mit den Fingern darüberfuhr, zog sie den Arm weg, und ich fragte nicht. Ich beugte mich über sie und küsste ihren Körper herzabwärts. Zwischen den Beinen roch sie nach Kuchenteig. Sie drückte meinen Kopf in ihren Schoß, ich versuchte, zu ihr aufzusehen, ich wollte ihr Gesicht sehen, ihr abgewandtes, angestrengtes Gesicht. Paula kam lautlos. Ich legte meine heiße Wange auf ihrem Oberschenkel ab und sah an ihrem Körper hinauf, vorbei an ihren definierten Beckenknochen, zu ihren dunklen, ungewöhnlich langen Brustwarzen. Einen kurzen Moment lagen wir so, und ich atmete ihren Geruch ein; dann öffnete Paula die Augen, schob sanft, aber bestimmt meinen Kopf zur Seite und stieg aus dem Bett wie ein Boxer aus dem Ring. Ich sah ihr nach, wie sie das Fenster einen Spaltbreit öffnete, Unterhose und T-Shirt vom Boden aufhob und sich auf dem Weg in die Küche eilig anzog, während ich auf der Matratze liegen blieb, ihre Klamotten anstarrte, die zum Trocknen an einer Leine unter der Decke hingen, und auf das leise Geräusch ihrer nackten Sohlen auf den Dielen lauschte. Die Kühlschranktür klappte auf und zu. Ich hoffte, sie würde zurück ins Bett kommen, aber sie kam nicht.

Als ich aufstand, saß Paula am Küchentisch, mit angezogenen Knien und zupfte konzentriert an ihrer Unterlippe, ein

Manuskript und eine braune Milchflasche vor sich, sie trug eine Brille, die ich noch nie an ihr gesehen hatte, und war ein anderer Mensch. Sie führte in Zeitlupe die Flasche zum Mund, nahm einen Schluck, stellte die Flasche wieder ab, wischte sich mit dem Handrücken über den Mund, sah dann plötzlich zu mir auf und starrte mich an, als müsse sie sich erst einige Sekunden darauf besinnen, wer ich war und wie um alles in der Welt ich hierhergekommen sein könnte. Und wie um mich endgültig und formvollendet der Lächerlichkeit preiszugeben, ging ich auf die Knie, krabbelte auf allen vieren zu ihr hinüber und legte meinen Kopf in ihren Schoß.

Ich habe morgen früh Probe, ich muss noch Text lernen, sagte Paula ruhig, schob meinen Kopf zur Seite und schlug die Beine übereinander; mehr gab es nicht zu sagen. Ich stand auf, ging zurück in das Zimmer und sammelte meine Klamotten vom Boden.

Als ich schon an der Wohnungstür war, stand Paula auf, nahm die Brille ab und küsste mich kurz und heftig, sodass ich mich vergaß und entgegen aller guten Vorsätze sagte: *Wann sehen wir uns?*

Ich lief eilig die Treppen hinunter und nahm mir fest vor, mich nicht umzudrehen, als ich im Hof zwischen den Fahrrädern stand, und tat es dann doch. Ich blieb eine Weile unter dem Baum stehen und sah zu dem einzigen erleuchteten Fenster des Hauses hinauf, wo Paula nicht stand und mir nicht nachsah.

7.

Ich stand vor dem Bühneneingang und sah auf mein Handy, Falk hatte mir eine Nachricht geschickt: *Kannst du Klopapier mitbringen*, er hatte sich das Fragezeichen gespart, ich ahnte, dass meine Schonzeit abgelaufen war. Ein Mann kam von der gegenüberliegenden Straßenseite auf mich zu, die Hände in den Jackentaschen. Er blieb mit einem Meter Abstand vor mir stehen, kickte mit dem linken Fuß eine Spritzenhülle zur Seite, er war um die fünfzig, schütteres aschblondes Haar, ein rundes harmloses Gesicht.

Tschuldigung, sagte er, *arbeitest du gerade?*
Nein, sagte ich, *ich habe gerade Feierabend. Wieso?*
Er musterte mich ungeniert. *Könntest du nicht ne Ausnahme machen? Weil, also, du würdest mir echt gefallen. Du siehst irgendwie so normal aus.* Es dauerte einen Moment, bis ich begriffen hatte, wovon er sprach, und in ein Gelächter ausbrach, das ihn in die Flucht schlug.

Die Tür zum Bühneneingang öffnete sich, und Wolf Eschenbach trat heraus. Ich spürte eine Welle Blut in meinen Kopf rauschen, aber er nahm mich nicht wahr, wünschte dem Pförtner einen schönen Abend und lief zügig die Straße hinunter. Einem spontanen Impuls folgend ging ich ihm hinterher. Er durchquerte eine kleine Straße und bog in einen schmalen asphaltierten Weg ein, der hinter einem Schulhof entlangführte, überquerte den Platz vor der Schule und lief die Lange Reihe hinunter. Vor den Cafés und Restaurants saßen Menschen in Fleecedecken gehüllt. Er betrat einen Weinladen, und ich stellte mich vor das Schaufenster des Schreibwarengeschäfts nebenan und betrachtete die Auslage. Er blieb eine ganze Weile in dem Laden, und ich war gerade im Begriff, mich umzudrehen und den nächsten Supermarkt aufzusuchen, um Klopapier zu kaufen, als er wieder herauskam. Er lief zurück Richtung Theater, hielt sich jedoch links und überquerte den Hansaplatz. Vor einem Altbau blieb er plötzlich stehen und zog einen Schlüsselbund aus der Hosentasche. Ich drehte mich abrupt um, lief am Brunnen vorbei, zur gegenüberliegenden Seite des Platzes, und betrat ein Café. Der Gastraum war klein, übersichtlich und still, außer mir und der Kellnerin, die hinter dem Tresen auf ihrem Handy herumdrückte und nur kurz zu mir aufsah, war niemand da. Ich setzte mich an den einzigen Tisch auf eine schmale Bank im Fenster. Im Haus gegenüber brannte kein Licht, aber es war auch noch nicht ganz dunkel. Da es mir unhöflich schien, gleich wieder zu gehen, bestellte ich ein Bier. Die Kellnerin stellte eine Flasche Astra Rotlicht vor mich hin, ohne von ihrem Handy aufzusehen. Weil ich nicht wusste, was ich sonst tun sollte, holte ich ebenfalls mein Handy heraus und gab bei Google die Wörter *Suizid* und *Autounfall* ein. 1000 bis 1500 Unfälle wurden in Deutschland jährlich *in suizidaler Absicht eingeleitet*, wie es ein sogenannter Selbstmordforscher in einem ein paar Jahre zurückliegenden Interview mit dem *Hamburger Abendblatt* formuliert hatte, 200 davon erfolgreich. 200 von insgesamt etwa 3500 Verkehrstoten pro Jahr, machte etwa fünf Prozent als Unfall getarnte Selbstmorde. Die Dunkelziffer nicht eingerechnet, denn offenbar schien es beinahe unmöglich, zwischen einem Unfall und einem als Unfall getarnten Suizid zu unterscheiden.

Des Weiteren wusste das Internet zu berichten, dass das Durchschnittsalter der Menschen, die sich umbrachten, bei Mitte/Ende fünfzig lag, Mutters Alter also. Warum war das so? Glaubten Menschen in diesem Alter, dass nichts mehr kommen würde, für das es sich zu leben lohnte? Hatte Mutter das geglaubt? Sosehr mich dieser Gedanke empörte, konnte ich ihn, wenn ich ehrlich war, nachvollziehen. Ich hatte mit Falk einmal ein Gespräch darüber geführt, an einem dieser Abende auf dem Dach unseres Hauses, ich sprach davon, dass es diese kurze Spanne zwischen Ende zwanzig und Ende vierzig gab, diese Jahre, in denen man alle Möglichkeiten hatte. In denen wir uns jetzt in diesem Moment befanden und in denen wir uns in absehbarer Zeit nicht mehr befinden würden. Diese Jahre, die im Prinzip die einzigen waren, in denen man wirklich etwas reißen konnte, weil man davor noch ein Kind war und danach alt. Ich erinnerte mich an das Gefühl, das diese Erkenntnis in mir auslöste, ein Gefühl, das ich mit Falk zu teilen versuchte, ein Bewusstsein für die Kürze und Unwiederbringlichkeit des Lebens, aber Falk sagte, *das Leben ist lang, Ina, und es wird immer länger, statistisch gesehen; wusstest du, dass du, statistisch gesehen, vielleicht neunzig Jahre alt werden wirst, hast du das gewusst?* Der Abend endete damit, dass Falk mir einen Heiratsantrag machte, es sollte wie ein Witz klingen, auch wenn es das womöglich nicht war.

Die Frage, die mich am meisten beschäftigte, die mich immer noch und andauernd beschäftigte, war, warum jemand, der von der Fahrbahn abkam, gegen einen Baum fuhr und nicht in die Lücke zwischen zwei Bäumen, denn immerhin waren die Abstände zwischen den Bäumen breiter und die Wahrscheinlichkeit, also nicht gegen den Stamm zu fahren, sondern zwischen zwei Bäumen hindurch, statistisch gesehen höher. Es sei denn, man hatte die Absicht, gegen einen Baum zu fahren. Soviel ich auch darüber nachdachte, ich konnte es mir nicht vorstellen. Ich konnte mir den Moment nicht vorstellen, in dem jemand, meine Mutter zum Beispiel, einen solchen Entschluss in die Tat umsetzte. Den Gedanken daran konnte ich nachvollziehen, den Wunsch auch. Als Kind hatte ich mir oft vorgestellt, wie es wäre, wenn ich eine schwere Krankheit hätte und in meinem Bett dahinsiechen würde. Ich hatte mir meine Beerdigung vorgestellt und die Trauer meiner Mutter, und diese Vorstellung hatte mich mit einer tiefen Zufriedenheit erfüllt.

Ich klicke mich durch Bilder von Bäumen und Brückenpfeilern, von eingedelltem Metall. Auf einem Bild war ein Baum zu sehen und ein Auto, das flaschengrün war, wie das meiner Mutter und ein Polizist, der mit einer weißen Plane etwas abdeckte, was am Boden neben dem Auto lag. Ich steckte das Handy in die Tasche, zahlte und ging.

Auf der gegenüberliegenden Seite des Platzes war die Tür des Hauses, in dem Wolf Eschenbach verschwunden war, mit einem zusätzlichen Gitter gesichert. Ich ließ meinen Blick über die Klingelschilder schweifen und blieb an der Aufschrift *Theaterwohnung* hängen. Plötzlich wurde mir bewusst, dass er wieder fortgehen würde. In einigen Wochen schon würde er irgendwo anders hingehen und ein anderes Leben führen, von dem ich nichts wusste. Womöglich gab es irgendwo eine Familie, ein Haus in einer anderen Stadt, eine Wohnung, eine Frau, oder einen Mann. Etwas oder jemanden, zu dem er zurückkehren würde, wenn er die Arbeit hier beendet hatte. Etwas, das im Gegenteil zu dem hier, dauerhaft war. Oder auch nicht. Vielleicht wohnte er immer nur in Theaterwohnungen, in den Städten, in denen er inszenierte. Vielleicht besaß er nichts. An einer Klingel ganz oben links standen vier Namen, eine WG bestimmt, junge Leute, die er nicht kannte, nicht auseinanderhalten konnte.

Ich spürte ein jähes Bedauern, als mein Finger den Klingelknopf durchdrückte. Noch war es möglich, mich einfach umzudrehen und zu gehen, dicht an der Hauswand entlang, wo er mich vom Fenster aus nicht sehen würde. Ich wartete auf eine Stimme aus der Gegensprechanlage, ich könnte sagen *Werbung*, auch wenn um diese Uhrzeit keine Werbung kam, aber vielleicht würde ihm das nicht auffallen. Die Schließanlage summte. Ich trat durch das Gitter, dann summte es noch einmal, und ich stand in einem schönen Treppenhaus, Jugendstil, der Geruch von Abendessen und ein schwaches Licht hinter den geschliffenen, in alte Flügeltüren eingelassenen Milchglasscheiben.

Ich war extrem schlecht darin, Dinge zu Ende zu denken. Ich lief langsam die Treppe hinauf, der abgewetzte rote Läufer schluckte die Geräusche meiner Schritte. Ich hätte immer noch umdrehen können. In dieser Gegend passierte es sicher andauernd, dass jemand klingelte und dann nicht hochkam. Wie leichtsinnig von ihm, einfach die Tür zu öffnen.

Im dritten Stock stand eine der Wohnungstüren einen Spaltbreit offen. Es war kein Name, kein Hinweis zu finden auf irgendjemanden, der hier möglicherweise wohnte. Ich hörte Schritte hinter der offenen Tür und versuchte nachzudenken, *ich wollte zu Anna*, hätte ich sagen können, *wer ist Anna, ach, ist das hier nicht die WG, nee, die ist im vierten, ach so.*

Eine Frau erschien in der Tür. Älter als ich, etwa Mitte vierzig, vielleicht. Sie war klein, ein ernstes, müdes Gesicht, die langen schwarzen Locken zu einem Zopf gebunden. Als sie mich sah, lächelte sie zögernd.

Hallo, sagte sie und dann, mit einem Akzent, den ich nicht verorten konnte, *kommen Sie, bitte. Herr Eschenbach ist ins Theater gegangen. Bald wieder da.* Sie hielt mir die Tür auf und winkte mich mit einer energischen Geste hinein, und da alles andere mir unhöflich erschien, trat ich ein.

Herr Eschenbach kommt gleich, sagte die Frau und nickte zögerlich. Sie trug einen Mantel und über dem Arm eine große Stofftasche, sie sah aus, als habe sie gerade losgehen wollen. Ich wartete, dass sie noch etwas sagte, und sie drückte ihre Tasche an sich und musterte mich, als warte auch sie auf eine Erklärung. Als sei sie nicht ganz sicher, ob ich die war, für die sie mich hielt. Ich wusste gerade nicht genau, wer ich war, aber ich wusste, dass ich nicht die sein konnte, für die sie mich halten musste, also sagte ich lieber nichts. Die Frau lächelte, nickte noch einmal, deutlicher jetzt, als habe sie beschlossen, dass alles so war, wie es sein sollte, sagte *auf Wiedersehen*, drehte sich um und lief mit schnellen kleinen Schritten die Treppen hinunter.

Ich schloss die Wohnungstür hinter ihr. Ich konnte die Absurdität der Situation nicht fassen. Für wen hielt sie mich? War es normal, dass fremde Frauen hier klingelten und nach Wolf fragten? Ich hatte ja noch nicht einmal nach ihm gefragt. Sie hatte mir angesehen, dass ich zu Wolf Eschenbach wollte. Wolf Eschenbach war noch einmal ins Theater gegangen, vielleicht hatte er dort etwas vergessen, und er hatte dieser Frau, die vielleicht die Putzfrau war, aufgetragen, eine Besucherin hereinzulassen.

Rechts von der Wohnungstür lag eine winzige, nur mit dem Nötigsten ausgestattete Küche. Ein Wasserkocher, ein Toaster. Eine angebrochene Tüte Toastbrot, eine Packung in Plastik eingeschweißter Äpfel. Eine Flasche Rotwein mit rosafarbener Banderole, vielleicht die, die Wolf vorhin besorgt hatte. Der aktuelle Spielplan des Theaters hing an der Wand neben dem Herd. Die Tür zum Wohnzimmer stand offen, ein Ledersofa, ein Regal aus dunklem Holz, ein Couchtisch aus Glas und Chrom. Eine Stereoanlage mit Schallplattenspieler. Über dem Sofa an der Wand hing das Plakat einer *Leonce und Lena*-Inszenierung aus den siebziger Jahren. Ich stellte mich ans Fenster und sah auf den Hansaplatz hinab. Das Fenster des Cafés leuchtete sanft, ich stellte erleichtert fest, dass man von hier oben nichts dahinter erkennen konnte.

Ich konnte mich nicht erinnern, jemals etwas so dermaßen Absurdes getan zu haben. Seltsamerweise fühlte es sich nicht falsch an. Wolf Eschenbach war schließlich mein Vater, ich fand, das rechtfertigte beinahe alles. Die Wohnung war dunkel, aber ich wagte es nicht, Licht zu machen. Ich lief den Flur hinab, die Zimmertüren waren geschlossen, ich traute mich nicht hineinzusehen. Aus dem Treppenhaus hörte ich Schritte sich nähern. Ich öffnete schnell eine Tür zu meiner Linken und stand im Badezimmer. Ich blieb im Dunkeln stehen und wartete, aber die Schritte verebbten wieder. In der Wand rauschte eine Wasserleitung. Das kleine Fenster unter der Decke über dem Waschbecken stand einen Spaltbreit offen, dahinter ein Schacht, durch den erstaunlich klar Stimmen zu hören waren, eine Frau diskutierte in einer oberen Wohnung mit einem Kind darüber, wie lange es noch in der Badewanne bleiben durfte.

Ich besann mich, verließ die Wohnung, zog die Tür hinter mir ins Schloss und lief eilig die Treppen hinunter. Als ich die letzten Stufen erreicht hatte, ging die Haustür auf, und Wolf Eschenbach kam herein. Er nickte mir zu, ohne mich wirklich anzusehen; er hatte eine dicke schwarze Mappe unter den Arm geklemmt, öffnete den Briefkasten und entnahm etwas, das wie eine Zeitschrift oder ein Werbeprospekt aussah. Ich blieb auf der untersten Stufe stehen. Er kam langsam auf mich zu, hob den Kopf, sah mich an.

Kantine, sagte er und deutete mit einem wippenden Zeigefinger auf mich. *Ina*, sagte ich. Er nickte. Er stellte sich nicht vor, er war bekannt genug, um davon auszugehen, dass ich wusste, wer er war. Ich wartete, dass er fragte, was ich in seinem Haus verloren hatte. *Eine Freundin von mir wohnt in der WG oben*, würde ich antworten. Er schien nachzudenken. Eine Weile standen wir so und sahen uns an. Kurz bevor die Stille grotesk wurde, fragte er: *Hast du Hunger?*

Ich stand im Wohnzimmer und versuchte, mir nichts anmerken zu lassen. Ich wusste nicht genau, was es war, das ich mir nicht anmerken lassen wollte, der Umstand, dass ich vor wenigen Minuten schon einmal hier gewesen war, oder die Tatsache, dass ich seine Tochter war. Eine Tatsache, die mir so grotesk und unmöglich erschien, unmöglicher als meine Anwesenheit in seiner Wohnung. Ich fürchtete, dass die Putzfrau zurückkommen und sich herausstellen würde, dass sie mich hereingelassen hatte oder, schlimmer noch, dass sie gar nicht die Putzfrau war, sondern seine Freundin. Andererseits hätte es mich beruhigt, sie in der Wohnung zu wissen. Ich stellte mich ans Fenster und sah auf den Platz hinaus. Ich musste plötzlich an Mutter denken; was, wenn das Geheimnis, das sie all die Jahre um meinen Vater gemacht hatte, schrecklicher war, als ich bisher angenommen hatte? Eine wirkliche Gefahr, die von ihm ausging oder zu irgendeinem Zeitpunkt ausgegangen war. Ich hatte diese Möglichkeit nie in Betracht gezogen, dafür kannte ich Mutter zu gut. Aber was, wenn sie einen Grund gehabt hatte, sich derart resolut von ihm abzuwenden, der nicht nur in verletztem Stolz gründete. Das rituelle sonntägliche *Tatort*-Gucken mit Falk machte sich bemerkbar.

Wolf kam aus der Küche, bewaffnet mit einem monströsen Korkenzieher und einer Weinflasche.
Erwartest du eigentlich jemanden?, fragte ich. Kurz die absurde Idee, dass er ein Blinddate hatte und mich für diejenige hielt.

Nein, sagte er, nach einem winzigen Zögern. Dann klemmte er die Flasche zwischen die Beine und bohrte das gewundene Ende in den Korken.

Also eigentlich ja. Aber hat sich erledigt. Ein Schulterzucken, ein Zwinkern. Er zerrte an dem kunstvoll gedrechselten Holzgriff, der Korken ploppte mit einem lauten Geräusch heraus. Ich hatte Schwierigkeiten, meine Neugier im Zaum zu halten, aber ich wollte nicht, dass er sie mit Eifersucht verwechselte, also fragte ich nicht weiter. Er schenkte zwei bauchige Gläser halb voll, stellte die Flasche auf dem Tisch ab und ging zurück in die Küche, die so klein war, dass wir nicht beide hineinpassten. Ich lief ein paar Schritte den dunklen Flur auf und ab. Ein kleines gerahmtes Schwarzweißfoto, das Gründgens als Mephisto zeigte, hing über dem Tisch, auf dem an einem Modem ein grünes Lämpchen blinkte.

Ich schrieb eine Nachricht an Falk, mit der Adresse, die Hausnummer wusste ich nicht, ich wollte Wolf nicht danach fragen. Ich schrieb *Theaterwohnung, Hansaplatz Westseite*, ich war mir nicht ganz sicher, was die Himmelsrichtung betraf. Falk sollte sich keine Sorgen machen, nur wissen, wo ich mich aufhielt. Ich war schließlich nicht wie eine von diesen *Tatort*-Kommissarinnen, die im Alleingang unbewaffnet in das Haus des Hauptverdächtigen eindrangen, ohne dem Kollegen wenigstens vorher ihren Standort durchzugeben.

Seit wann arbeitest du in der Kantine?, rief Wolf über die Schulter.

Noch nicht so lange, sagte ich. Ich löschte die Nachricht wieder. Ich hatte keine Lust auf die Diskussion mit Falk nachher. Und Wolf war mein Vater. Sollte er komisch werden, konnte ich das jederzeit als Argument in den Ring werfen, es würde ihn sicher zur Vernunft bringen.

Wie lange wohnst du hier schon?

Ich war mir nicht sicher, ob ich ihn lieber siezen sollte,

auch wenn er mich gerade geduzt hatte. Am Theater duzten sich die Leute normalerweise. Ich wusste nicht, ob er mich duzte, weil ich so viel jünger war oder weil wir am selben Haus arbeiteten. Oder weil er mich anbaggern wollte. Oder weil ich seine Tochter war. Mir kam alles unmöglich vor, ich wollte diese Situation nicht, aber mir wurde plötzlich klar, dass ich hier nicht so schnell wieder rauskam.

Wir saßen uns am Wohnzimmertisch gegenüber, Wolf hatte Spaghetti mit Salbei gemacht, die gut schmeckten, ich musste mich trotzdem zwingen zu essen. Er hatte eine Kerze angezündet, Glenn Goulds *Goldbergvariationen* dudelten im Hintergrund. Ich fragte ihn nach der Arbeit am *Sommernachtstraum*, den Schauspielern, ich hoffte, er würde etwas über Paula sagen; er sprach von Shakespeare, er sagte Dinge über das Spiel im Spiel, die Paula beinahe genau so gesagt hatte, wie ich mit Bedauern feststellte, es waren nicht ihre eigenen Worte gewesen. Ich fragte ihn nach früheren Inszenierungen, ob er schon mal in Hamburg inszeniert hatte, ich gab mich komplett ahnungslos, und er sagte, ja, habe er, vor langer Zeit, und dass er ursprünglich von hier sei, dass er ein waschechter Hamburger sei. Ich fragte ihn, was er in seiner Freizeit tat, und er lachte und sagte, *was ist das?* Dass er ab und zu segeln ging auf der Außenalster, er habe das früher schon getan, dann eine ganze Weile nicht mehr, er habe einen Segelschein, aber er habe wieder ein paar Unterrichtsstunden nehmen müssen, um sein Wissen aufzufrischen. Ich sagte, dass ich keine gute Schwimmerin sei, dass mir Wasser nicht geheuer sei. Er sagte, dass er das Meer liebe, und ich war kurz versucht, ihm von der Seebestattung zu erzählen, ich fragte mich, ob er die Einladung überhaupt bekommen hatte. Dass er das Meer vermisst habe, in der Schweiz, wo er vorher gewesen war, dass er immer geglaubt habe, die Berge zu hassen, dass sie ihm als jungem Menschen aus irgendeinem Grund Angst gemacht hätten, aber dass er sie lieb gewonnen habe, dort. Er sagte das genau so: Er habe die Berge lieb gewonnen, und diese Formulierung löste etwas in mir aus, das ich nicht benennen konnte.

Und du?, fragte er, stützte die Ellbogen auf die Tischplatte, faltete die Hände unter dem Kinn. *Erzähl mir von dir, Ina.* Er sprach meinen Namen aus, wie etwas, an das er nicht glaubte, aber vielleicht war ich nun endgültig paranoid. Etwas in seinem Gesicht hatte sich verändert, das ein dezentes Unbehagen in mir auslöste. Ich wusste nicht, ob es der Alkohol war oder noch etwas anderes. Die Selbstsicherheit in die Jahre gekommener Männer müsste man haben, dachte ich. Es fiel mir schwer, ihm in die Augen zu sehen. Ich fürchtete mich vor dem, was, wie ich dachte, unweigerlich kommen würde. Aber noch war die Flasche nicht leer.

Gibt nicht viel zu erzählen, sagte ich und entschied mich spontan dafür, Unverschämtheit auszuprobieren. Männer wie er waren es gewohnt, mit Respekt behandelt zu werden, das musste ihn doch langweilen.

Meine Mutter ist tot, mein Vater lebt noch, aber er ist ein Arschloch.

Ist das so, sagte Wolf nachdenklich. Mir fiel plötzlich auf, wie warm es war, und ich hatte das Bedürfnis, den Pullover auszuziehen, aber ich hatte Angst, er könne das falsch verstehen.

Und bei dir, fragte ich. *Was ist mit deiner Familie?*

Bei mir ist es ähnlich, sagte Wolf. *Meine Mutter ist tot, mein Vater lebt noch. Aber er ist sehr alt, einundneunzig, und man könnte sagen, auch er sei ein Arschloch, jedenfalls hat er die AfD gewählt*, sagte Wolf.

Es schien mir immer seltsam, wenn Menschen in seinem Alter, nach ihrer Familiensituation befragt, von ihrer Herkunftsfamilie erzählten.

Hast du Kinder? Ich sah ihn nicht an bei dieser Frage, ich versuchte, beiläufig zu klingen, interessiert, aber so interessiert nun auch wieder nicht. Es war schließlich eine normale Frage, eine, die man Menschen in seinem Alter stellte. Ich wusste nicht, ob ich mir das kurze Zögern nur einbildete, die paar Sekunden, die er brauchte, um zu antworten, was bereits zu lange war. Über eine Frage wie diese musste man nicht nachdenken, die beantwortete man mit Ja oder Nein oder, wenn man witzig sein wollte und ein Mann war, auch schon mal mit: *Nicht, dass ich wüsste.* Wolf lachte. Er hatte sich für den Scherz entschieden.
Hast du einen Freund?
Jetzt war ich diejenige, die kurz zögerte, den Kopf hin und her wog.
So etwas in der Art. Hast du eine Frau?
Wolf imitierte meine Kopfbewegung, grinsend.
So etwas in der Art.
Er hob die rechte Hand, wie zum Beweis des Gegenteils: Sieh, ich trage keinen Ring.

Ich entschuldigte mich, stand auf und blieb im Türrahmen stehen, weil mir einfiel, dass ich offiziell nicht wissen konnte, wo sich die Toilette befand, also fragte ich ihn danach. Worauf man alles achten musste, ich wäre nie imstande, ein Doppelleben zu führen, dachte ich, ich würde mich bei der erstbesten Gelegenheit verraten. Und doch war es eigentlich genau das, was ich gerade tat. Die Frage war, wozu. Ich hatte ihn gefunden, ich hatte ihn, na ja, kennengelernt war noch beinahe zu viel gesagt. Ich wartete auf etwas, von dem ich nicht wusste, was es war. Ich verfolgte keinen Plan, ich hätte es ihm auch genauso gut alles gleich sagen können, bereits bei unserer ersten Begegnung in der Kantine oder damals in Berlin. Ich wusste nicht, was mich damals abgehalten hatte, eine eingebildete Loyalität zu meiner Mutter vielleicht, die jetzt nicht mehr zählte. Mutter war tot, und niemand wusste warum, und mir dämmerte, dass ich mich auf lange Sicht damit würde abfinden müssen und dass auch mein Vater mir dabei nicht helfen konnte.

Ich saß auf der Toilette und tastete nach dem Papier in meiner Tasche, der zusammengefalteten Kopie des Fotos meiner Eltern, das ich bei mir trug. Ich holte es heraus und betrachtete es, und für einen kurzen Moment war ich nicht sicher, ob der Mann auf dem Foto derselbe war, der im Wohnzimmer auf mich wartete. Im Schacht war es still, das Kind, das vorher in der Badewanne gesessen hatte, schlief wahrscheinlich längst. Eine Sehnsucht nach Kindheit und Badeschaum überfiel mich, eine vage Erinnerung an einen gelben Duschvorhang und einen aufziehbaren Plastikfrosch und ein Playmobil-Boot und ein Frotteetuch mit Kapuze.

Als ich zurückkam, hatte Wolf den Tisch abgeräumt, er werkelte in der Küche herum, *Käffchen?*, rief er eine Spur zu laut über den Lärm des Wasserkochers hinweg, als er mich kommen hörte, wartete meine Antwort nicht ab und goss zwei Becher türkischen Kaffee auf.

Ich stellte mich ans Fenster und sah auf den Platz hinunter. Ich wartete noch immer auf den richtigen Moment. Aber was für ein Moment sollte das sein, und was dann?

Meine Mutter hat sich umgebracht, sagte ich gegen die Fensterscheibe, in der sich mein Gesicht spiegelte und im Hintergrund die Umrisse von Wolf, der in der Mitte des Zimmers stehen blieb, einen Becher dampfenden Kaffee in jeder Hand. Ich hatte begonnen, diesen Satz auszuprobieren an Menschen, ich wollte wissen, was er mit ihnen machte. Wolf machte er stumm. Er stellte die Becher auf dem kleinen Tisch ab und setzte sich auf das Sofa, sein Gesicht offen, erwartungsvoll, und ich setzte mich dazu, so weit weg von ihm wie möglich. Eine Weile saßen wir so und tranken unseren Kaffee, und als ich dachte, dass bald wieder einmal etwas gesagt werden müsse, weil die Stille zu lang dauerte, sagte Wolf, mit einer plötzlich ganz anderen, ganz ruhigen Stimme, auch seine Mutter habe sich das Leben genommen, aber das sei sehr lange her. Er sei sieben Jahre alt gewesen, er erinnere sich kaum, obwohl er im Haus war, als es passierte, sie hatte Tabletten genommen, sie schlief, er spielte in Nebenzimmer, er ließ sie schlafen, irgendwann kam der Vater von der Arbeit. Der Vater hatte wieder geheiratet, zwei Jahre später, und von der Mutter wurde nicht mehr gesprochen, sagte Wolf.

Ich habe ein Foto von ihr, sagte er, und ich wartete, dass er aufstehen und das Foto holen, es mir zeigen würde, aber er stand nicht auf und holte kein Foto, er saß da und sah mich an, wie er mich vorher nicht angesehen hatte, so, als suche er nach etwas in meinem Gesicht, mit einem Blick, der Erkenntnis sein konnte oder Erstaunen oder nichts dergleichen, dann wandte er den Blick ab, starrte in seinen Kaffeebecher und schien mich für den Moment vergessen zu haben.

Ich habe auch ein Foto von meiner Mutter, sagte ich und strich mir mit der Hand über den Oberschenkel, an der Stelle, wo sich kaum merklich das Papier durchdrückte, und Wolf nickte zerstreut, wie man nickt, wenn man hört, dass jemand redet, aber nicht, was derjenige sagt. *Ich habe es in der Tasche, du bist auch darauf*, sagte ich nicht. Ich konnte nicht weiter. Ich dachte darüber nach, dass man, wenn jemand eine ganze Packung Tabletten einnahm und sich ins Bett legte, mit relativer Sicherheit davon ausgehen konnte, dass die Person den Vorsatz gehabt hatte, sich umzubringen, während man, wenn jemand mit dem Auto gegen einen Baum fuhr, sich nie ganz sicher sein konnte. Ich dachte an das Wort Dunkelziffer. Ich spürte ein eigenartiges Gefühl in mir aufsteigen, eine Art Eifersucht, und ich wusste nicht, wofür ich mich mehr schämte: dafür, dass ich ihn darum beneidete, dass er so sicher sein konnte, dass seine Mutter wirklich hatte sterben wollen, oder dafür, dass ich ihn darum beneidete, dass er noch ein Kind gewesen war und ihn somit keine Schuld traf.

Ich war froh, dass er nicht weiterfragte. Er sah mich noch einmal kurz an, etwas in seinem Gesicht sah zerstört aus, dann stand er auf und kam eine Weile nicht zurück. Die Kirchturmuhr schlug elfmal, mir fiel auf, dass ich sie beim letzten Mal nicht gehört hatte. Der Kaffee half nicht, ich spürte plötzlich eine jähe Müdigkeit. Ich legte mich hin und schloss die Augen.

Als Wolf zurück ins Wohnzimmer kam, stellte ich mich schlafend, ich wollte wissen, was er tat, wenn er sich unbeobachtet glaubte. Er setzte sich auf die Lehne des Sofas, dicht neben meinen Kopf, ich spürte seine warme Anwesenheit, seinen Geruch, der nicht unangenehm war. Ich erwartete, dass er mich zudeckte, eine Geste, die er mir schuldig war; oder dass er etwas anderes tat, etwas, das mir die Gelegenheit geben würde, über ihn zu triumphieren. Ich spürte seine Hand, die vorsichtig meine Schulter berührte, öffnete die Augen und sah in sein Gesicht, das sich ein winziges Stück in meine Richtung neigte. Eine Andeutung, ein Angebot vielleicht, das noch immer die Möglichkeit des eleganten Rückzugs enthielt. Ich setzte mich auf. Ich wollte von ihm in den Arm genommen werden, aber ich wollte ihn nicht darum bitten. Er lächelte, wie mir schien, erleichtert, erhob sich vom Sofa, räumte die leeren Becher vom Tisch und sagte: *Soll ich dir ein Taxi rufen?*

8.

Ich putzte, wie ich lange nicht geputzt hatte. Räumte Dinge weg und andere hervor, legte ein Buch, das ich unter den Sachen meiner Mutter gefunden hatte, so hin, als lese ich es gerade: Roland Barthes' Schriften zum Theater, mit dem Titel *Ich habe das Theater immer sehr geliebt, und dennoch gehe ich fast nie mehr hin.*

Ich bezog das Bett frisch, warf die Kissen so darauf, dass sie möglichst nicht drapiert aussahen, und schlug die Bettdecke auf, sodass man sie später nicht erst würde entfernen müssen. Ich beneidete Falk, dessen Zimmer grundsätzlich so aussah, dass jederzeit jemand spontan zu Besuch hätte kommen können, obwohl das selten vorkam.

Mich ihr zeigen, dachte ich, das war es, ich wollte mich Paula zeigen beziehungsweise: ihr etwas zeigen, von dem ich glaubte, dass ich es sein könnte. Dass ich mich möglicherweise noch nie jemandem so sehr hatte zeigen wollen, dachte ich. Und wie absurd das war. Das sein zu wollen, was sie wollen könnte, ohne zu wissen, was das eigentlich war. Ich hatte immer dieses Bild von mir gehabt, als einer Person, der es egal war, was andere von ihr dachten, aber für Paula galt das nicht.

Ich wusch das Geschirr ab, das sich in der Küche neben dem Waschbecken angesammelt hatte, ließ jedoch ein paar schmutzige Teller und Gläser stehen, um nicht den Eindruck zu erwecken, ich hätte extra abgewaschen. Falks Zeitung lag auf dem Küchentisch, ich blätterte das Feuilleton nach oben, eine Theaterkritik, die letzte Premiere bei der Konkurrenz, ich überflog den Artikel und nahm schadenfroh zur Kenntnis, dass es sich um einen Verriss handelte.

Ich hatte Paula versprochen, für sie zu kochen, ich hatte nicht erwähnt, dass ich nicht wirklich kochen konnte, dass Falk derjenige war, der in unserer WG die Hoheit über die Küche hatte. In einem seiner Kochbücher, die auf dem Regalbrett über dem Küchentisch mehrere Meter einnahmen, hatte ich ein Rezept für Fisch in Salzkruste gesehen, das sich simpel anhörte und trotzdem beeindruckend. In einem arabischen Lebensmittelgeschäft am Steindamm hatte ich zwei ganze Forellen erstanden. Der Verkäufer hatte ihre Frische mehrmals betont, und ich hatte wissend genickt.

Ich wusch die Forellen unter kaltem Wasser ab, tupfte sie mit Küchenpapier trocken und legte sie auf das Abtropfblech neben der Spüle. Das Rezept sah vor, Kräuter in die Bauchhöhlen zu stecken, und ich rupfte ein paar Zweige von Falks Thymianpflänzchen ab, das auf der Fensterbank stand. Die Fische hatten keine Öffnung auf der Unterseite, wie ich es erwartet hatte, also nahm ich ein Messer und schnitt vorsichtig einen der Fischbäuche auf. Für einen Moment war ich irritiert, dass Fische rotes Blut hatten, nicht sehr viel zwar, aber dennoch, und dann irritierte es mich, dass es mich irritierte, natürlich hatten Fische Blut. Warum auch nicht. Sie hatten auch Organe, und zwar so viele, dass für die Kräuterzweige in ihren Bäuchen kein Platz mehr war. Ich dachte an den Verkäufer, der die besondere Frische betont hatte, er hatte die Wahrheit gesagt. Im Rezept stand in Klammern das Wort *küchenfertig* hinter *2 ganze Forellen*, ein Wort, das mir an der Fischtheke bedauerlicherweise nicht eingefallen war. Die Hausfrauen, die sich hinter mir in der Schlange auf Türkisch unterhalten hatten, wussten sicher, wie man einen Fisch ausnahm. Wer das eventuell auch wusste, war Falk, aber Falk war nicht da. Falk war auf der Arbeit und fotografierte etwas, das so ähnlich aussah wie der Fisch in meiner Hand und genauso tot war.

Ich hatte Falk einmal von der Arbeit abgeholt, als ich noch nicht sehr lange bei ihm wohnte. Ich wusste nicht mehr, wie es dazu gekommen war, aber aus irgendeinem Grund hatte ich in der Nähe der Uniklinik zu tun gehabt. Ich hatte vor der Rechtsmedizin auf ihn gewartet, aber er war nicht herausgekommen, und ich erreichte ihn telefonisch nicht und dachte, wir hätten uns eventuell missverstanden, also klingelte ich an der Tür. Eine Frau in blauer OP-Kleidung öffnete. Ich fragte nach Falk, und sie führte mich in ein Wartezimmer mit einer Glasscheibe in der Tür, durch die man in einen Gang sehen konnte, an dessen Ende, als die Frau hindurchging, eine Tür aufschwang und für eine Sekunde den Blick freigab auf einen massigen, toten Körper, der auf einem metallenen OP-Tisch lag. Der Rücken war offen, an den Rändern quoll dunkelgelbes Fett hervor.
Der Fisch hatte kein Fett auf seiner Innenseite, jedenfalls keines, das ich als solches identifizieren konnte. Falk hatte, als ich ihn später danach fragte, erzählt, dass jeder Mensch auf seiner Innenseite diese Art von Fett ansammelte, im Laufe eines Lebens. Manche mehr, andere weniger. Ich konnte eine Weile kein Rührei mehr essen, dann vergaß ich es wieder, aber seit dem Tod meiner Mutter musste ich gelegentlich daran denken, und ich versuchte, mir nicht vorzustellen, wie sie von innen ausgesehen hatte. Wie jemand, der den gleichen Beruf hatte wie Falk, die gleiche Art von Bildern von ihr gemacht hatte, in einem anderen Krankenhaus, etwas weiter im Norden. Ich hatte eine Weile auf Falk warten müssen, und er hatte mir sein Büro gezeigt, einen kleinen Raum,

der sich direkt neben dem Obduktionssaal befand, in dem er seine Fotos bearbeitete. Falk trug ebenfalls blaue OP-Kleidung und schien nicht sehr begeistert, mich dort zu sehen, er sagte, ich solle in dem kleinen Park gegenüber dem Gebäude auf ihn warten. Auf dem Weg nach draußen lief ich an einem Tisch im Vorraum vorbei, auf dem ordentlich ausgebreitet blutige Klamotten lagen und ein Klarsichtbeutel mit ein paar Geldscheinen und einem Führerschein mit dem Bild eines jungen Mannes. Ich versuchte, mir den Namen nicht zu merken und das Gesicht auf dem Foto und den Anblick des massigen Körpers auf dem OP-Tisch und das Geräusch der Knochensäge, das ich noch hörte, als ich schon auf der Straße stand. Ich versuchte zu vergessen, dass der Tote Daniel hieß und nur 27 Jahre alt geworden war.

Ich ging ins Badezimmer, wusch mir die Hände und das Gesicht und dann die Hände noch einmal. Mir fiel ein, dass ich nicht wusste, ob Paula überhaupt Fisch aß. All diese Dinge, die man nicht voneinander weiß. Ich hatte als Kind aufgehört, Fleisch zu essen, den Tieren zuliebe, aber weiterhin Fisch gegessen, da ich mir aus Fisch ohnehin nichts machte und weil ich der Meinung war, es sei irgendwie logisch, nur jene Tiere zu essen, die man selber zu töten in der Lage wäre. Ich hatte immer angenommen, dass es mir nichts ausmachen würde, einen Fisch zu töten. Ich verscheuchte die Katze, stellte eine Flasche Weißwein kalt und holte das Geschirr mit dem Goldrand heraus, das Geschirr meiner Mutter, das zu benutzen ich bisher vermieden hatte. Ich googelte *Fisch ausnehmen*. Auf YouTube fand ich ein Video, in dem ein Mann in einschläferndem Wiener Dialekt beschrieb, wie man in die Falte unter dem Maul schneiden und durch einen Griff in den Schlund sämtliche Organe auf einmal herausreißen konnte.

Plötzlich sprang die Katze auf und rannte zur Wohnungstür. Kurz darauf hörte ich den Schlüssel im Schloss. Sie begrüßte Falk neuerdings auf diese Art, und etwas an ihrem Verhalten enttäuschte mich, es war hündisch, dachte ich, einer Katze nicht würdig. Mich begrüßte sie nie. Falk blieb an der Küchentür stehen und sah zwischen mir und den Fischen hin und her, mit einer Mischung aus Rührung und Belustigung, wie man sein Kind ansieht, wenn es zum ersten Mal etwas zu tun im Begriff war, das es noch nie allein getan hatte und von dem man bereits wusste, dass es schiefgehen würde, von dem man ihm aber dennoch nicht abriet, weil man glaubte, dass die Erfahrung ihm eine wertvolle sein würde.

Ich bekomme Besuch, sagte ich hilflos, und Falk nickte, stellte eine Tüte mit Katzenstreu ab, wusch sich die Hände, nahm einen der Fische, schnitt mit dem Messer zweimal unter dem Maul hinein und zog mit einem Griff sämtliche Organe heraus.

Ich lief durch die Wohnung und stellte mir vor, wie Paula sie sehen würde. Ob unsere Wohnung in ihren Augen irgendetwas aussagte über mich, über uns, das Verhältnis, in dem Falk und ich zueinander standen, ich war mir nicht mehr sicher, was ich Paula erzählt hatte, etwas über seinen Beruf, über den sich gut sprechen ließ, Anekdoten, die neulich noch amüsant gewesen waren und die ich aus Gewohnheit weiterhin erzählte, wenn ich Menschen traf, die Falk noch nicht kannten. Ich lief um die Kartons im Wohnzimmer herum und kontrollierte, ob irgendwo der Name meiner Mutter zu lesen war. Ich hatte immer noch das Gefühl, mich nicht verraten zu dürfen. Dabei wünschte ich mir eigentlich, dass Paula danach fragte, damit ich endlich alles erzählen konnte.

Paula fragte nicht. Sie sah sich auch nicht um, als sie hereinkam, offenbar frisch geduscht, die Haare noch feucht, vielleicht war sie vorher im Theater gewesen. Ich stellte mir vor, wie Wolf sie nach der Probe fragte, ob sie noch auf ein Getränk mit ihm und den anderen Kollegen in die Kantine käme, und sie sagte, *nein danke, ich bin verabredet*. Aus irgendeinem Grund wollte ich, dass er wusste, dass ich es war, mit der sie verabredet war, aber ich war mir beinahe sicher, dass sie es niemandem gesagt hatte. Paula folgte mir in die Küche, wo Falk an die Spüle gelehnt stand, mit verschränkten Armen und gefasstem Gesichtsausdruck. Er löste mit einem kaum wahrnehmbaren Zögern in der Bewegung einen Arm aus der Verschränkung, reichte Paula die Hand und sagte, *ich bin Falk*, ich sagte eilig und überflüssigerweise, *mein Mitbewohner*, und Paula schüttelte artig seine Hand und sagte nichts, und ich sagte höflichkeitshalber, *das ist Paula*, und Falk nickte sehr langsam und sog dabei die Wangen ein wenig ein, sodass er noch dünner aussah, wie er es immer tat, wenn er wollte, dass ich mich fragte, was er gerade dachte. Ich nahm die Weinflasche und schenkte erst Paula ein und dann mir, und Falk setzte sich nicht dazu, aber er ging auch nicht, er blieb stehen und hob abwehrend die Hände, als ich ihn mit dezent feindseliger Betonung fragte, ob er auch ein Glas wolle.

Ich öffnete die Ofenklappe und sah nach den Fischen, Falk flüsterte mir eine Spur zu laut zu: *Die können noch ein bisschen.* Die Katze, die sich grundsätzlich verkroch, sobald ein fremder Mensch die Wohnung betrat, kam herein, blieb in der Mitte des Raumes stehen, sah zu Paula auf, dann sprang sie auf den Küchentisch und von dort auf Paulas Schoß. Eine Weile standen wir nebeneinander, Falk und ich, und sahen zu, wie Paula und die Katze ihre Gesichter aneinanderrieben. Ich spürte Falks Fassungslosigkeit, ohne ihn anzusehen, und eine winzige, sadistische Schadenfreude machte sich in mir breit.

Wie heißt denn du?, fragte Paula die Katze, und mir fiel auf, dass ich darüber noch nie nachgedacht hatte. Sie war nur eine Katze und sollte Katze heißen, dachte ich, sie hörte ja doch nicht, wenn man sie rief.

Käthchen, sagte Falk und sah mich an, mit diesem Zucken um die Mundwinkel, das ich kannte. *Käthchen*, wiederholte Paula ernsthaft und streichelte die Katze, die damit beschäftigt war, sich auf ihrem Schoß ein Nest zurechtzutreten.

Paula erzählte, sie habe als Kind einmal eine Katze gehabt, die nach nur wenigen Wochen eingeschläfert werden musste, weil sie an der Glasknochenkrankheit litt und nicht verstand, dass sie nicht wie die anderen Katzenkinder herumspringen durfte, und es doch tat und sich sämtliche Knochen brach. Ich musste darüber lachen. Paula starrte mich irritiert an, Falk schwieg angemessen, und ich hasste ihn kurz dafür. Ich wusste, dass er es eigentlich witzig fand. Ich wollte, dass er ging, aber er hatte sich in den Kopf gesetzt, Konversation zu machen, und ich schenkte mir selbst Wein nach, ich hatte mein Glas bereits ausgetrunken, während Paula noch kaum an ihrem Wein genippt hatte. Ich sah nervös zwischen Paula und Falk hin und her und dachte an den Tag, als meine Mutter und ich in die Tierhandlung gegangen waren und Romeo kauften, damit Julia nicht länger allein war, und sie in einem kleinen Pappkarton mit Löchern darin vorsichtig nach Hause trugen, und an den Moment, als Mutter sie in den Käfig setzte und ich davorstand und bang abwartete, wie sie aufeinander reagierten, ob sie sich mögen würden oder ob ich einen der Vögel vor dem anderen würde retten müssen.

Falk fragte Paula, woher sie ursprünglich stamme, und erzählte sofort, dass er auch einmal in Leipzig gewesen war, irgendein gemeinsames Projekt mit der dortigen Kunsthochschule, es entspann sich ein Gespräch über die Leipziger

Schule im Allgemeinen und Neo Rauch im Speziellen. Falk sprach mit überraschtem Tonfall von Leipzig, schöne Stadt, auch sehr im Kommen gerade, und die schönen alten Gebäude, sag es nicht, dachte ich, sag es nicht, und Falk sagte: *Die haben da ja echt viel gemacht.* Paulas Aufmerksamkeit war ganz und gar der Katze gewidmet, ich war unsicher, ob sie überhaupt zuhörte, wahrscheinlich langweilte Falk sie mit seiner westdeutschen Herablassung, seiner passiv-aggressiven Freundlichkeit.

Das Essen ist gleich fertig, sagte ich, *ich hoffe, du magst Fisch*, und Paula nickte und fragte, wo das Badezimmer sei. Falk stellte den Ofen aus und öffnete die Klappe. Er hatte die Fische nicht nur ausgenommen, er hatte auch alles andere gemacht: sie gewürzt und mit Kräutern gefüllt, mit Knoblauch eingerieben und schließlich in das grobe Meersalz gebettet, das ich nicht extra gekauft hatte, weil ein ganzer Sack davon seit meinem Einzug und wahrscheinlich lange davor im Vorratsschrank stand. Falk griff das Blech mit einem Geschirrhandtuch, stellte es auf den Herdplatten ab und betrachtete sein Werk. *Danke*, sagte ich, *übrigens.* Falk lächelte, nahm sich ein Glas aus dem Schrank, goss es randvoll mit Wein, trank einen großen Schluck und sagte: *Also, deine Katze steht jedenfalls auf die.* Mir fiel ein Witz ein, der nur auf Englisch funktionierte, den ich für mich behielt. *Das ist nicht meine Katze*, sagte ich stattdessen. *Es ist deine.*

9.

Ich mochte die Routiniertheit, die sich nach ein paar Wochen eingestellt hatte, mit der wir uns wortlos auszogen, voreinander, aber nie gegenseitig, unsere Kleidung auf zwei getrennten Haufen ablegten, uns auf den Rand des Bettes setzten und uns auf beinahe sachliche Art einander zuwandten. Paula vögelte, wie sie aß oder spielte: ausgehungert und konzentriert. Sie wahrte jedoch eine Distanz, eine gewisse Anonymität dabei, als hätten unsere Körper nichts mit uns zu tun, als führten sie ein unkommunikatives Eigenleben, leidenschaftlich, aber ohne Zärtlichkeit, der Illusion beraubt, dass dies hier jemals mehr sein könnte als das, was es war. Was auch immer das war.

Ich lag auf dem Rücken, und Paula turnte über mir herum, ihr drahtiger Körper, neben dem ich mir plump vorkam, ganz und gar in Bewegung, ihre Berührungen so routiniert, dass ich mich fragte, wie viele es vor mir gegeben hatte, Frauen, Männer eventuell; wir sprachen nicht über diese Dinge, danach zu fragen schien mir bereits eine Grenzüberschreitung, vielleicht wollte ich auch die Antwort nicht wissen. Ich fuhr mit den Fingernägeln über ihren Rücken, und Paula machte ein Geräusch, das ich nicht einordnen konnte, änderte ihre Position, ließ einen Moment von mir ab, und ich nutzte die Gelegenheit, sie auf den Rücken zu werfen, was eine Spur zu heftig geriet, aber es schien ihr zu gefallen. Ich packte ihre Handgelenke und drückte sie links und rechts von ihrem Kopf ins Kissen, leckte ihr mit einer schnellen Bewegung vom Dekolleté über den Hals bis zum Kinn und ließ mein Gesicht eine Weile ganz nah über ihrem schweben. Ich wollte ihre Aufmerksamkeit, ich wollte eigentlich mit ihr reden, ihr sagen, wie einsam ich war, mit ihr, sogar im Bett, aber Paula schloss die Augen, entzog sich.

Als ich mich in ihren Schoß beugte, sah ich den hellblauen Faden, zögerte kurz und machte dann trotzdem weiter, der leichte Eisengeschmack, den ich an ihr wahrzunehmen glaubte, vielleicht nur Einbildung. Als Paula kam, wandte sie ihr Gesicht ab, als gönne sie mir diesen Triumph nicht. Ihr Orgasmus war ein Monolog, ihr eigener Moment, den sie nicht mit mir zu teilen bereit war, und ich fand einen sadistischen Gefallen daran, sie bis kurz davor zu bringen und dann aufzutauchen aus ihr und zu sehen, wie sie sich wand und zappelte. Meine Aggressivität erstaunte mich selbst. Ich riss sie an den Haaren, zwang ihren Blick in meine Richtung, ich wollte ihr Orgasmusgesicht sehen, diesen einen Moment der Offenheit, aber Paula presste die Lippen aufeinander und drückte meinen Kopf in ihren Schoß zurück.

Ich war froh, dass wir dieses Mal bei mir waren und dass Paula somit nach dem Sex nicht einfach aufstehen und ihren Alltag wieder aufnehmen konnte, wie sie es sonst in ihrer Wohnung tat. Wir lagen nebeneinander auf dem Bett ausgestreckt, erschöpft und sprachlos, plötzlich wieder fremd, beinahe schamhaft, die Körper auseinander, die Welt wieder da, und ich war froh um die Kiezgeräusche der nahenden Nacht, die durch das angekippte Fenster zu uns heraufdrangen. Ich spürte, wie Paulas Körper neben meinem zur Ruhe kam, wie sie da war und atmete, und es verstörte mich und löste ein

Gefühl in mir aus, das neu war und von dem ich nicht genau sagen konnte, was es eigentlich war. Ich wollte denken, sie war nicht mein Typ, aber das war nicht wahr, ich hatte keinen Typ. Ich hätte gern gewusst, ob ich ihr Typ war, aber solche Fragen konnte man Paula unmöglich stellen. Paula gehörte nicht zu den Menschen, die versehentlich etwas Nettes sagten. Sie auf solche Dinge anzusprechen konnte alles beenden, und diese Angst war meine größte: dass alles enden könnte, ehe es richtig angefangen hatte.

Ich hörte die Wohnungstür ins Schloss fallen. Ich wusste, wo Falk hinging, wie seine Nacht aussah. Ich wusste, dass er es nicht ertrug, dass ich eine Zumutung war, aber ich konnte ihm nicht helfen.

Paula hatte einen Streifen Haare von der Scham bis zum Bauchnabel. Eine Narbe am Knie, weil sie als Kind vom Fahrrad gefallen war, und ein paar weitere an den Unterarmen, kurze, gerade Schnitte auf der Innenseite, die weiß hervor traten und auf eine schwierige Jugend hindeuteten. Ich versuchte, mir ihren Körper einzuprägen, ihn auswendig zu lernen, für die Zeit, in der es sie nicht mehr geben würde. Ich wusste, dass diese Zeit kommen würde, ich war nicht sicher wann, aber etwas sagte mir, dass es nicht mehr lange dauern konnte. Ich versuchte, mich zurückzudenken in die Zeit, in der es Paula noch nicht gegeben hatte, ich konnte mir diese Zeit nicht mehr vorstellen.

Früher, noch bis vor wenigen Jahren, hatte ich die Idee gehabt, dass es eines Tages jemanden geben könnte, in meinem Leben. Man denkt sich schließlich nicht allein, wenn man sich in einer Zukunft denkt. Ich hatte nie an Kinder geglaubt, an so etwas wie Familie, aber doch wenigstens an einen Menschen neben mir, der in meiner Vorstellung morgens die Wohnung verließe, eine Altbauwohnung mit Ausblick, in der ich dann am Fenster stünde und hinaussähe, auf einen Platz mit Bäumen, einen Kirchturm, einen Fluss, so etwas halt. Und dann würde ich mir einen Kaffee kochen und machen, was ich dann eben beruflich so machte. In anderer Leute Leben schien es jedenfalls so zu sein. Andere Menschen passierten einander, aber ich passierte niemandem, und niemand passierte mir. Bis Paula mir passiert war. Ich hatte das Gefühl, sie gefunden zu haben, aber sie fand mich nicht, und diese Erkenntnis machte mich fassungslos und unbeherrscht und entgegen besseren Wissens fing ich an, Fragen zu stellen, nach ihrer Arbeit im Allgemeinen und Wolf im Speziellen, aber aus irgendeinem Grund sprach sie nicht gern darüber. Etwas war schwierig, ob an Wolf oder der Probensituation oder ihrer Rolle, war mir nicht klar, jedenfalls wich sie aus, schien verärgert, drehte mir den Rücken zu und rollte sich am Rand des Bettes zusammen. Sie selbst stellte kaum Fragen. Es schien ihr nicht einzufallen, wissen zu wollen, was für ein Leben ich geführt hatte, bevor wir uns kannten. Ich hoffte, sie würde sich öffnen, wenn ich es auch tat, also fing ich an, ihrem Rücken Dinge zu erzählen, harmlose zunächst, Anekdoten, die mit Falk zu tun hatten und sich in den letzten paar Jahren zugetragen hatten. Paula sagte, ohne sich dabei zu mir umzudrehen: *Ihr steht euch sehr nahe, dein Mitbewohner und du*, es war eine Feststellung, keine Frage, und etwas daran, wie sie das Wort Mitbewohner betonte, veranlasste mich, in eine Abwehrhaltung zu verfallen, die ihren unbegründeten Verdacht noch zu nähren schien.

Meine Mutter hat sich umgebracht, sagte ich nicht. Ich hätte gern ausprobiert, was dieser Satz mit Paula machte, ich wollte eine Reaktion von ihr, ein Gefühl, wenn ich ihn sagte, mitten hinein in das schöne, verschlossene Paula-Gesicht, aber ich brachte es nicht fertig. Ich sagte stattdessen: *Meine Mutter ist bei einem Autounfall ums Leben gekommen.* Paula drehte sich auf die Seite, stützte den Kopf in die Hand und sah mich an. Ich hatte es geschafft, ihre Aufmerksamkeit zu bekommen, jetzt wusste ich nicht, wohin damit. Die Geschichte meiner Mutter hing irgendwie auch mit meinem Vater zusammen, von dem Paula nicht wusste, wer er war, wer er eigentlich war, und über den sie, aus welchen Gründen auch immer, nicht sprechen mochte. Ich traute mich nicht, es ihr zu sagen. Irgendwann würde ich das tun, bald, vielleicht. Aber jetzt noch nicht. Etwas sagte mir, dass sie mit dieser Information nicht würde umgehen können. Ich kam mir wie eine Hochstaplerin vor, aber die Angst, etwas kaputt zu machen, hielt mich zurück, und ich versuchte einen missratenden Witz über das Jahr, in dem ich anfing, Bäume zu hassen, und lachte, wie ich es immer tat, wenn ich nicht wusste, wohin mit mir, und Paula küsste mich kurz und heftig, dann drehte sie sich wieder um. Ich hoffte, dass sie, wenn ich ganz still dalag, einschlafen und bleiben würde. Ich starrte auf ihren sich von Minute zu Minute gleichmäßiger auf und ab bewegenden Rücken, und dann schloss ich die Augen und versuchte, an gar nichts zu denken, an Paula nicht und nicht an meine Mutter oder an Wolf, und als ich bereits in dieser halb wachen Zwischenwelt angekommen war, in der sich die Gedanken ins Absurde verlaufen, fing Paula leise zu schnarchen an.

Ich stand auf, um auf die Toilette zu gehen. Als ich den Flur hinunterlief, erschrak ich. Die Küchentür stand offen, und in der Dunkelheit saß Falk reglos am Küchentisch. Er streichelte mit mechanischen Bewegungen die Katze, deren Augen gespenstisch leuchteten. Ich blieb im Türrahmen stehen, zu spät realisierend, dass ich vollkommen nackt war. Ich schwankte zwischen den Impulsen, entweder die obere oder die untere Hälfte meines Körpers zu bedecken, ließ es sein, stemmte stattdessen die Fäuste in die Hüften und sagte, *ich hab dich gar nicht kommen hören*, und Falk sagte, ernst und ohne die Bewegung seiner Hand auf dem Katzenrücken zu unterbrechen: *Ich wünschte, ich könnte das Gleiche behaupten.* Mir fehlte der Moment, in dem wir gemeinsam über dieses gelungene Wortspiel lachten. Er tat mir leid. Es war ein schlechtes Zeichen, dass er den guten Gin direkt aus der Flasche trank, auch wenn er die Flasche behutsam absetzte, nichts verschüttete, sie direkt wieder ansetzte, ein kreisrunder nasser Abdruck vor ihm auf dem Tisch, wo sie gestanden hatte. Ich ging zum Schrank über der Spüle und suchte nach einem Glas, das ich vor ein paar Monaten dort hineingestellt und dann nie benutzt hatte, das Senfglas mit dem Schlumpfmotiv. Ich setzte mich nackt an den Tisch, Falk gegenüber, hielt ihm das Glas hin, und er schenkte mir ein. Ich behielt das Glas zum Anstoßen für einen Moment in der Luft, und es dauerte kurz, bis Falk verstand; dann stieß er die Flasche so schwungvoll dagegen, dass es klirrte. Die Katze sprang fauchend auf und verschwand aus der Küche. Ich starrte auf die Schlumpfscherben vor mir auf dem Tisch, ich war kurz davor, in Tränen auszubrechen. Als Falk aufstand, um Handfeger und Schaufel unter der Spüle hervorzuholen, sah ich, dass er schwankte, er war tatsächlich betrunken, Falk war selten betrunken, er war im Training, wie er selbst zu sagen pflegte. Er kehrte bedächtig die Scherben zusammen, leerte die Schaufel in den Mülleimer, setzte sich wieder, starrte meine rechte Hand an, über deren Zeigefinger, wie mir jetzt erst auffiel, Blut lief. Es war nur ein kleiner Schnitt. Falk nahm meine Hand, zog sie zu sich über den Tisch und steckte sich meinen blutenden Finger in den Mund. Am anderen Ende des Flures fiel die Wohnungstür ins Schloss.

10.

In Mutters hoffnungsvollen Jahren wohnten wir in unmittelbarer Nähe des Theaters neben einem Haus, an dem in großen Leuchtbuchstaben das Wort *Hotel* prangte. Erst Jahre später fielen mir die Anführungszeichen in Mutters Stimme auf, wenn sie von diesem *Hotel* sprach. Am Abend warteten die Prostituierten im fahlen Licht der Bierreklame vor der Kneipe im Souterrain, dass die Tür aufgestoßen wurde und jemand schwankend heraustrat, in einer warmen Wolke aus abgestandener Luft, Zigarettenrauch und Säuferschweiß. Wenn Mutter Vorstellung hatte – nach dem Zwischenfall bei der Penthesilea-Premiere ließ sie mich abends zu Hause –, saß ich im Fenster und wartete. Ich sah die Prostituierten auf und ab gehen, sich in die heruntergelassenen Fenster der Autos beugen, die mit laufendem Motor auf der Straße hielten, und ihre neonfarbenen Miniröcke leuchteten beruhigend in meine Nacht. Ich lauschte dem Klackern ihrer Absätze und wie sie sich mit schrillen Stimmen Dinge zuriefen, die ich nicht verstand. Manchmal schlief ich vor lauter Warten auf der Fensterbank ein. Kam Mutter allein nach Hause, trug sie mich dann in ihr Bett und ließ mich dort schlafen.

Ich hatte einen nicht unerheblichen Teil meines Lebens mit Warten verbracht. Andauernd wartete ich, dass etwas geschah, dass etwas anfing oder aufhörte. Ich wartete auf Paula. Ich war eifersüchtig auf das Leben, das sie führte, ein Leben, in dem ich nur überflüssig herumstand, während sie ihren Ritualen nachging, am frühen Morgen eine Stunde lang meditierte, mit einem schon ganz wachen, ganz klaren Gesicht, während ich noch auf der Matratze lag. Wenn ich es dann endlich aus dem Bett geschafft hatte, ihr verschlafen gegenübersaß und ihr zusah, wie sie eine Pampelmuse zu geometrisch gleichen Teilen einschnitt und konzentriert auslöffelte, spürte ich das Bedürfnis, ihr etwas wegzunehmen von dieser Ruhe, die sie ausstrahlte, dem Überlegenheitsgefühl, dessen ich sie verdächtigte.

Ich fing an, absichtlich Dinge bei ihr zu vergessen. Ich stellte mir vor, wie sie mir in der Kantine vor allen Leuten meinen Pullover zurückgeben würde, aber Paula schrieb mir eine Nachricht, sie hatte ihn an der Pforte hinterlegt, in einen zerknautschten DIN-A4-Umschlag gestopft, aus dem sich die Luftpolsterfolie löste, sie hatte ihren eigenen Namen durchgestrichen und meinen draufgeschrieben. Ich freute mich darüber, meinen Namen in ihrer Handschrift zu lesen, die keine schöne Handschrift war, sondern eine unleserliche, kindliche, aber immerhin ihre. Ich spürte ein Phantomkribbeln zwischen den Beinen, wenn ich an sie dachte, und hoffte darauf, dass irgendetwas passierte, aber die nächsten Male passierte nichts. Paula saß am Schauspielertisch, neben Wolf, führte konzentrierte Diskussionen, sah nur kurz auf, wenn ich ihr das Essen brachte, aufmerksam, aber ohne zu lächeln, nicht anders, als sie Ibo angesehen hätte. Ich versuchte, so routiniert damit umzugehen wie jemand, dem so etwas alle Tage passierte. Ich übte mich darin, mich von außen zu betrachten, ich formulierte einen Satz, die Antwort auf eine Frage, die niemand stellte: *Es gibt da jemanden. Ich habe jemanden kennengelernt. Eine Frau.* Ich probierte diese Sätze aus, im Kopf, aber ich wusste, das alles traf es nicht. Die leichte Faszination des Anfangs war einem ernsthaften, grausamen

Begehren gewichen, das mich jedes Mal zusammenzucken ließ, wenn mit einem leisen Klicken die Verriegelung der Eisentür, die ins Hinterhaus führte, freigegeben wurde, die Tür aufschwang und jemand den Raum betrat, der meistens nicht Paula war. Ich erkannte ihre Kollegen, wusste nach einer Weile, wer beim *Sommernachtstraum* dabei war, und wartete, dass Paula käme, aber oft kam sie nicht, ging nach der Probe direkt nach Hause oder woandershin, führte ein Leben, in dem ich nicht vorkam und von dem ich nichts wusste.

Wenn sie doch in die Kantine kam, wusste ich sofort, ob es ein guter, ein mittelmäßiger oder ein schlechter Paula-Tag war. An solchen letzteren Tagen schien alles, was zwischen uns in der Nacht gewesen war, verschwunden, wenn Paula grußlos an der Küche vorbeiging, sich nicht einmal umdrehte, um nach mir zu sehen, und ich etwas später ihren Namen rief, quer durch den Raum, damit sie zum Tresen käme und ihr Essen abholte, bemüht, keine Auffälligkeit in die Betonung zu legen, und trotzdem immer das Gefühl hatte, alles an mir würde uns verraten. Meistens musste ich mehrmals rufen, weil sie nicht hörte, wenn sie schön und schweigsam in ihrer Ecke saß, und schließlich brachte ich ihr das Essen, weil alles Rufen nicht half, an den Tisch, setzte mich einen Moment auf den Platz ihr gegenüber und sah ihr zu.

Ich spürte, wie das Theater mich fraß. Wie ich, ohne es zu wollen, hineingesaugt wurde. Wie ich plötzlich Dinge sagte wie *bei uns am Haus*. Ich sah mir einige Stücke an, niemand anderes von meinen Kollegen aus der Kantine tat das, und ich erntete erstaunte Blicke, wenn ich an meinen freien Abenden dort auftauchte. Ich war seit Jahren nicht ins Theater gegangen. Es war, wie an den Ort meiner Kindheit zurückzukehren, den ich nicht hatte, weil es zu viele Orte gewesen waren, an denen ich meine Kindheit zu bruchstückhaft verbracht hatte.

Ich mochte all das Gold und den Stuck und den weinroten Samt, diesen Engelskitsch, den Kronleuchter, von dem ich immer fürchtete, er würde während der Vorstellung herunterkommen, das Publikum erschlagen; die Feuerwehrleute in ihrer Loge, die Studenten auf den billigen Plätzen, die Rentner, die den Applaus nicht abwarteten und, noch während der Vorhang fiel, zur Garderobe hasteten, um nicht anstehen zu müssen. Ich spürte wieder diese Aufregung, wenn das Saallicht ausging und der Vorhang auf, die Erinnerung an ein Gefühl, das ich früher einmal gehabt haben musste.

Der Job in der Kantine war anstrengend, aber längst nicht so unangenehm, wie ich ihn mir vorgestellt hatte. Und wenn ich nach einer langen Schicht noch eine Stunde lang die Küche gewischt, die großen Töpfe per Hand gespült, die Fritteuse gereinigt, den Müll rausgebracht und an den Mülltonnen im Hof kurz innegehalten und diesen letzten einsamen Moment des Tages genossen hatte, bevor ich mich umzog, um mit Ibo ein letztes Bier zu trinken, auf dem Kantstein vor dem Haus sitzend, erschöpft und irgendwie seltsam zufrieden mit mir, dann vergaß ich manchmal, dass dies alles nur vorübergehend hatte sein sollen.

Vorübergehend ist ein langes Wort, Ina, hatte Falk an meinem ersten Arbeitstag gesagt und mich angesehen wie jemand, der beim Memory gerade nicht dran ist, aber als Einziger weiß, wo die passende Karte liegt. Und ich wollte sagen, dass doch alles im Leben vorübergehend war, dass das Leben an sich vorübergehend war, oder etwa nicht, umso schneller wenn man etwas nachhalf, aber ich sagte es nicht.

Ich war schon lange nicht mehr gefragt worden, was ich eigentlich machte. Früher, noch bis vor wenigen Monaten, hatte ich das Wort *eigentlich* sehr häufig benutzt. Ich habe eigentlich Philosophie und Germanistik studiert, sagte ich, wenn ich mich auf einem neuen Arbeitsplatz vorstellte, um mich zu erkennen zu geben, als eine von ihnen, zwischen den Studenten, die noch nicht fertig studiert hatten, und mich je nach Fachrichtung mitleidig (weil sie etwas Richtiges studierten und zu wissen glaubten, dass es ihnen anders ergehen würde) oder solidarisch (weil sie ebenfalls Geisteswissenschaftler waren) ansahen. Ich wollte eigentlich Schauspielerin werden, sagte ich manchmal zu später Stunde zu jemandem an der Bar, auch wenn das nicht wirklich der Wahrheit entsprach; aber immerhin, dachte ich, ließ es mich wie eine Person mit Ambitionen, wenn auch verblassten, erscheinen. Ich hatte eigentlich schon lange nichts mehr gewollt, außer ein Auskommen zu haben, wie man so sagte, genug Schlaf und etwas Sex und Gin Tonic, das musste auch mal reichen im Leben, dachte ich, zumindest die nächsten paar Jahre.

11.

Paula hatte ein paar Tage probenfrei, sie hatte es nebenbei erwähnt, und ich versuchte, es mir nicht zu merken, mir die Tage nicht frei zu halten, aber natürlich merkte ich es mir doch. Ich hoffte insgeheim, dass sie sich melden würde, aber sie meldete sich nicht, und ich hätte gern gewusst, was Paula tat, an solchen Tagen. Ich konnte sie mir nicht außerhalb des Theaters denken, in meiner Vorstellung war sie immerzu mit ihrer Rolle beschäftigt. Ich rief sie an und fragte, ob sie mit mir ans Meer fahren wolle. Ich rechnete damit, dass sie keine Zeit haben oder zumindest vorgeben würde, keine Zeit zu haben, aber zu meiner Überraschung sagte sie sofort und ohne zu zögern: *Ja, sehr gern.* Als wäre es das Selbstverständlichste auf der Welt, dass wir gemeinsam irgendwohin fuhren, ans Meer sogar.

In der Nacht lag ich wach und freute mich auf den nächsten Tag, ich freute mich so sehr, dass ich Angst bekam, Paula könne womöglich im letzten Moment absagen, und meine Freude wich einer lächerlichen, ungerechten Wut, über die ich schließlich einschlief. Am Morgen stand ich sehr früh auf, kochte Tee, den ich in eine Thermoskanne füllte, packte ein paar Äpfel ein, Sonnencreme und ein Handtuch, obwohl es zum Baden längst zu kalt war.

Wir fuhren mit dem Regionalexpress bis nach Lübeck-Travemünde-Strand und liefen über die Promenade, die mir leerer erschien, als beim letzten Mal, die Tische vor den Cafés und Restaurants spärlicher besetzt, die Sonnenschirme zusammengeklappt, am Anleger vorbei, wo die überdimensionale Uhr anzeigte, dass die nächste große Hafenrundfahrt um 15 Uhr stattfinden sollte. Das Schiff, von dem aus die sterblichen Überreste meiner Mutter im Meer versenkt worden waren, lag nicht am Anleger, wahrscheinlich war es außerhalb der Dreimeilenzone unterwegs; ich stellte mir vor, wie fröhliche Nachsaisonrentner unter Deck Matjes mit Hausfrauensoße aßen, während jemand von der Crew am hinteren Ende des Schiffes stillschweigend ein paar Urnen ins Meer warf.

Ich dachte einen Moment über den Begriff *sterbliche Überreste* nach; als gäbe es andererseits die unsterblichen Überreste. *Die unsterblichen Überreste meiner Mutter.* Es klang wie ein Romantitel. Ich sah Paula von der Seite an, ich wollte ihr davon erzählen, wie ich ihr überhaupt endlich alles erzählen wollte, aber jetzt noch nicht. Später am Tag, wenn wir angekommen waren an einer Stelle mit Aussicht, an dem Stein, von dem mir die Bestatterin damals erzählt hatte. Ein Schiff namens *Joanna* fuhr vorbei, und ich fing unwillkürlich zu singen an, *give me hope*. Paula stimmte nicht ein.

Wo die Promenade zu Ende war, liefen wir am Strand weiter. Kurz hinter dem letzten DLRG-Turm hörte die Uferbefestigung aus aufgeschichteten Steinen auf. Der fischige Geruch, der aus dem angespülten Seetang stieg, erinnerte mich daran, wie ich als Kind zwischen den stinkenden, feuchten Teppichen nach Bernstein gesucht hatte, wie ich alle kleinen gelben Steine gesammelt und später angezündet hatte, aber es war nie echter Bernstein dabei gewesen, oder es ist nicht wahr, dass er brennt.

Paula zog Stiefel und Strümpfe aus und krempelte sich die Hosenbeine hoch. Ich überlegte, wie lange es dauern konnte, bis sich die Urne auf dem Meeresgrund aufgelöst haben würde, wahrscheinlich war es noch nicht so weit, womöglich würde es Monate, wenn nicht Jahre dauern, bis die Asche meiner Mutter sich im Meer verteilte. Bis sie irgendwann überall wäre, in winzigen Partikeln über die Weltmeere verstreut; ich dachte, dass ihr dieser Gedanke gefallen hätte.

Paula hob eine welke cremefarbene Rose auf, die in Ufernähe auf einem Bett aus Muschelschalen und Steinen lag, und reichte sie mir, mit einer theatralischen Kavaliersgeste, die ironisch gemeint sein konnte oder nicht. Ich wusste, warum hier Blumen angespült wurden, ich war mir nicht sicher, ob Paula es auch wusste. Ich dachte an den Moment, als die Urne die Wasseroberfläche durchbrochen hatte und versunken war, an die auf dem Wasser treibenden Blumen, keine Rosen, ich wusste nicht mehr, was für welche es gewesen waren. Ich dachte, dass ich Falk danach fragen würde, wenn ich nach Hause käme, es schien mir plötzlich von Bedeutung, und er war derjenige, der sich an solche Dinge erinnerte.

Ich setzte mich auf einen Baumstamm, der dicht an der Wand des Steilufers im Sand lag, die Rinde schon abgewaschen, das Holz glatt geschliffen vom Wasser, mindestens einen Winter hatte er hier wahrscheinlich bereits gelegen und würde irgendwann fortgetragen werden, im nächsten oder übernächsten vielleicht.

Ich schraubte den Deckel der Thermoskanne ab, goss Tee hinein und reichte ihn Paula. Ich gab ihr einen Apfel, den sie an ihrem Oberschenkel rieb, bevor sie hineinbiss, ich sagte nicht, dass ich ihn zu Hause extra gewaschen hatte. Ich dachte daran, wie meine Mutter früher am Strand auf mich gewartet hatte, nach dem Baden, wie ich verfroren aus dem Wasser kam, die Lippen schon blau, und Mutter mich mit einem Frotteetuch abrubbelte. An das Glück, danach im Strandkorb zu sitzen und Frikadellenbrötchen zu essen, an das aufgeheizte gestreifte Plastik des Strandkorbinneren, an den Geruch von Sonnencreme auf Mutters warmer Haut.

Paula aß den Apfel bis auf den Stiel auf, auch das Gehäuse. Ich schleuderte meinen Griebsch in die Brandung. Ein Containerschiff unter finnischer Flagge fuhr vorbei. Paula sagte, sie würde gern einmal auf einem solchen Schiff mitfahren, und ich sagte, *dann lass uns das tun*; und Paula nickte, und ich wusste, dass es nie dazu kommen würde, aber wir taten beide so, als wäre es eine Möglichkeit, dem Moment zuliebe.

Der Wind wurde stärker, und der Himmel zog sich zu, es sah nach Regen aus. Ich lief voran, ungeduldiger jetzt, ich wollte diesen Stein finden, von dem ich wusste, dass er sich oberhalb des Steilufers befand, wo man vom Strand aus nicht hingelangte, sollte nicht bald einmal eine Treppe kommen. An den höchsten Stellen warf das Kliff schon lange Schatten. Einzelne Bäume hingen schräg über dem Abgrund, als würden sie sich mit letzter Kraft festhalten, ihre Wurzeln auf der dem Meer zugewandten Seite haltlos in der Luft hängend. 50 bis 100 cm pro Jahr brachen von der Steilküste ab. Hier wurde nichts gesichert, weil das Kliff unter Naturschutz stand, es wurde sich selbst überlassen, das Meer durfte es sich zurückholen. Bereits abgestürzte Stämme lagen quer über dem Strand, der nach jeder Kurve schmaler wurde. Im Winter, bald schon, würde es hier vermutlich unbegehbar sein.

Paula hatte ihre Schuhe wieder angezogen, altmodische Wanderstiefel aus braunem Leder, die schwer aussahen, sich aber sicherlich besser für eine Wanderung wie diese eigneten als meine flachen Turnschuhe, an denen der Matsch klebte. Paula war gewappnet, wie sie immer für alles gewappnet schien, es war typisch, dass ich diejenige war, die die falschen Schuhe anhatte. Trotzdem lief ich voran, kletterte über die Baumstämme, in einer Mischung aus Besorgtheit und

Schicksalsergebenheit. Ich hatte eine absurde Fantasie von uns beiden, an einen Ast geklammert auf dem Meer treibend, ich stellte mir vor, was ich in so einer Situation alles zu Paula sagen würde. Ich dachte, dass es uns helfen würde, einmal gemeinsam einer echten Gefahr ausgesetzt zu sein. Ich wünschte mir eine schöne kleine Gefahr für uns. Etwas, worüber wir später zusammen lachen, was wir einander wieder und wieder erzählen konnten.

Ich blieb stehen, legte den Kopf in den Nacken und sah am Kliff hinauf. Ein Baum hing derart schief über uns, dass es aussah, als könne er jeden Moment herunterstürzen. *Stell dir vor*, sagte ich, mich zu Paula umdrehend, die ebenfalls stehen geblieben war, in zwei Metern Abstand, den Blick aufs Meer gerichtet, *du würdest von einem herabfallenden Baum erschlagen werden. Wäre das nicht ein witziger Tod?*

Direkt unter der Kante war das Kliff von vogelkörpergroßen Löchern perforiert. Ich hatte mich im Internet belesen über die Brutröhren der Uferschwalben. Ich hatte mir sogar gemerkt, dass die Uferschwalbe 1983 Vogel des Jahres gewesen war. Paula erzählte von Ödön von Horváth, der auf den Champs-Élysées von einem herabfallenden Ast erschlagen worden war, nachdem ihm kurz zuvor von einem Wahrsager prophezeit worden sei, es würde ihm das bedeutendste Ereignis seines Lebens bevorstehen. Paula schien diese Geschichte sehr zu gefallen. Sie hatte die Karoline in *Kasimir und Karoline* gespielt, das hatte auf der Seite ihrer Agentur gestanden, ich hatte vergessen, an welchem Haus. Dass Horváth aus Aberglauben seit dieser Prophezeiung keine Fahrstühle mehr benutzt hatte und an seinem Todestag lieber zu Fuß gegangen war, als sich von einem Bekannten im Auto mitnehmen zu lassen, erzählte Paula. *Vielleicht*, sagte ich, *wäre der Ast ja auf das Auto gekracht, und der Fahrer hätte sich so erschrocken, dass er gegen einen Baum gefahren wäre.*

Ich drehte mich um und lief weiter. Nachdem wir eine ganze Weile schweigend nebeneinanderher gewandert waren, Paula immer ein kleines Stück hinter mir, sich Zeit lassend, sodass ich mich beherrschen musste, mich nicht andauernd nach ihr umzudrehen, erreichten wir endlich eine schmale Holztreppe, die am Steilufer hinaufführte. Das Meer war von hier oben aus betrachtet von einer Schönheit, die mich ganz betroffen machte. Eine blaue Fläche, die aussah, wie von Van Gogh gemalt, mit vielen kleinen ruppigen Pinselstrichen und dem Gras an der Kante davor, dem späten Licht über den Stoppelfeldern in der anderen Richtung, den leeren Weiden und dem stillen Land hinter uns. Ein Dorf, Reetdächer in der Ferne und die Traurigkeit eines einzelnen Hauses, das zu nah am Abgrund stand, ein paar Jahre noch, bevor es, vermutlich nach einem langen Winter, verschwunden sein würde. Ich bemühte mich, meine Erleichterung nicht zu zeigen, eine leise Euphorie, dass wir es hierhergeschafft hatten, ohne umzukehren, ohne zu ertrinken oder zu früh zu viel zu sprechen über uns und was das eigentlich war und wie es weitergehen sollte und ob. Und all die anderen Dinge, die uns nur indirekt betrafen. Die damit zu tun hatten, wer meine Eltern waren.

An der Abbruchkante warnten Schilder vor dem Betreten des Steilufers, das an einigen Stellen unregelmäßig brach, ausscherte; Lücken zogen sich in die Kante wie Risse, die bedrohlich nah an den Wanderweg und die direkt daran angrenzenden Felder heranreichten und mit kleinen Haufen aufgeschichteten Lehms und rotweißem Plastikabsperrband an Metallpfählen notdürftig gesichert waren. Ich sah auf das Schild, ein rotes Dreieck, darin ein kleines Strichmännchen, das im Begriff war, rückwärts von einem schwarzen Felsen zu stürzen, und dachte, dass man diesen Sturz wahrscheinlich überleben würde; aber vermutlich nicht, ohne sich etliche Knochen zu brechen. Die Spitze des Priwalls ragte von rechts ins Blickfeld. Paula sagte: *Ich muss pullern.* Sie hatte diese kindliche Art, ein Problem zu artikulieren und dann erst einmal abzuwarten, ob sich jemand verantwortlich fühlen, eine Lösung anbieten würde, die mich an meine Mutter erinnerte und mich mit einer sonderbaren Mischung aus Abscheu und Zärtlichkeit erfüllte. Paula warf ihren Rucksack vor meine Füße und verschwand hinter einem Busch, der sich ein wenig zu nah am Abgrund befand. Ich sah ihr nach und wünschte mir, dass ihr etwas zustieße, damit ich sie retten könnte.

Zum Gedenken an die Verstorbenen, die in der Lübecker Bucht ihre ewige Ruhe fanden, lautete die Inschrift des Steins, der viel kleiner war, als ich ihn mir vorgestellt hatte und so unscheinbar, dass wir beinahe daran vorbeigelaufen wären. Die Wörter *Verstorbenen* und *Bucht* glänzten wie frisch poliert oder ausgetauscht. Ein Möwenschiss zog eine schnurgerade Linie von der Spitze des Steins bis zum Schwung des g von *ewige.* Jemand hatte ein paar welk gewordene Blumensträuße davor abgelegt und eine Grabkerze, die nicht brannte.

Ich wusste plötzlich nicht mehr, warum ich unbedingt hierhergewollt hatte. Ich hatte mit Gräbern noch nie etwas anfangen können, und ich war froh, dass Mutter nicht auf einem Friedhof lag, wo ich für alle Zeiten sonntags hinfahren und die Blumen auf ihrem Grab würde gießen müssen. Ich hatte mir vorgestellt, dass dieser Ort etwas auslösen würde in mir, dieser Stein und der Blick auf das Meer dahinter, auf dem sich die letzten Sonnenstrahlen spiegelten, und der Geruch von trockenem Dung aus staubigen, abgeernteten Feldern, aber er löste nichts aus bis auf eine Erschöpfung, die mich jäh überfiel.

Ich setzte mich auf eine der beiden Bänke, die links und rechts von dem Stein standen. Paula rollte sich neben mir zusammen und legte den Kopf in meinen Schoß, das Gesicht abgewandt. Der Wind riss an meinen Haaren, und ich ließ ihn und schloss die Augen und saß ganz still, vor Glück und Furcht, Paula könne ihren Kopf wieder fortnehmen. Ich dachte an Mutter an ihrem Küchentisch in ihrem stillen Haus, aber das Bild war schon überlagert von den jüngsten Erinnerungen, von den Dingen, die sie zurückgelassen hatte, von Falk, der Kisten packte, von der Katze, den Männern, die die Möbel holten, all dem plötzlichen Leben, das so unpassend einfach da war und weiterging. Ich strich Paula die Haare aus der Stirn, kraulte ihren Kopf, strich ihr mit gleichmäßigen Bewegungen immer wieder sanft über die Nase, von der Wurzel bis zur Spitze, wie man es bei einem Säugling tut, der einschlafen soll. Ich hatte noch nie zu jemandem *Ich liebe dich* gesagt. Es hatte sich nie ergeben. Ich dachte, dass es Dinge gab, die größer und schwerer wurden, wenn man sie aussprach, sie in die Welt ließ, in der sie nichts zu suchen hatten.

Er ist mein Vater, sagte ich stattdessen. *Wolf Eschenbach ist mein Vater. Er selbst weiß das nicht. Ich habe ihm nichts gesagt, ich habe gewartet, auf einen passenden Moment, und jetzt gerade weiß ich nicht, ob ich es ihm überhaupt sagen sollte, und wenn ja, wie und wann.*

Ich hielt einen Moment die Luft an, nachdem ich es ausgesprochen hatte. Ich spürte, wie sich etwas in mir zusammenzog, ein feierliches Gefühl von Unwiederbringlichkeit. Ich erwartete, dass Paula sich verspannte, dass sie hochfahren, mich ansehen, Fragen stellen würde, aber es war mir für den Moment egal, ich war froh, es gesagt zu haben. Es endlich gesagt zu haben, an diesem Ort, von all den Dingen, die zu sagen ich mir vorgenommen hatte, wenigstens diese eine Information endlich los zu sein. Ich wartete, aber Paula regte sich nicht, sie blieb einfach liegen, gleichmäßig atmend, und als ich mich zu ihr hinunterbeugte und mein

Gesicht ganz nah an ihres brachte, stellte ich fest, dass sie eingeschlafen war.

Warum hast du mich nicht eher geweckt?, fragte Paula später, als wir mit heißen Gesichtern im Ausflugslokal saßen, wo Paula mit den Fingern die Gräten aus ihrem Fisch pflückte.

Du hast so schön geschlafen, sagte ich, sah Paula an und versuchte herauszufinden, was sie gehört hatte und was nicht, ob sie irgendetwas mitbekommen oder die ganze Zeit geschlafen hatte. Ob ihre Schweigsamkeit die gleiche war wie zuvor oder eine neue, eine andere, mit neuen Informationen. Eine, die bedeuten würde, dass nichts mehr so war wie vorher zwischen uns, ich hätte es gern gewusst, ohne mich wiederholen zu müssen. Ich sah an ihr vorbei, in die hereinbrechende Dämmerung hinter den Panoramafenstern, in der das Meer längst an Farbe verloren hatte. Mein Teller war noch halb voll, ich hatte es aufgegeben, der Fisch war voller winziger Gräten und mühsam zu essen, mir war plötzlich schlecht, und ich bekam nichts mehr runter. Ich stand auf, ging zum Selbstbedienungstresen und holte mir am Automaten einen Becher Kaffee.

Als ich zurück an den Tisch kam, hatte Paula sich meinen Teller vorgenommen und aß meine Reste, pulte mit beiden Händen winzige Brocken von den Gräten, so flink und konzentriert, als würde sie dafür bezahlt. Ich legte meine Hände um den Kaffeebecher. Ich wollte, dass Paula endlich aufhörte zu essen, ich dachte, dass es sinnlos war, dass Paula aß und aß und doch nicht zunahm. Ich wollte, dass sie innehielt, sich zurücklehnte, mich ansah. Paula nahm meine unbenutzte Serviette und rieb ihre fettig glänzenden Finger darin. Dann stand sie auf, räumte unsere Teller ab und verschwand Richtung Toiletten. Der Himmel und das Meer hinterm Fenster waren jetzt von einer gleichen, ineinanderfließenden Farbe.

Es kam mir plötzlich unwirklich vor und irgendwie schön und auch traurig, hier zu sitzen. Ich dachte an den Rückweg, ich wusste nicht, wie lange wir brauchen würden, wenn wir oberhalb des Steilufers entlangliefen, durch das Wäldchen und über die Promenade zurück, wann der letzte Zug nach Hamburg fuhr, aber ich wollte nicht an diese Dinge denken, ich wollte das Gefühl noch ein wenig behalten, hier gestrandet zu sein.

Paula kam zurück mit einem Tablett, einem Becher Kakao mit Schlagsahne und einem Stück Marzipantorte darauf, sie hatte das Stück Torte geschenkt bekommen, erzählte sie, plötzlich vergnügt, es war das letzte, und man habe ihr gesagt, sie müsse sich mit dem Essen beeilen, der Laden schließe gleich. Ich sah ihr zu, wie sie den Kakao trank und die Torte in sich hineinschaufelte, als habe sie seit Tagen nichts zu essen bekommen. Mich überfiel eine plötzliche erschöpfte Heiterkeit, und ich musste laut lachen, über uns und alles. Und ich saß da und lachte, wie ich lange nicht gelacht hatte, und konnte eine ganze Weile nicht wieder aufhören damit, und Paula aß und trank und beachtete mich nicht.

Auf der Rückfahrt legte sich eine bleierne Müdigkeit über uns, wie sie einen nur nach einem Tag an der Seeluft überfällt. *Sauerstoffvergiftung*, hätte Mutter gesagt. Hatte Mutter gesagt, wenn wir früher nach einem Tag am Meer nach Hause gefahren waren und ich auf der Rückbank von Johnnys Taxi in meinem Kindersitz eingeschlafen war, nach der Ankunft zerknirscht aufwachte und mit dem Abdruck des Sicherheitsgurtes an meiner glühenden Wange von Johnny in die Wohnung getragen wurde. Ich bemühte mich, die Augen offen zu halten, weil ich Paula ansehen musste, ihre Wangen gerötet, ihre Augen geschlossen, ihr Gesicht an die Zugfensterscheibe gelehnt, gegen ihr eigenes Spiegelbild.

Als der Zug auf freier Strecke anhielt, wachte Paula auf. Ein kurzes Zucken fuhr durch ihren Körper, sie sah mich an, und ich merkte, dass sie für eine Sekunde nicht wusste, wo sie war oder wer ich war. Sie seufzte, rieb sich das Gesicht, verschränkte die Arme vor der Brust, justierte ihre Position in dem unbequemen Sitz leicht und schloss die Augen erneut. Ich drückte das Gesicht an die Scheibe und versuchte, mit den Händen das kalte Licht der Halogenleuchten abzuschirmen, um etwas zu erkennen, hinter den Fenstern: Büsche, deren Äste leicht im Wind schaukelten, Hochspannungsleitungen und ein weiteres Paar Gleise, parallel laufend zu denen, auf denen unser Zug stand, darum herum nichts als Schwarz. *Zehenschwarz*, dachte ich. Woher kam dieses Wort? Aus einem Hörspiel, in dem Mutter als Sprecherin mitgewirkt hatte. Mrs. Ogmore-Pritchard, die reinliche Witwe, die ihre Männer in den Selbstmord getrieben hatte. Die ideale Besetzung, wie ich fand, und eine der letzten schönen Sachen, die sie gemacht hatte. Lange hatte ich dieses Wort sehr gemocht, es in meinen Wortschatz aufgenommen und es immer dann verwendet, wenn etwas wirklich sehr, sehr schwarz war. *Zehenschwarz*, das klang nach ungewaschenen walisischen Kinderfüßen, die barfuß über schlammige Wiesen liefen. Ich sah auf Paulas Füße, das linke Bein angewinkelt, unter den rechten Oberschenkel geklemmt, die nackte, schmutzige Fußsohle mir zugedreht, ihre zusammengerollte Wandersocke wie ein kleines muffiges Nest auf dem Stiefel am Boden.

Schlehenschwarz, zehenschwarz, krähenschwarz, hieß es bei Dylan Thomas. Dachte ich, bis ich den Text irgendwann als Manuskript in der Hand hielt, ihn vor einem der letzten Umzüge aus dem Altpapier rettete: *hinab zur schlehenschwarzen, zähen, schwarzen, krähenschwarzen, fischerbootschaukelnden See* stand da, und ich benutzte das Wort trotzdem weiterhin.

Es dauerte eine Weile, bis eine Durchsage kam, die darüber informierte, dass wir nicht weiterfuhren, da sich eine Person im Gleisbereich befand. Ich spürte eine plötzliche Panik in mir aufsteigen. Ich dachte an das Wort *Personenschaden*, das die Schaffnerin nicht benutzt hatte, eine Person im Gleisbereich konnte sicher vieles bedeuten: leichtsinnige Jugendliche, Sprayer, ein Spaziergänger, der unbeabsichtigt zu nah an den Gleisen ging. Ich wünschte mir Paula wach und bei mir, aber sie schlief und sah weit weg aus. Mich überfiel eine kurze schuldbewusste Erinnerung, an den Moment, in dem der Zug in den Bahnhof eingefahren war und ich schon an der Tür stand und durch das Fenster meine Mutter auf dem Bahnsteig mit verschränkten Armen und schweifendem Blick auf und ab laufen sah und etwas in mir, das mit den Jahren stärker geworden war, sich anfühlte, wie ich mir das Gefühl eines Schauspielers in der Gasse vor dem Auftritt vorstellte.

Nach einigen Minuten fuhr der Zug wieder an, und die Schaffnerin sagte nichts mehr durch und kam auch nicht einmal vorbei, um unsere Tickets zu kontrollieren, und ich tat es Paula gleich und schloss die Augen und fragte mich, was wohl mit der Person im Gleisbereich geschehen sein mochte.

Aufhören, wo es aufhört: mondhelle Nacht in der großen Stadt.

Zu mir oder zu dir?, fragte ich, als wir am Hauptbahnhof auf der Rolltreppe standen, ich versuchte, es süffisant ironisch zu sagen, wie das Klischee, das es war, ein Zitat aus einem schlechten Film, aber Paula lachte nicht. Auf dem Bahnhofsvorplatz blieb sie stehen, zwischen den Taxifahrern, die auf Fahrgäste, und den Junkies, die auf Dealer warteten, einer Horde überdrehter, betrunkener Jugendlicher und vereinzelter erschöpfter Touristen. Sie drehte mir ihren Körper entgegen, sodass wir uns gegenüberstanden, die Fäuste fest um die Rucksackträger. Sie habe ihr Fahrrad am Bühneneingang stehen, ich brauche sie nicht zu begleiten. Klassische Konservenmusik leierte getragen und bassarm aus den Lautsprechern, die an den Stahlträgern unter dem mit Taubendreck gesprenkelten Glasdach befestigt waren. O. k., sagte ich und sah auf meine Füße, meine falschen Schuhe, an denen noch der Sand klebte. Ich wäre gern ein wenig dramatisch geworden, aber ich wusste nicht wie. Paula sah mich an, den Kopf leicht zur Seite geneigt, für einen kurzen Moment war etwas Mildes in ihrem Blick, Mitleid womöglich, dachte ich, und der Gedanke war schwer zu ertragen. Sie umarmte mich, zu kurz, drehte sich um und lief Richtung Schauspielhaus, rannte beinahe, als habe sie es sehr eilig wegzukommen.

Die Wohnung war dunkel und still, als ich nach Hause kam; Falk war nicht da. Er war in letzter Zeit öfter unterwegs, ohne mir zu sagen, wo er war und wann er wiederkäme. Er hatte keinen Zettel auf dem Küchentisch hinterlassen, wie er es noch bis vor kurzem getan hätte, keinen Topf mit Essen auf dem Herd, und auch im Kühlschrank war nicht viel zu finden. Die Katze kam in die Küche und blieb maunzend vor mir stehen. Ich prüfte ihren Napf, der in der Ecke neben der Spüle auf den Fliesen stand, und stellte fest, dass er noch halb voll war; an sie hatte Falk also gedacht. Ich fühlte eine unsinnige Wut in mir aufsteigen.

Ich ging ins Badezimmer und ließ Wasser in die Wanne. Während ich wartete, dass das Wasser eingelaufen war, lief ich durch die Wohnung, öffnete Fenster, stellte das Radio an, die Stille schien mir unerträglich. Ich öffnete den Kühlschrank erneut, als könne sich darin in den letzten Minuten auf wundersame Weise etwas Essbares generiert haben. Neben der Spüle standen zwei Weingläser mit angetrocknetem Rotweinrest. In der Nische zwischen Kühlschrank und Kaminschacht eine leere Weinflasche. Ich ging in Falks Zimmer, was ich selten tat, es kam mir immer noch wie eine Grenzüberschreitung vor, es in seiner Abwesenheit zu betreten. Ich betrachtete sein Bücherregal, ein Foto seiner Eltern an irgendeinem Gipfelkreuz, sein ordentlich gemachtes Bett. Neben dem Bett ein Stapel Bücher, ein altmodischer Wecker darauf, dessen Ticken mir den Schlaf rauben würde, Falk jedoch offensichtlich nicht störte. Unter dem Bett, nur zu sehen, wenn man sich ein ganzes Stück hinunterbückte, die silbern glänzende, leere Verpackung eines Kondoms.

Meine Brüste ragten wie zwei Inseln aus dem Schaum des sogenannten Entspannungsbads, eine grüne Flüssigkeit, die nach Fichtennadeln riechen sollte und mich nicht wirklich entspannte. Ich sah auf meine Brustwarzen, die die Wasseroberfläche durchbrachen, und versuchte zu masturbieren, gab es aber, da sich nichts einstellte, wieder auf. Ich dachte an Paula. Wie eilig sie es gehabt hatte. Wie schön der Tag gewesen war und dass morgen ein anderer wäre, der sich von diesem in jeder Hinsicht unterscheiden würde.

Ich hörte den Schlüssel im Schloss; Falk kam nach Hause. Er rumpelte im Flur herum, sprach mit der Katze; er gab sich keine Mühe, leise zu sein, obwohl es schließlich möglich war, dass ich bereits schlief. Ich hörte seine Schritte den Flur herunterkommen, dann schwang die Badezimmertür auf, und Falk stand da, mit diesem dezenten Wahnsinn im Blick, der sich nach dem dritten oder vierten Gin Tonic einstellte. Das Hemd hing ihm auf einer Seite aus der Hose, seine Haare wirr, die Wangen erhitzt, er sah gut aus, dachte ich, und der Gedanke erstaunte mich. *Na, meine Liebe*, sagte Falk gedehnt. *Na*, sagte ich. Die Katze strich um seine Beine, blieb unter ihm stehen und schmiegte ihren Schwanz an sein Schienbein, was ihn leicht ins Straucheln brachte. Falk lehnte einen Ellbogen gegen den Türrahmen, lasziv und ein bisschen tuntig, er sah aus wie ein umgedrehtes S. Er taxierte meinen Körper, das was davon zwischen den Schaumwolken zu sehen war, er gab sich keine Mühe, seinen Blick zu verbergen. Die Katze sprang auf den Klodeckel. Ich legte den Kopf in den Nacken und sah sie argwöhnisch auf mich herabschauen. Falk streckte den Zeigefinger nach mir aus, rief *bleib so*, und ging seine Kamera holen. Ich schaufelte etwas Schaum über meine Körpermitte. Falk kam zurück, an der Kamera herumdrückend, verscheuchte die Katze, stieg auf den Klodeckel und von dort auf den Wannenrand. Er hielt die Kamera über mir am ausgestreckten Arm, er wirkte plötzlich beinahe nüchtern, professionell, rief mir Anweisungen zu, etwas lauter als nötig. Ich tat, was er wollte, tauchte unter und wieder auf, schloss die Augen, nur mein Gesicht und meine Brüste an der Wasseroberfläche. Falk stand über mir, mit beiden nackten Füßen jetzt links und rechts auf dem schmalen Wannenrand, der nass war und rutschig, ich hatte ein wenig Angst um die Kamera. Er schoss zehn oder zwanzig Bilder, dann stieg er hinunter, legte die Kamera vorsichtig auf einem Handtuchstapel ab, setzte sich auf den Klodeckel, zog eine Packung Tabak aus der Hosentasche, drehte sich langsam und umständlich eine Zigarette und rauchte schweigend. Ich hielt die Augen geschlossen, bis ich ein Zischen dicht neben meinem Ohr hörte, Falk hatte die Zigarette aufgeraucht und in einer kleinen Pfütze auf dem Wannenrand direkt neben meinem Kopf ausgedrückt. Ich sah zu ihm auf, und er beugte sich über mich, und ich hätte gern selbst ein Foto gemacht von ihm, in diesem Moment, weil er so schön und so wahnsinnig aussah, so ausnahmsweise selbstvergessen. Er beugte sich immer weiter runter, bis sein Gesicht ganz dicht über meinem schwebte. Sein Atem roch nach Zigaretten und Alkohol. Das Blut schoss ihm in die Wangen, ich sah Schweiß auf seiner Stirn glänzen. Ich hielt seinen glasigen Blick, griff nach seiner Hand und zog sie langsam ins Wasser, unter den Schaumberg, der über der Mitte meines Körpers schwamm, zog sie immer weiter runter, bis sie da landete, wo ich sie haben wollte.

Falk zog seine Hand langsam, aber bestimmt zurück, stand auf und trocknete sie sich an meinem über dem Heizkörper hängenden Badetuch ab. An der Tür hielt er kurz inne, drehte sich zu mir um und sagte leise und sachlich: *Ich glaube, es wäre vielleicht besser, wenn du ausziehst.*

12.

Ibo und ich schoben die Tische auf dem Podest zu einer langen Tafel zusammen und breiteten die weißen gestärkten Tischtücher darauf aus, die im untersten Fach des niedrigen Schranks im Vorraum lagerten, aus dem ich mir vor jedem Dienstbeginn eine frische Schürze und ein kariertes Grubentuch nahm. Wir stellten Weinkühler und Wasserflaschen auf die Tische, Blumenvasen und ein paar Schilder mit der Aufschrift *Reserviert*.

Die Kantine hatte den ganzen Tag lang einem Bienenstock geglichen, alles brummte, schien aus dem Takt, Menschen kamen zu anderen Zeiten als gewöhnlich zum Essen oder blieben ganz fern, und die Stimme der Inspizientin raunte häufiger als sonst durch den Lautsprecher. Eine kollektive Aufregung war im ganzen Haus spürbar gewesen, ein Sturm vor der Ruhe. Jetzt, kurz vor der Vorstellung, schien sich die Aufregung zu legen oder fand woanders statt, in der Maske oder den Garderoben vielleicht.

Ibo war unkonzentriert, aufgekratzt; er war gedanklich bereits beim zweiten Teil des Abends, plapperte in einem fort über die Musik, die er später auflegen würde, und unterbrach die Arbeit immer wieder, um mir seine Kopfhörer zu reichen und mich in seine Musikauswahl reinhören zu lassen, die mir nichts sagte. Seine kindliche Freude rührte mich. Er bereitete sich auf den Abend mit der gleichen Ernsthaftigkeit vor, mit der sich Heiner dem Premierenbüfett widmete, und ich nahm Anweisungen entgegen, dankbar, mich auf die einfachen, übersichtlichen Aufgaben konzentrieren zu dürfen: Baguette schneiden, große Mengen Parmesan in grobe Scheiben hobeln, abwechselnd mariniertes Gemüse und Oliven auf Holzspieße schieben.

Der Chef war nervös, ungehalten, tigerte durch die Küche, bellte Ansagen in die Gegend: Sektflöten mussten poliert, Getränkekühlschränke aufgefüllt, Brezeln aufgebacken werden; es würde für alle ein langer Abend werden.

Die Schauspieler saßen, zum Teil bereits in Kostüm und Maske, am Schauspielertisch und strahlten eine bemerkenswerte Ruhe aus. Ich beneidete sie um diesen Moment, dieses letzte Insichgehen vor dem Auftritt; Mutter hatte genau diesen Moment einmal als den ihr liebsten beschrieben, und ich hatte sie, ausnahmsweise, sofort verstanden: ein letztes Sichsammeln, bevor man hinausging und jemand anderes wurde.

Ich steckte den Kopf aus der Küche, jedes Mal wenn die Eisentür aufschwang und jemand die Kantine betrat, und hoffte, dass es Paula sein würde, in ihrem bunten Fabelwesenkostüm, das Gesicht erdig braun und grün geschminkt wie ein Kobold, die Haare zu Berge; ich hatte ein Foto von ihr gesehen im Programmheft, sie sah wild aus als Puck, fremd und schön, ich hätte sie gern so gesehen, ihr *Toi, toi, toi* gewünscht und über die Schulter gespuckt, aber sie kam nicht in die Kantine, saß nicht mit den Kollegen am Schauspielertisch, wo Hermia und Lysander jetzt leise miteinander stritten, bis Lysander laut ausrief *und ich spiele mir hier einen Wolf*, was eine allgemeine Heiterkeit am Tisch auslöste. Auch Wolf fehlte, und ich war fast ein wenig froh, dass sie beide nicht da waren, Wolf nicht und Paula nicht, weil ich mir für heute Abend etwas vorgenommen hatte, für das jetzt, so kurz vor der Vorstellung, nicht der richtige Moment war. Nachher, wenn alles vorbei wäre, die Stimmung entspannt und alle Zeit hatten und ein wenig betrunken waren, wenn zu Ibos Musik getanzt würde, dann würde ich mit Wolf sprechen. Würde ihm endlich sagen, was ich seit Wochen, Monaten vor mir herschob. Was genau das war, wusste ich nicht, aber es würde mir schon einfallen, in dem Moment, dachte ich, und der Gedanke machte mich nervös und ein bisschen ängstlich und froh zugleich.

Die Inspizientin raunte zum ersten Klingeln ein *Toi, toi, toi* durch den Lautsprecher. Ich bedauerte es, mich nicht in die Vorstellung setzen zu können, aber Heiner brauchte mich, Ibo machte nur eine halbe Schicht, er war bereits dazu übergegangen, auf dem Podest im hinteren Teil des Gastraums seine Anlage aufzubauen, ein kompliziert aussehendes Konstrukt mit vielen Kabeln, ein Tontechniker half ihm dabei.

Ich fühlte nach dem Bild, das ich in der Hosentasche trug, das Bild von Wolf und meiner Mutter, das ich ihm zeigen wollte, später am Abend, viel später; vielleicht würde es ausreichen, damit er verstand. Ein beinahe feierliches Gefühl beschlich mich, ein Vorbote der Veränderung, die heute Abend in mein Leben treten würde und auch in seines, und wer wusste, in welches noch.

Es klingelte ein drittes und letztes Mal, ich stellte mir vor, wie in wenigen Minuten im Saal die Lichter ausgehen würden, ich dachte an das Gefühl dazu, das ich seit jeher hatte; ich dachte, seltsamerweise, an meine Mutter, allein in der Gasse, irgendeiner Gasse an irgendeinem Theater, als irgendeine der bemitleidens- und doch bewundernswerten jungen oder nicht mehr ganz so jungen oder schließlich älteren Frauen, die sie gespielt hatte.

Mutters letzte größere Rolle war eine Kindsmörderin in dem ersten Stück eines jungen Dramatikers. Ich besuchte zu dieser Zeit die achte Klasse und hatte eine aufgeschlossene junge Deutschlehrerin, eine von denen, die ihre Arbeitsblätter in Comic Sans ausdruckten, weil das irgendwie locker wirkte, die im Unterricht gern moderne Bücher besprach und moderne Theaterstücke sah, weil diese ihrer Meinung nach näher dran waren an der Jugend. Sie hatte keine Ahnung; meine Klassenkameraden kamen ins Theater in todernster Abendgarderobe und bekundeten ihr Bedauern darüber, dass man sich nicht ein richtiges Theaterstück, etwa von Shakespeare oder Goethe, ansah. Auch ich hatte mich im Vorfeld erfolglos dafür eingesetzt, ein anderes Stück anzusehen, eines, in dem nicht meine Mutter mitspielte.

Ich erinnerte mich an die kindliche Aufgeregtheit meiner Mitschüler, ihre Ehrfurcht vor dem Theater als Ort, um die ich sie beneidete. An den Geruch von frischer Erde und an nackte Babypuppen in Terracottapflanzenkübeln, eine groteske Anne-Geddes-Ästhetik, das Stück basierte auf einer wahren Begebenheit. Es war eigentlich keine schlechte Inszenierung, aber es gab diese eine Szene, ganz am Anfang, in der Mutter splitternackt über einem Pflanzenkübel hing und eine Puppe gebar und dabei Geräusche machte, die mich schwören ließen, niemals ein Kind zu bekommen. Ich saß in der dritten Reihe am Rand und kam fast um vor Scham. Die Deutschlehrerin war begeistert. Sie brachte einen Zeitungsartikel mit in die nächste Unterrichtsstunde, ein Interview mit meiner Mutter, in dem diese darüber sprach, dass sie sich mit der Rolle identifiziere, dass sie sie auf gewisse Weise verstünde, und die Lehrerin bat mich, meine Mutter zu fragen, ob sie sich vorstellen könne, einmal in den Unterricht zu kommen und mit den Schülern über die Inszenierung zu sprechen. Ich versprach, dass ich Mutter fragen würde, was ich nicht tat. Der Lehrerin sagte ich, dass meine Mutter tagsüber immer Proben habe und somit leider nie Zeit, aber der Klasse herzliche Grüße ausrichten ließe. Auf dem Pausenhof war es noch lange Thema. Wochenlang gingen die Jungs in die Hocke und imitierten die Geburtsszene, inklusive Geräusche, jedes Mal wenn ich an ihnen vorbeiging. Wenn jemand in meiner Anwesenheit ausrief: *Deine Mutter*, was zu der Zeit alle oft taten, lachte immer irgendwer, der das genauso verstanden hatte wie ich.

Ich bemühte mich, Gründe zu finden, die Küche zu verlassen und mich im Vorraum aufzuhalten, kontrollierte wieder und wieder das Arrangement auf der Tafel, stellte hier etwas um und da etwas dazu, um wenigstens ab und an einen Blick auf den Fernseher zu erhaschen. Eine eigenartige, konzentrierte Stille hing jetzt im Raum. Ibo war verschwunden. Der Vorhang war offen, der Fernseher zeigte tonlos undeutliche Figuren auf der Bühne, unter ihnen, wenn mich nicht alles täuschte, Hermia und Lysander und noch eine Handvoll anderer. Puck würde erst im zweiten Akt auftreten, wie ich im Reclamheft nachgelesen hatte.

Paula war distanziert gewesen in der letzten Zeit, distanzierter als sonst; sie meldete sich nicht, rief nicht zurück und antwortete nicht auf die Nachrichten, die ich ihr beharrlich schickte. Ich hatte versucht, Verständnis zu haben, es auf den Probenstress zu schieben, es nicht persönlich zu nehmen, aber natürlich nahm ich es doch persönlich. Wir liefen uns nicht einmal mehr zufällig über den Weg, obwohl sie, laut Probenplan, jeden Tag im Haus war, und mich beschlich das Gefühl, dass sie mir aus dem Weg ging. Wenn wir uns doch einmal kurz sahen, in der Kantine, waren immer zu viele Leute dabei, und es gab keine Gelegenheit, miteinander zu sprechen.

Einmal, vor einigen Tagen, kurz nach dem Tag am Meer, der, wie mir jetzt schien, etwas verschoben hatte zwischen uns, von dem ich nicht hätte sagen können, was es war, verließ Paula die Kantine, nachdem sie mit Wolf in einer der hintersten Ecken des Raumes zu Mittag gegessen hatte, unten auf den Bänken, die man vom Podest aus nicht sehen konnte. Sie hatten miteinander gestritten, Paula hatte ihr Nudelgericht kaum angerührt und war irgendwann laut geworden, aufgesprungen und durch die Eisentür ins Hinterhaus verschwunden. Ich hatte die Szene von der Küche aus verfolgt und war ihr nachgelaufen, weg von den Kantinengerüchen, den Gang entlang, dem grünen Streifen hinterher. Ich hatte geglaubt, sie nähme mich nicht wahr, aber unter dem Schild mit der Aufschrift *Vorsicht, Drehbühne dreht* blieb sie plötzlich stehen und wandte sich abrupt zu mir um. Einen Moment standen wir einander gegenüber im Gang und sahen uns an, bis Paula mich packte und an die Wand drückte und mich küsste, als ginge die Welt unter, ein paar Sekunden nur; dann verschwand sie durch eine Seitentür, die in das Treppenhaus führte, über das man zum Ballettsaal und zur kleinen Probebühne gelangte.

Seitdem wartete ich darauf, dass wieder etwas passieren würde. Ich versuchte, Paula Zeichen zu machen, warf ihr Blicke zu, die ich für eindeutig hielt, ging vor ihren Augen langsam Richtung Damentoilette und wartete in einer der spärlich ausgeleuchteten Kabinen, die Tür unabgeschlossen, dass sie mir folgen würde; aber sie verstand meine Zeichen nicht oder wollte sie nicht verstehen.

Ich wartete und wartete, wie ich immer gewartet hatte, und vom vielen Warten wurde ich unleidlich, und meine Nachrichten fielen passiv-aggressiver aus, als ich eigentlich wollte. Ich war mir dessen bewusst, aber ich konnte es nicht ändern. Ich wäre gern besser gewesen. Ich hätte Paula gern unterstützt, aber sie ließ mich nicht. Ich wollte von ihr gebraucht werden, aber sie brauchte mich nicht.

Paula kam immer seltener nach den Proben in die Kantine, und ich blieb immer länger, nach Feierabend, saß jetzt nicht mehr vor dem Haus auf dem Kantstein, weil es zu kalt war und oft regnete, sondern am Tresen, in der Hoffnung, dass Paula noch käme, zapfte mir mein Feierabendbier selbst und war froh, wenn Ibo noch da war, mir seine Kopfhörer aufsetzte und mir seine Musik vorspielte. Wenn der Chef nicht da war und Heiner bereits nach Hause gegangen, stellten wir manchmal, zu spätester Stunde, nach einer besonders anstrengenden Schicht, die Schnapsflaschen auf den Tresen und betranken uns schweigend.

Ich verfolgte Paulas ersten Auftritt auf dem Fernseher. Sie kam von der linken Seite auf die Bühne gekrochen, es sah genau so aus wie damals bei der Probe, so, wie Wolf es nicht hatte haben wollen, und ich empfand eine eigenartige Freude darüber. Ein anderer Elf kam von der anderen Seite auf die Bühne getrippelt, die beiden sprachen miteinander, während Paula sich über den Bühnenrand schlängelte, wie sie es damals schon getan hatte.

Die Zwischentüren, die den öffentlichen Teil der Kantine vom Mitarbeiterbereich trennten, waren geöffnet, und die Gäste fielen ein, drangen zum Tresen und an die Tische, die Rentner, die den Applaus nie abwarteten zuerst, hängten ihre Mäntel über die Stühle der freien Tische wie Badelaken auf den Liegen am Pool im Spanienurlaub. Gläser klirrten, Wolken von Wein und Parfüm waberten durch das gepflegte Gewirr der Stimmen, das ab und an von einem lauten Lachen durchbrochen wurde, Lokalprominenz mit Geltungsdrang.

Wenig später betraten die ersten Darsteller den Raum

durch die Hintertür und wurden von Kollegen und Freunden unter großem Hallo begrüßt. Ich flüchtete mich, um nicht gesehen zu werden, in meiner Schürze und meinem ausgeleierten, fleckigen T-Shirt, zurück in die Küche, räumte die Spülmaschine ein und aus, nahm Teller entgegen, die jetzt stapelweise von gestressten Kellnern hereingereicht wurden, zusätzliches Personal, Studenten in Schwarz, die ich nicht kannte, die nicht mit mir sprachen, mir nur angeekelt das schmutzige Porzellan auf die Spüle knallten und mich baten, die Gläser hinten in der Maschine spülen zu dürfen, weil sie vorn nicht hinterherkamen. Die Gäste schienen sich grundsätzlich mehr vom Büfett zu nehmen, als sie essen konnten, und ich kratzte die Reste von den Tellern, warf zerknüllte Servietten, Holzspieße und die eine oder andere in Soße getränkte Eintrittskarte in den Mülleimer neben der Spüle. Teller, die besonders verschmutzt waren, spülte ich im Becken vor, weil die Maschine es nicht schaffen würde.

Ich schielte immer wieder aus der Küche in den Vorraum, aber weder Paula noch Wolf waren zu sehen. Eine braune Brühe aus Soßenresten und schmutzigem Spülwasser stand im Becken. Ich tauchte die Hand hinein, bohrte mit zwei Fingern im Abfluss herum, ertastete eine Masse aus aufgequollenen Baguettestückchen und Käse und was auch immer, bis mir ein Schmerz in die Hand schoss: ein zerbrochenes Weinglas, dessen Reste ich vorher auf einem Teller gefunden und in den Mülleimer entsorgt hatte, offenbar nicht gründlich genug. Jemand hatte die Scherben unter einer Serviette versteckt, ein Gast, dem es unangenehm war, ein Glas zerbrochen zu haben, oder ein unerfahrener Kellner, der nicht an das Küchenpersonal dachte. Ich spülte den Finger unter kaltem Wasser ab und holte mir ein Pflaster aus dem Erste-Hilfe-Schränkchen, das neben der Spüle hing. Heiner, der mich mit dem Verbandskasten hantieren sah, kam herüber, nahm einen Gummifingerling und streifte ihn mir über. *Berufskrankheit*, sagte er und wedelte mit seinen von kleinen Narben übersäten Händen vor meinem Gesicht.

Ich dachte plötzlich, dass Paula womöglich gar nicht mehr käme. Dass sie vielleicht woanders feierte, nur mit Wolf und einigen Kollegen, abseits des Premierentrubels. Ich sah auf mein Handy, als wäre es möglich, dass sie mir geschrieben haben könnte, wo sie war und was sie tat und dass wir uns sehen könnten, später; aber die letzte Nachricht, die ich ihr geschickt hatte, kurz vor der Vorstellung, *Toi, toi, toi*, war noch immer ungelesen.

Als ich in den Vorraum ging, um den Kellnern ein Tablett mit frischen Gläsern zu bringen, sah ich Wolf. Er stand in der Mitte des Raums, umringt von Bewunderern und Journalisten. Ich sah, wie er sich durch die Menge arbeitete, Schritt für Schritt, wie er die Stufen zum Podest hochstieg, hier jemanden grüßte, dort ein paar Sätze wechselte, bis er hinter einer Ecke verschwunden war.

Der Chef drückte mir eine graue Plastikkiste in die Hand und forderte mich auf, Gläser einzusammeln, es waren nicht mehr genügend übrig, vorn an der Bar, weil die Leute sie überall achtlos stehen ließen. Ich versuchte, mir einen Weg frei zu schaufeln, ohne jemanden anzurempeln, was nicht so einfach war, mit der sperrigen Kiste vorm Bauch; einige Menschen gingen aus dem Weg, freundlich oder intuitiv, andere beachteten mich nicht, bis ich ihnen die Kiste dezent in den Rücken drückte, woraufhin sie sich mit einem Anflug von Empörung im Gesicht umdrehten. Ich lief wie ein Fremdkörper durch den Raum, und mich überkam eine spontane Wut auf diese Menschen in ihren schönen Kleidern, die gut rochen und widerwillig zur Seite rückten, Platz machten, für das Personal. Ich arbeitete mich zur Tafel auf dem Podest vor und sah, plötzlich und zu spät, dass dort, am Ende des Tisches, zwischen Hermia und einem anderen Schauspieler, Paula saß. Sie saß an der Wandseite, in der Nähe des Fernsehers, umringt von Menschen. Sie sah mich sofort, als ich die Kiste eine Spur schwungvoller als geplant auf der Tischplatte abstellte. Sie sprach mit Hermia, leise und vertraut, ein Weinglas in der Hand, das beinahe leer war. Sie sah mich an, ohne ihr Gespräch zu unterbrechen. Ich begann damit, die leeren Gläser am anderen Ende des Tisches einzusammeln. Eine ältere Frau trat an den Tisch, beugte sich hinüber und sagte etwas zu Paula, mitten in ihr Gespräch mit Hermia hinein, ein Kompliment möglicherweise; ihre Haare waren in einem ungewollt wirkenden Orangeton gefärbt, ihr Make-up zu viel, eine Halskette aus dicken Holzperlen schwang energisch nach vorn. Ich konnte sehen, wie Paula sich bemühte, freundlich zu sein, zu lächeln, professionell und beherrscht, wie Wolf es vorhin getan hatte; ich wusste, dass es sie anstrengte.

Ich wäre auch gern in der Position gewesen, zu ihr zu gehen und ihr zu sagen, wie gut sie gewesen war, ich war mir sicher, dass sie großartig gewesen war. Hermia, die in das Gespräch nicht einbezogen wurde, strahlte eine minimale Gekränktheit aus, vielleicht darüber, dass das Kompliment nicht ihr galt, dass sie nicht im Mittelpunkt stand; sie wirkte auf mich wie die Art Frau, die es gewohnt war, im Mittelpunkt zu stehen. Sie war schön auf eine unspektakuläre Art. Sie sah mich an, mit einem Blick, der irgendetwas über mich zu wissen schien. Als ich die Box anhob, kippte ein Bierglas klirrend um. Paula sah mich an, mit einem Blick, den ich nicht lesen konnte, vielleicht wartete sie nur, dass ich meine Arbeit machte, mich wieder entfernte. Ich hatte das Gefühl, ich sollte irgendetwas sagen, sie fragen, wie es gelaufen war. Ich sagte, *kannst du mir bitte die Gläser dort geben*, und Paula und Hermia schoben eilig die leeren Gläser, die vor ihnen auf dem Tisch standen, zu mir herüber. Ich stapelte sie in meine Box, Paula sagte *danke*, was mich auf eine seltsame Art beschämte, und ich antwortete, *da nich für*, wie Heiner es sagen würde; es klang bitterer, als ich wollte.

Ich bemühte mich, durch die Nase zu atmen, während ich die Schneidebretter mit Chlorreiniger einsprühte. Die Dämpfe brannten in den Augen, und ich musste einen Moment innehalten, bevor ich die Bretter mit einem Schwamm abrieb. Ich nutzte die Zeit, um einen Topf, der zu groß für die Spülmaschine war, mit einem Stahlschwamm vom angebrannten Bodensatz zu befreien. Als ich damit fertig war und mich vergewisserte, dass alle Oberflächen, der Herd und die Fritteuse gereinigt waren, fing ich an, den Fußboden zu schrubben, was mir heute mühsamer erschien als sonst; in den Riffeln des Kachelbodens hatten sich winzige Reste festgesetzt, die sich nur schwer und nach mehrfachem Darüberwischen lösten.

Als ich fertig war mit Wischen, ging ich hinter die Bar, nahm, als gerade keiner hinsah, eine angebrochene Sektflasche aus dem Kühlschrank, stellte mich in den Türrahmen und ließ den Blick durch den Raum schweifen, zu Ibo hinter seinem Pult, der ganz anders aussah, als ich ihn kannte, die Haare aufwendig gestylt, ein schneeweißes gebügeltes Hemd. Er sah zu mir herüber und strahlte, und ich prostete ihm mit der Sektflasche zu.

Paula erschien auf der Tanzfläche, Hermia im Schlepptau. Die beiden fingen an, miteinander zu tanzen, verspielt und eng, Hermia lachte und drehte sich, wie die höhere Tochter, die sie war, und Paula bewegte sich um sie herum, es sah gewollt obszön aus, publikumswirksam und aufmerksamkeitsheischend, für Zuschauer gemacht, obwohl sie mich von dort, wo sie tanzte, nicht sehen konnte. Es versetzte mir einen Stich. Nicht die Tatsache, dass sie mit Hermia tanzte, ihr so nah war, sondern die Art und Weise, wie sie sich ausstellte, ein Klischee bediente. Ich dachte, dass es nicht zu ihr passte, und dann, dass ich das vielleicht gar nicht wissen konnte, dass ich sie eigentlich nicht kannte, weil sie mit mir die eine war und hier eine andere, eine, die mir seltsam fremd war.

Am Rand der Tanzfläche, an die Wand neben der Treppe gelehnt, ein leeres Glas in der Hand, stand Wolf und sah den beiden aufmerksam zu.

Ich setzte die Sektflasche an die Lippen und trank den ganzen Rest auf einmal aus, zu hastig, der Sekt schäumte mir in die Nase, lief mir übers Kinn, und ich musste husten. Plötzlich war Heiner neben mir, der meinem Blick folgte. Er sah mit mir zusammen zu Paula und Hermia hinüber, die sich ineinander verschlungen in die Mitte des Raumes vorgearbeitet hatten, und sagte, ohne mich anzusehen: *Du magst die leiden, oder?*

Ich hustete stärker. Heiner legte seine Hand auf meinen Rücken und ließ sie dort liegen, und ich kämpfte gegen den Impuls, mich in seine Arme zu werfen und in Tränen auszubrechen.

Ich hielt ihm die Sektflasche hin, in der nur noch eine Pfütze war, und Heiner schüttelte den Kopf, und ich erinnerte mich daran, was Ibo gesagt hatte, dass Heiner keinen Alkohol trank, keinen Tropfen, auch wenn er nicht so aussah. *Wegen seiner Frau*, hatte Ibo gesagt.

Was ist mit deiner Frau, Heiner?, wollte ich fragen, aber ich traute mich nicht. Stattdessen stellte ich die Flasche ab und zog das Bild aus der Hosentasche, das zerknittert war und warm, strich es am Türrahmen glatt, hielt es ihm hin und sagte, *das ist meine Mutter. Sie ist tot.*

Heiner nahm mir das Bild aus der Hand und betrachtete

es eine Weile stumm. *Und das*, sagte er und deutete auf den jungen Wolf auf dem Bild. *Ist das nicht?* Ich nickte, und Heiner sah mich an, ich konnte sehen, dass er scharf nachdachte. Ich sah dahin, wo der alte Wolf eben noch gestanden hatte, aber er war nicht mehr da. Paula und Hermia waren ebenfalls verschwunden.

Es gibt Dinge, sagte Heiner nach einer Weile, *die kann man nicht wiedergutmachen*, und ich hätte ihn gern gefragt, was genau er damit meinte, aber ich fragte nicht.

Normalerweise duschte ich nach der Arbeit nicht, zog mir nur ein frisches T-Shirt an und fuhr nach Hause. Heute benutzte ich zum ersten Mal die Dusche in der Damengarderobe. Die Kostüme hingen auf dem Gang an Kleiderstangen, ich erkannte den bunten Puckanzug, strich mit der Hand vorsichtig über den Stoff und unterdrückte den Impuls, daran zu riechen. Ich duschte den Kantinengeruch von mir ab, schminkte mich sogar, obwohl ich todmüde war und am liebsten nach Hause gegangen wäre. Ich setzte mich im Treppenhaus auf die Stufen, öffnete eines der halbrunden Fenster; am Ende der Straße konnte ich das Haus sehen, in dem Mutter und ich früher gewohnt hatten. Ich trank einen Schluck aus der zweiten Flasche Sekt, die ich an der Bar geklaut hatte. Ich versuchte, mich zu wappnen, für den Rest der Nacht, für das, was kommen würde, was auch immer das war. Vielleicht einfach nur tanzen, zu Ibos Musik. Tanzen mit Paula, vielleicht auch mit Wolf, ich konnte ihn mir nicht vorstellen, wie er tanzte, die Bewegungen passten nicht zu ihm, ergaben kein sinnvolles Bild in meinem Kopf. Der Sekt schmeckte gut, ich trank noch einen Schluck und dann noch einen. Ich genoss die Stille des Treppenhauses, die einzigen Geräusche kamen von draußen, der Lärm des nahen Hauptbahnhofs und der Kirchenallee drangen gedämpft durch das kleine Fenster in meinem Rücken, ich legte den Kopf an die Wand und schloss die Augen.

Ein Stockwerk unter mir ging eine Tür auf. Ich hörte eine Stimme, leise und eindringlich, es dauerte einen kurzen Moment, bis ich realisierte, dass ich die Stimme kannte. Eine fordernde Stimme, beherrscht, aber deutlich verärgert. Ein lautes Flüstern, das im Treppenhaus ganz leicht hallte, einem Zischen glich, puckartig. Die Straße hinter dem offenen Fenster war zu laut, als dass ich irgendwas verstanden hätte, aber es schien mir zu verdächtig, jetzt das Fenster zu schließen.

Sie könne das nicht, sagte Paula, jetzt schon lauter, nicht mehr flüsternd. Eine Pause entstand. Was, was konnte sie nicht. Und mit wem. Oder telefonierte sie? Bewegungen auf der unteren Treppe, Gerangel, Körper, Stoffe, die aneinander rieben, niemand sagte etwas; ein Ausatmen. Ich nahm an, dass es Hermia war, konnte das sein, küsste Paula Hermia? Ein leises Aufstöhnen, das war Paula, das kannte ich, ein zweites, ein Raunen eher, überraschend tief. Das war nicht Hermia. *Komm*, sagte eine andere Stimme, die ich ebenfalls kannte. Der Tonfall anders, der Rest gleich. Ich saß stockstarr, den Hals der Sektflasche umklammert, die zwischen meinen Knien klemmte.

Drei Sekunden, dann traten Paula und Wolf um die Ecke, einander haltend, als könnten sie ohne den anderen nicht stehen. Ein Martinshorn schallte über die Kirchenallee und verebbte in der Ferne. Einen langen Moment bewegte sich niemand.

Das vordergründige Gefühl war Erstaunen. Etwas, das ich nicht bedacht, für möglich gehalten hatte. Wie Wolf mich ansah, mit, ja was? Bedauern? Ein Bedauern, das nicht wissen konnte, wen es bedauerte.

Sein offenes Hemd, zu viel Körper, dachte ich. Zu viel Information. Graues dichtes Brusthaar auf schlaffer, von Leberflecken übersäter Haut. Ich streckte ihnen die Sektflasche entgegen. Ein Toast auf das Brautpaar. Paula knöpfte sich die Hose zu, sah erst Wolf an und dann mich und sagte: *Ina ist übrigens deine Tochter, hast du das eigentlich gewusst?*

13.

Alles drehte sich, als ich versehentlich die Augen öffnete und sie gleich wieder schloss. Ich tastete nach dem Wasserglas, das ich neben der Matratze vermutete, fand einen Becher, setzte ihn an die Lippen, aber er war leer. Ich versuchte, die Panik wegzuatmen, die zuverlässig anrollte kam. Durch den Flur drang leises Geschirrgeklapper aus der Küche, der Geruch von Kaffee zog durch die geschlossene Tür in mein Zimmer. Das half.

Falk stand in Unterhosen am Herd und rührte vor sich hin pfeifend in einer Pfanne. Der Tisch war gedeckt, zwei Teller aus dem Goldrandservice meiner Mutter, dazu die passenden Tassen mit Untertassen. Kerzen brannten in dem silbernen Armleuchter aus dem Erbe seiner Oma, der sonst auf dem Regal verstaubte. Falk hatte Brötchen aufgebacken und Obstsalat gemacht, ihn mit Joghurt in zwei kleine Schalen gefüllt, er hatte an alles gedacht. Ich war entzückt und erleichtert, es war ein Friedensangebot, ich wusste, er hatte es nicht wirklich ernst gemeint, ich würde nicht ausziehen müssen.

Ich setzte mich an den Tisch und sah ihm zu, wie er die Milch aus dem Kühlschrank nahm und in einen Topf goss, den Topf auf den Herd stellte, er wirkte erstaunlich gut gelaunt, etwas an ihm war anders, seine Haltung, seine Unterhosen, die neu aussahen, mir nicht bekannt vorkamen. Geschmackvolle, eng anliegende schwarze Shorts mit breitem Gummi, ein Markenname dezent darauf gedruckt, das waren teure Unterhosen. Falk hatte sich teure Unterhosen gekauft.

Ich wollte etwas sagen, *Falk*, sagte ich; in dem Moment hörte ich die Klospülung. Dann ging die Badezimmertür auf, und eine Frau stand im Flur. Es war die kleine Frau von der Vernissage, ich erkannte sie sofort. Auf ihren kleinen Füßen tapste sie in unsere Küche, in einem T-Shirt, das ihr viel zu groß war. *Too old to die young.* Ich hatte sie nicht den Schlüssel im Schloss umdrehen hören, so vertraut waren wir also schon. Sie setzte sich auf den Platz mir gegenüber, Falks Platz, zog ein Knie an den Körper, eine winzige Krampfader an ihrem rechten Oberschenkel, eine schöne Verschlafenheit an ihr. Falk schäumte die Milch auf, mit der frischen Selbstsicherheit von jemandem, der die ganze Nacht gevögelt hatte, ich sah es jetzt, das war es, was ich nicht kannte an ihm. Mein Schmerz war plötzlich und absurd. Ihr zerwühltes blondes Haar, ihr offenes, harmloses Gesicht, diese genetisch überlegene Apfelbäckigkeit.

Moin, sagte sie und dann, tatsächlich und vollkommen ironiefrei: *Ich hab schon viel von dir gehört.*

Ach Gott, sagte ich, feindselig, abwinkend, und Falk warf mir einen scharfen Blick zu, den ich nicht kannte.

Wir sind uns schon einmal begegnet, hätte ich sagen können, aber ich gönnte es ihr nicht, dass ich mich an sie erinnerte. Dass ich mich an diese eine kurze Begegnung vor ein paar Jahren tatsächlich erinnerte, auch wenn ich ihren Namen inzwischen vergessen hatte. Als ob sie das ahnte, stellte sie sich erneut vor, sie hieß Nele, was für ein Name, die manifestierte Harmlosigkeit. Ein Name, der nach liebevollen Eltern klang, nach Waldorfpädagogik und musikalischer Früherziehung. Meine Verachtung war groß und schwachsinnig.

Sie nahm Falks Tabakbeutel und drehte sich eine Zigarette,

ohne zu fragen. Dann öffnete sie das Fenster einen Spaltbreit, berührte Falk, der gerade damit beschäftigt war, die aufgeschäumte Milch auf zwei Tassen zu verteilen, im Vorbeigehen mit der Hand an der Hüfte, eine ganz leichte, ganz selbstverständliche Bewegung. Sie zündete sich die Zigarette an, blies den Rauch achtsam aus dem Fenster in den trägen Hamburger Himmel und nahm die Kaffeetasse, die Falk ihr in die Hand drückte, lächelnd entgegen. Die Offensichtlichkeit der Situation machte mich ganz kraftlos. Falk schenkte den Rest des Kaffees aus der Kanne in seine eigene Tasse, sah mich an und fragte grausam: *Wolltest du auch Kaffee? Dann musst du dir einen neuen kochen.*

Über dem Küchentisch hing eine Reihe roter und grüner Filzsocken an einer Paketschnur aufgereiht, mit Nummern darauf, der Adventskalender, den Falk jedes Jahr von seiner Mutter bekam, es waren täglich Süßigkeiten darin und sonntags fünf Euro.

Mir war schlecht. Ich stand auf, öffnete das Fenster weit. Hielt den Kopf unter den Wasserhahn und trank einen Schluck. Schraubte energisch die Espressokanne auf, die noch heiß war, verbrannte mir die Hand dabei und ließ einen Moment kaltes Wasser darüber laufen. Ich wusste nicht, worauf ich eifersüchtig war. Auf diese schlichte Selbstverständlichkeit in ihren Blicken, ihren Berührungen, eine Vertrautheit, die Paula und ich, wie mir in diesem Moment dämmerte, niemals haben würden. Die immer gleich da war oder nie und, was Paula und mich betraf, seit gestern Abend ohnehin verloren. Oder doch auf ihre Anwesenheit in unserer Küche, unserer Wohnung, unserem Leben. Auf das, was sie für Falk war, ab jetzt oder wie lange eigentlich schon. Das, was ich ihm hätte sein können, was ich nicht hatte sein wollen und was ich ab sofort und vielleicht für alle Zeiten auch nicht mehr sein würde.

Der muffige, beklemmende Gestank von Staub und Taubenscheiße vermischte sich mit dem Weichspülergeruch der Wäsche, die im Raum nebenan trocknete. Diesen Teil des Dachbodens schien niemals irgendjemand zu betreten außer mir und Falk und vielleicht dem Schornsteinfeger, falls es den noch gab. Ich hatte seit Jahren keinen Schornsteinfeger getroffen. Dabei war mir in meiner Kindheit regelmäßig der eine oder andere über den Weg gelaufen. Ich hatte eine sehr frühe Kindheitserinnerung an meine Mutter, die einem Schornsteinfeger quer über die Straße nachrannte, um den abgewetzten Stoff seiner Jacke am Ellbogen zu berühren, ich erinnerte mich an das peinliche Gefühl, das diese Situation in mir auslöste.

Das Fenster der Dachluke klemmte, und ich musste mich, auf der schmalen Holzleiter stehend, mit aller Kraft dagegenstemmen. Die Luft war feucht und kühl, der Himmel diesig und grau, es war einer dieser Tage, an denen es dunkel werden würde, ehe es richtig hell geworden war. Ein ganz normaler Herbsttag. Einer wie jeder andere. Ganz fern am Horizont, halb verschluckt von Nebelschwaden, war die Köhlbrandbrücke mehr zu erahnen als zu sehen.

Ich würde springen, dachte ich. Ich würde nicht gegen einen Baum fahren. Nicht ins Meer gehen oder mich auf dem Dachboden aufhängen, ich würde mich, natürlich, auch nicht ins Schwert stürzen, ich hätte nicht gewusst, wo ich ein Schwert herbekommen sollte oder auch nur eine Schusswaffe oder Gift in ausreichender Menge. Wenn ich mich umbringen wollen würde, dachte ich, würde ich springen, von etwas sehr Hohem, der Köhlbrandbrücke etwa. Obwohl die Menschen, die das hinterher wegmachen müssten, mir leidtaten.

Die roten Dachziegel glänzten feucht, es hatte in der Nacht geregnet, wie in allen Nächten der letzten Zeit. Ich schwang mich über den Rand der Öffnung auf die direkt darunter liegende schmale Metallstufe. Die rauen Ränder der kleinen Löcher, die wahrscheinlich dazu dienten, dem Schornsteinfegertritt Halt zu bieten, piksten an meinen Händen. Drei kleine Schornsteinrohre ragten am Dachgiebel auf wie in einer französischen Zigarettenwerbung aus den Neunzigern.

Ich rutschte vorsichtig die nassen Dachziegel hinunter, an dem Stück Brandmauer, Blitzableiter und Satellitenschüssel entlang, bis auf das schräge Flachdach, das mir jetzt, mit der schwarz glänzenden Dachpappe, plötzlich schmaler vorkam als an all den Sommerabenden, die wir hier noch vor kurzem verbracht hatten. Ich krabbelte auf allen vieren an den Rand. In der Regenrinne hatte sich ein brauner Matsch aus Blättern und Vogelkot angesammelt. Ich sah in die Tiefe, in unseren kleinen trostlosen Innenhof, in dem Fahrräder und Mülltonnen standen. Ich dachte, nicht einmal umbringen konnte ich mich noch, ohne dass es wie ein Zitat aussähe, und das war ein Gedanke, mit dem ich schlecht hätte leben bzw. tot sein können.

Ina, komm da runter. Falk war plötzlich da, so plötzlich, dass ich erschrak und beinahe eine unbedachte Bewegung gemacht hätte. Ich drehte mich vorsichtig um. Sein Kopf lugte aus der schmalen Öffnung hervor, es sah putzig aus, wie er da stand, ich konnte sehen, dass er wirklich Angst um mich hatte. Ich legte mich auf den Rücken und spürte die Feuchtigkeit durch den Stoff meines T-Shirts und meiner Schlafanzughose kriechen, es fühlte sich komischerweise angenehm an.

Komm du doch rauf, sagte ich, und Falk schob sich umständlich durch die Luke, segelte kopfüber auf die Dachpappe, robbte auf dem Bauch zu mir herüber und legte sich neben mich.

Ich schloss die Augen und hörte der Stadt zu, dem fernen,

stetigen Rauschen der Autos auf den Straßen; wenn ich mich sehr konzentrierte, gelang es mir, mir einzubilden, es wäre das Geräusch von Wellen, die gleichmäßig auf den Strand liefen.

Ich dachte mir die Welt in Schichten: wir hier oben, Nele unten, allein in der Wohnung, die Autos auf der Straße, meine Mutter am Meeresgrund.

Ich hatte einmal in einer Quizsendung im Fernsehen einen Satz gehört, der für alle Zeiten im Archiv unnützen Wissens in meinem Gehirn gespeichert war: die Bewegung eines Körpers unter dem ausschließlichen Einfluss der Schwerkraft. Ich hatte mir diese Definition gemerkt, weil sie so poetisch klang. Ich hätte gern gewusst, wie lange es dauerte, wenn man aus dieser Höhe sprang. Eine Sekunde oder zwei oder weniger. Keine Zeit für einen letzten Gedanken. Wenn Nele gerade am Küchenfenster stand, könnte sie mich daran vorbeifliegen sehen. Zu schnell, um ihr zu winken.

Die Bewegung eines Körpers unter dem ausschließlichen Einfluss der Schwerkraft.

Was ist der freie Fall.

Falk lag auf der Seite, die Knie an den Körper gezogen, den Kopf auf den Unterarmen. Ich fragte ihn danach, weil er solche Dinge wusste: wie lang es dauern würde. Aber Falk beantwortete meine Frage nicht, er schloss die Augen und tat, als habe er die Frage nicht gehört. Ich drehte mich zu ihm, kroch ein Stückchen näher, mein Gesicht ganz nah an seinem. Ich konnte die Gänsehaut an seinen Armen sehen, die winzigen Erhebungen auf seiner blassen Haut. Er roch gut, nach Zigaretten, leicht säuerlichem Kaffeeatem und noch nach etwas anderem, nach Falk. Ich sah ihn so sehr an, dass er die Augen öffnete. Er hob den Kopf, stützte das Gesicht in eine Hand und atmete tief ein.

Der Grund, sagte Falk, *weshalb man gegen einen Baum fährt und nicht in die Lücke zwischen zwei Bäumen, auch wenn die Lücke breiter ist als die Bäume, hat mit der Fallgeschwindigkeit zu tun. Wir sind darauf programmiert, bei hoher Geschwindigkeit unseren Fall abzubremsen. Wir steuern unwillkürlich auf den Baum am Straßenrand zu, weil wir, wenn wir aus den Wipfeln stürzen, auf dem nächsten Ast landen müssen, um nicht ins Nichts zu fallen. Wir wollen uns festhalten. Wir wollen, dass das Fallen aufhört. Aber die Welt ist zu schnell, die Evolution kommt nicht hinterher, begreift die technischen Errungenschaften wie motorisiertes Fahrwerk nicht. Wir wollen eigentlich gar nicht so schnell sein. Wir wollen Halt und Sicherheit. Das ist der Fehler. Das bringt uns um.*

Ich fing plötzlich zu weinen an. Diese Erklärung brachte mich endlich zum Weinen, und Falk tat gar nichts, er lag nur da und sah mich an und wartete, dass es vorbeiging. Ich dachte, dass ich furchtbar aussehen musste und wie egal mir das war und wie gut es war, dass mir das so egal sein konnte, und dass es keinen anderen Menschen gab, vor dem ich so hätte sein können.

Die Wahrheit war, dass ich es Mutter gegönnt hätte, im allerpositivsten Sinn. Ich hätte es ihr gewünscht, in der Lage gewesen zu sein, eine Entscheidung wie diese zu treffen. Falls es das gewesen war, was sie wollte. Ich hätte ihr ein Ende gewünscht, das zu ihr passte. Eine Reminiszenz an die Vergangenheit, einen letzten großen Auftritt. Ich hatte gewollt, dass es Selbstmord war, weil mir alles andere so unendlich sinnlos erschien. Ein ganz normaler Tag, eine Landstraße, ein Baum, ein unachtsamer Moment. So würdelos und banal.

Ich weinte, bis ich damit fertig war. Falk und ich setzten uns gleichzeitig auf und sahen einen Moment gemeinsam dahin, wo die Köhlbrandbrücke jetzt nicht mehr zu sehen war.

Was ist denn das nun mit dieser Nele?, fragte ich. Falk zuckte mit den Schultern und antwortete nicht.

Ist sie wenigstens gut im Bett?

Falk sah mich an und sagte zärtlich, *ich hasse dich*, ich sagte, *ach*, und ich dachte immer, *du liebst mich*, und Falk sagte, *das schließt sich doch nicht aus.*

14.

Am Tag vor Heiligabend saßen wir beisammen, Heiner, Ibo, ich und ein paar andere, und aßen, was in den letzten Tagen übrig geblieben war an Fleisch, Rotkraut und Klößen. Wir stießen mit alkoholfreiem Sekt an, den Heiner mitgebracht hatte. Ibo hatte einen bunt blinkenden Stern über der Spüle aufgehängt, wir aßen den kalten Braten mit den Fingern, und lauwarme Klöße mit Pommes und Baguettescheiben, und ich fragte, was er in den nächsten Tagen vorhätte. Ich nahm an, dass Ibos Familie Weihnachten nicht feierte.

Türlich feiern wir, sagte Ibo.

Aber sind deine Eltern nicht Moslems?

Ja, na und, sagte Ibo, *wir gehen nicht in die Kirche, aber wir haben einen Weihnachtsbaum, und meine Mutter und ich kochen zusammen unser Lieblingsessen.*

Das da wäre?, fragte ich, und Heiner grinste, weil er die Antwort schon kannte.

Der Imam fiel in Ohnmacht, sagte Ibo.

Warum fiel er denn in Ohnmacht?, fragte ich.

Weil es so gut geschmeckt hat, sagte Ibo und sprang mit einem großen Satz von der Eistruhe.

Kommt doch auch! Meine Eltern freuen sich. Meine Schwester auch. Und mein Schwager. Und meine Nichten und –

Schon gut, min Jung, sagte Heiner, *ich mach mir aus dem ganzen Wiehnachtszeuchs ja nichts.*

Ich hielt Heiner mein Glas hin, um darauf anzustoßen.

Was machst du denn morgen, Heiner?, fragte ich.

Ach, sagte Heiner, *endlich mal wieder ordentlich die Nase in den Wind halten*, und lachte über einen Witz, den nur er verstand. Ich wollte gerade nachfragen, als es gegen den Türrahmen klopfte.

Wolf stand in der Küche wie ein Fremdkörper. Er war einen Meter über die Schwelle getreten, dann einen zweiten, blieb dort stehen, im Weg, wo man nicht stehen sollte. Sah sich unsicher um, als könne er nicht weiter, er wirkte zu groß für den Raum, zu präsent, ich hatte ihn noch nie in diesem Licht gesehen. Einen Moment lang schienen alle die Luft anzuhalten. Die Eisschränke und die Lüftung brummten lauter als sonst. Heiner war derjenige, der sich zuerst bewegte, Ibo und die anderen verscheuchte und mir zuzwinkerte.

Die Premiere war vor drei Tagen gewesen. Drei Tage hatte er gebraucht. Nachdem ich ihn und Paula hatte stehenlassen, im Treppenhaus, und gegangen war, durch den Bühneneingang, nicht gerannt, einfach gegangen, in einem Tempo, das es ohne weiteres ermöglicht hätte, mir zu folgen, mich einzuholen, zu sagen, was man hätte sagen können. Was man hätte sagen sollen, in solch einer Situation, in der es offenbar weder für Paula noch für Wolf etwas zu sagen gegeben hatte, jedenfalls nicht zu mir. Zueinander eventuell schon. Vielleicht hatten sie dort gesessen, wo ich die Sektflasche hatte stehenlassen, auf den kalten Stufen im Treppenhaus zwischen der Maske und der Damengarderobe, hatten den Sekt ausgetrunken und sich alles erzählt. Hatten mich vergessen, während sie von mir sprachen. Das Bild, das ich in meiner Tasche getragen hatte, wochenlang, was man ihm ansah, das Papier weich und verknittert, die Tinte verblasst, dort, wo es gefaltet war, hatte ich an der Pforte hinterlegt, auf

Wolfs Namen, in einem Briefumschlag, den der Pförtner mir gegeben hatte, ohne Fragen zu stellen.

Wolf stand in der Mitte des Raums und sah sich um. Ich saß auf der Eistruhe, wo ich die ganze Zeit gesessen hatte, und wartete.

Wie geht es dir?, fragte Wolf, nachdem er die Küche, die er vermutlich noch nie zuvor betreten hatte, lange genug taxiert hatte. Ich wusste nie, was ich auf diese Frage antworten sollte. Es ging mir nicht schlecht, es ging mir aber, wenn ich es mir ernsthaft überlegte, auch seit Jahren nicht richtig gut, wenn es mir überhaupt je richtig gut gegangen war. Falk pflegte auf diese Frage zu entgegnen: *Es gibt siebeneinhalb Milliarden Menschen auf der Welt, und sechseinhalb Milliarden geht es höchstwahrscheinlich schlechter als mir, so gesehen geht es mir also gut.*

Seit Mutters Tod war ich dazu übergegangen, mich den sozialen Konventionen zu beugen und zu antworten: *den Umständen entsprechend.*

Das sagte ich aber nicht. Ich zuckte die Schultern. Ich hatte kein Interesse daran, es ihm leicht zu machen.

Deine Mutter, sagte Wolf und dann nichts mehr. *Greta*, sagte er.

Es war lange her, dass ich jemanden meine Mutter so hatte nennen hören, zwanzig Jahre bestimmt. Ibos Blinkstern blinkte aggressiv in sich nach innen verjüngenden Kreisen abwechselnd rot, grün, gelb und blau, jede Farbe leuchtete nur jeweils eine Sekunde lang auf. Wenn Blau dran war, sah Wolf blasser aus. Gelb stand ihm am besten.

Dass er es gewusst habe, sagte Wolf, leise, und mit es schien er mich zu meinen. Dass er nachgefragt habe, immer wieder, mich hatte sehen wollen. Dass Greta es nicht wollte. Dass er Alimente gezahlt habe, immerhin. *Willst du da jetzt für gelobt werden?*, fragte ich nicht. Hinter der Tür, die in den

Vorratsraum führte, konnte ich Heiners Arbeitsschuhe sehen, die sich ab und an bewegten.

Und dann?, fragte ich.

Dann war ich in den Staaten, und es gab eine andere Frau, sagte Wolf.

Und dann?, fragte ich.

Und dann gab es diese andere Frau nicht mehr, und ihr wart irgendwie verschwunden, umgezogen, was weiß ich denn, sagte Wolf. Sagte mein Vater. Und sah auf seine Füße. Was wusste er denn.

In den Neunzigern hatte es ja, wenn ich mich recht erinnerte, bereits Internet gegeben. So viel zum Thema verschwinden.

Die Spülmaschine war fertig und piepte. Wolf atmete aus.

Und dann hast du nicht mehr gefragt, sagte ich.

Und dann habe ich nicht mehr gefragt, sagte Wolf.

Das sollte jetzt der Moment sein, auf den ich mein Leben lang gewartet hatte. Es war lächerlich. Ich hätte gern gelacht.

Greta, sagte Wolf, machte eine Pause, drehte sich nach der piepsenden Spülmaschine um, *Greta wollte den Kontakt nicht.*

Ich wollte diesen Namen nicht mehr hören. Diese Koseform, die eine Vertrautheit antäuschte, die mir aus seinem Mund ungehörig erschien.

Sie war so wütend, weil ich sie verlassen hatte. So wütend. Das kannst du dir nicht vorstellen. Ich konnte es mir vorstellen.

Ich habe ab und an geschrieben, zu deinem Geburtstag. Karten, Geschenke, hast du die bekommen? Ich hatte sie nicht bekommen. Ich hatte sie auch unter den überflüssigen Dingen meiner Mutter nicht gefunden.

Und wieso hast du es nicht weiter versucht?

Ja, weil, sagte Wolf. Und lachte, aus Unsicherheit oder weil nichts lustig war und eigentlich alles irgendwie doch.

Ich dachte, es wäre vielleicht besser so.

Ich konnte das Gefühl, das in mir aufstieg, schwer greifen. Etwas zog mich zu Wolf hin und stieß mich gleichzeitig ab. Die absurde Banalität des Ganzen; dass jemand ein paarmal fragte, ob er sein Kind sehen dürfe, und dann nicht mehr und dann nie wieder.

Wolf holte ein Schwarzweißfoto aus der Tasche. Ich dachte einen Moment, es sei das Bild von ihm und Mutter, das ich an der Pforte hinterlegt hatte, aber es war ein anderes, ein viel älteres. Ein Bild von mir, wie ich kurz überrascht dachte, eines, das mir fremd war.

Das ist meine Mutter, sagte Wolf und überreichte mir die Aufnahme mit einer langsamen, feierlichen Geste. Seine Mutter, meine Großmutter also. Die eine Packung Schlaftabletten genommen hatte, während er, siebenjährig, auf dem Teppich spielte und einfach weitergespielt hatte, bis der Vater nach Hause kam, der danach nie wieder von ihr sprach. Seine Mutter, die aussah wie ich, eine groteske Ähnlichkeit. Eine Nachkriegsversion von mir, wie ich hätte aussehen können, wenn ich etwas erlebt hätte, Hunger vermutlich und Flucht, und einen Krieg zu vergessen. Ich in schlank, ernst und erwachsen, wenngleich jünger, als ich es jetzt war. Ich, einige Jahre bevor ich mich umbringen würde, schon den Anflug einer Ahnung in den Augen, dass der Tod nicht unmöglich war.

Kommst du in die Vorstellung?, fragte Wolf, kramte in seiner Tasche und holte eine Personalkarte hervor. Der *Sommernachtstraum* lief heute das dritte Mal; ich hatte seit Beginn meiner Schicht die Küche nicht verlassen, um Paula nicht über den Weg zu laufen.

Ich muss arbeiten, sagte ich.

Ach Quatsch, sagte die Tür zum Vorratsraum. Heiners Kopf

lugte dahinter hervor. *Du kriegst heute Abend frei, den Rest hier schaffen wir auch ohne dich.*

Bis später, sagte Wolf mit einem Fragezeichen in der Stimme, dann drehte er sich um und verließ die Küche. Der Stern blinkte schwächer, oder vielleicht kam es mir nur so vor.

Heiner und Ibo rumpelten hinter der Tür hervor, erleichtert strahlend, als wären sie diejenigen, denen gerade etwas widerfahren war, nicht einmal bemüht, den Umstand zu vertuschen, dass sie die ganze Zeit gelauscht hatten. Ibo machte das Daumen-Hoch-Zeichen.

Ach ihr, sagte ich.

Mein Spiegelbild über dem Waschbecken im Umkleideraum sah nicht nach einem Theaterabend aus, sondern eher nach Badewanne und was auch immer Falk gekocht haben würde. Wenn er denn gekocht haben würde. Und keinen Besuch hatte. Was nicht wahrscheinlich war.

Ich wollte Paula nicht sehen und natürlich eigentlich doch. Ich hatte es mehrere Tage geschafft, ihr nicht zu begegnen; vielleicht war auch sie es, die mich mied. Ich wollte, dass sie sich meldete. Ich wollte ihr verzeihen oder vielleicht auch nicht, in jedem Fall wollte ich von ihr darum gebeten werden. Eine großzügige Geste meinerseits, ein Nichts-für-ungut. Wolf würde in der Kantine sein, nach der Vorstellung, wie er angedeutet hatte. Ich stellte mir Paulas Gesicht vor, wenn er mich an ihren Tisch bat. Ich wusste nicht, ob er dieses andere Problem kannte, ob sie darüber gesprochen hatten. Ob es überhaupt ein Problem war. Und mit es meinte ich mich.

Mein Platz in der ersten Reihe des ersten Ranges war gut gewählt, angenehm weit weg von der Bühne, aber trotzdem eine hervorragende Sicht; ich fragte mich, ob Wolf diesen Platz absichtlich für mich ausgesucht hatte. Das ältere Ehepaar, das neben mir saß, beäugte mich misstrauisch, als ich meine Jacke, die ich nicht an der Garderobe abgegeben hatte, in meinen Rucksack stopfte, versuchte, diesen unter dem Sitz zu verstauen, wo nicht genügend Platz war, und ihn schließlich zwischen meinen Füßen abstellte. Die Frau trug ein schwarzes Kleid und eine große geschmacklose Brosche auf der Brust, ihre Haare eine ordentliche Silberzwiebel, ihre Handtasche und das Programmheft lagen auf ihrem Schoß. Auch ihr Mann hatte sich schick gemacht, wie Menschen es taten, für die ein Theaterabend etwas Besonderes war. Ich trug Jeans und einen Wollpullover mit einem Loch unter der Achsel, meine Haare sahen aus, wie sie nach einer Schicht in der Küche aussahen, auch wenn ich heute nur eine halbe hinter mir hatte. Ich ließ meinen Blick durch den Saal schweifen. Ich hätte gern gewusst, von wo Wolf das Stück sah, ich konnte ihn nirgendwo entdecken. Ob er es sich überhaupt ansah, aus einer Loge vielleicht oder von der Gasse neben dem Inspizientenpult, wo ich ihn von hier aus nicht sehen würde. Ich fragte mich, wo Paula war, wenn sie gerade nicht dran war. Ob sie zusammen waren, in der Kantine, am Tisch mit den anderen oder zu zweit, in Paulas Garderobe.

Ich versuchte, Puck zu sehen und nicht Paula, als sie auf die Bühne gekrochen kam, in der zweiten Szene des zweiten Aktes. Trotzdem duckte ich mich ein wenig in meinen Sitz. Sie war selbstverständlich großartig, ich hatte es nicht anders erwartet. Es war überhaupt eine gute Inszenierung, soweit ich das beurteilen konnte, nicht überwältigend, nicht gewagt, eher traditionell, nah am Text, die Bühne gar nicht kahl und leer wie damals, bei der einen anderen Inszenierung Wolfs, die ich gesehen hatte, sondern bunt und voll, wie auch die Kostüme, eine Ausstattungsorgie geradezu, was mir gefiel. Es hatte etwas Lebensbejahendes dachte ich und dass lebensbejahend ein Wort meiner Mutter war. Ich stellte mir vor, dass Mutter diese Inszenierung gefallen hätte.

Beim Schlussapplaus wirkte Paula wirr und abwesend, noch völlig in der Rolle. Sie stand am äußeren Rand der Reihe. Als alle abgegangen waren und jeder Schauspieler einzeln zurückkam, sich allein verbeugte, variierte die Stärke des Applauses; bei Paula brandete er stärker auf als bei allen anderen Darstellern, und ich fühlte gegen meinen Willen so etwas wie Stolz. Ich drehte mich zu dem älteren Ehepaar um, ich wollte sehen, wie sie reagierten, wollte, dass sie begriffen, wie großartig Paula war, aber die Plätze neben mir waren bereits leer.

Ich verließ das Theater durch den Haupteingang wie ein Gast. Die Luft war kalt draußen, ich stand einen Moment vor dem Haus in dem Strom der Menschen, die sich beieinander einhakten, über die Kirchenallee zum Hauptbahnhof hasteten, den Schnorrern, die die Gunst der Stunde nutzten, dem Hupen und Rufen, der niemals stillen Stadt. Die Menschen hatten keine Zeit zu verlieren, denn morgen war Weihnachten.

Als ich mich umdrehte, fiel mir das Plakat auf, das in dem Schaukasten an der Wand neben dem Eingang zur Kantine hing, dort wo im Sommer die Tische und Stühle standen, die jetzt im Keller auf den nächsten Frühling warteten. Ich wusste nicht, wie lange es schon hier gehangen hatte, vielleicht war es neu, vielleicht hatte man es zur Premiere vor ein paar Tagen aufgehängt, und es war mir jetzt erst aufgefallen. Eine Szene aus dem *Sommernachtstraum*, Paula als überlebensgroßer Puck, ein buntes, rätselhaftes Fabelwesen, wild und schön und nicht von dieser Welt leuchtete sie in die Nacht. Ich las ihren Namen klein gedruckt und den von Wolf darunter. Ich ging näher heran, bis meine Atemwolke gegen das Plexiglas schlug, und noch ein wenig näher, sodass ich die vielen kleinen Punkte erkennen konnte, aus denen das Bild bestand, und Paula sich, als ich ihr schließlich ganz nah war, so nah, wie es ging, einfach auflöste.

DANK

Ich danke dem Literarischen Colloquium Berlin für die Unterstützung meiner Arbeit.

Mein besonderer Dank gilt Maria Ebner und Birgit Schmitz sowie Meike Herrmann, die diesem Buch in die Welt geholfen haben.